V

〈NV1254〉

アンドロメダ病原体

〔新装版〕

マイクル・クライトン

浅倉久志訳

早川書房

7007

THE ANDROMEDA STRAIN

by

Michael Crichton

Translated by
Hisashi Asakura
Published 2012 in Japan by
HAYAKAWA PUBLISHING, INC.
This book is published in Japan by
arrangement with
JANKLOW & NESBIT ASSOCIATES
through JAPAN UNI AGENCY, INC., TOKYO.

最初に
この問題を提起された
医学博士A・C・Dに
本書を捧げる

生存能力としての人類の知能は、いまだかつて充分に発揮されたことがない。

ジェレミー・ストーン

視野の増大は経費の累乗的な増大だ。

R・A・ジャネック

目次

第四日　拡　大

第五日　決　定

アンドロメダ病原体

〔新装版〕

登場人物

ジェレミー・ストーン…………ワイルドファイア計画のメンバー。細菌学者

ピーター・レヴィット…………ワイルドファイア計画のメンバー。微生物学者

チャールズ・バートン…………ワイルドファイア計画のメンバー。病理学者

マーク・ホール…………………ワイルドファイア計画のメンバー。外科医

ピーター・ジャクスン…………老人

ジェミー・リッター……………赤んぼう

アーサー・マンチェック………陸軍少佐。スクープ作戦の主任将校

アンドロメダ報告書

アンドロメダ報告書

このファイルは極秘文書である
許可なき者がこれを閲覧したときは
20年以下の禁錮刑
および20,000ドル以下の罰金刑
に処せられることがある。

封印が破れているときは
引渡人から受け取ってはならない
引渡人は法規にしたがって受取人に
7592号カードの提示を要求しなければならない。身分証明書の確認なく
このファイルを引き渡すことは許されない。

マシンスコアは下のとおり

まえがき

本書はアメリカ最大の科学的危機の一つを、五日間の記録にまとめたものである。

危機の大半がそうであるように、アンドロメダ菌株（ストレイン）をめぐるもろもろの事件も、洞察と愚行、純真さと無知の複合体といえる。関係者の大部分が、そのときそのときによって、すばらしい賢明さを示すかと思えば、また、不可解な愚かさを示すこともあった。したがって、関係者の感情をそこねずにこの事件を物語ることは不可能である。

しかし、著者はやはりこの物語を公表すべきだと感じた。アメリカは人類史上最大の科学研究施設を保有している。そこではつねに新しい発見が生まれつつあり、そして、これらの発見の多くは、重要な政治的あるいは社会的影響を持っている。近い将来にも、アンドロメダ事件に似かよった危機は、再三訪れるものと見なければならない。したがって、科学的危機がいかにして起こり、いかにして対処されるかを知っておくことは、一般人にとっても有意義だと思う。

アンドロメダ菌株の記録の調査と執筆にさいしては、著者と考えをおなじくする多くの人びとから、物語をできるだけ正確かつ詳細に書くようにという激励の言葉とともに、惜しみない援助をいただくことができた。

中でも、ウィリス・Ａ・ヘイバーフォード陸軍少将、エヴェレット・Ｊ・スローン海軍大尉（退役）、Ｌ・Ｓ・ウォーターハウス空軍大尉（ヴァンデンバーグ特殊プロジェクト部隊）、ライト・パターソン研究所のヘンリー・ジャクスン大佐と、スタンリー・フリードリック大佐、ペンタゴン報道部のマレイ・チャールズ氏には、終始ひとかたならぬお世話になった。また、ワイルドファイア計画の背景に関しては、アメリカ航空宇宙局(NASA)（ヒューストン有人飛行センター）のロジャー・ホワイト氏、おなじくＮＡＳＡケネディ基地十三区のジョン・ローブル氏、ＮＡＳＡ情報部（アーリントン・ホール）のピーター・Ｊ・メイスン氏、カリフォルニア大学（バークレー校）教授で大統領科学諮問委員でもあるフランシス・マーティン博士、海外情報局のマックス・バード博士、ホワイトハウス新聞記者団のケネス・ヴォリーズ氏、シカゴ大学（遺伝学科）のジョナサン・パーシイ教授から、いろいろご教示にあずかった。

原稿の各章を校閲し、専門分野で誤謬の指摘と助言を与えてくださったゴダード宇宙飛行センターのクリスチャン・Ｐ・ルイス氏、アヴコ株式会社のハーバート・スタンク氏、ジェット推進研究所のジェイムズ・Ｐ・ベイカー氏、カリフォルニア工科大学のカルロス・Ｎ・サンドス氏、ミシガン大学のブライアン・スタック博士、ハドソン研究所のエドガー・ブレイロック氏、ランド・コーポレーションのライナス・ケーリング教授、国立公衆衛生研究所のエルドリッジ・ベンスン博士に心から謝意を捧げる。

最後に、ワイルドファイア計画および、いわゆるアンドロメダ菌株の調査関係者諸氏にも、感謝を申しのべたい。どなたも著者との対談を快諾され、多くの方には数日にまたがって貴重な時間を割いていただいた。また、一万五千ページにのぼるタイプ文書となってアーリントン・ホール（第七区）に保管された、口頭報告写しの閲覧を許されたことにも感謝したい。二十巻に分冊して保管されているこの資料は、関係者それぞれの口から語られた、ネヴァダ州フラットロックにおける事件の完全な記録であり、その個々の観点を参照できたことは、著者がこの物語をまとめる上で大いに参考になった。

本書の叙述は、複雑な科学的問題をテーマとしているため、やや専門的に流れたかもしれない。科学関係の疑問、課題、技術については、著者はその場その場でなるべく説明を加えておいた。しかし、その課題と解決を単純化したくなる誘惑は、つとめてこれを避けた。そのため、ときおり読者に無味乾燥な専門的記述の通読を強いる結果になるかもしれないことを、あらかじめお詫びしておく。

著者はそれとともに、この五日間の事件の緊張と興奮を、できるかぎり伝えようと試みた。なぜなら、アンドロメダの物語はそのまま一個のドラマであり、また、愚かで致命的な失敗の記録であると同時に、勇気と英知の記録でもあるからだ。

一九六九年一月

マサチューセッツ州ケンブリッジにて
マイクル・クライトン

第1日　接　　触

1　境い目の消えた土地

双眼鏡の男。この事件はそこからはじまる――ある冬の夜、アリゾナ州の小さな田舎町を見おろす峠で、道路わきに立っていたひとりの男。

ロジャー・ショーン中尉にとって、おそらくその双眼鏡は厄介なしろものだったことだろう。金属は冷えきっているし、毛皮のパーカと厚い手袋という身ごしらえでは、ぶきっちょな操作しかできなかったにちがいない。月明かりに白く吐きだされる息が、たびたびレンズをくもらせただろう。ごつい手袋の指で、しょっちゅうレンズを拭いていたかもしれない。

だが、彼にはその行動のむなしさを知るよしもなかった。その田舎町を調べ、その秘密を見つけるためには、双眼鏡では間に合わなかったのだ。最終的にその秘密を見つけた人びとが双眼鏡の百万倍も強力な機械を使ったことを知ったら、彼はきっと肝をつぶしたことだろう。

両肘を岩についてよりかかり、双眼鏡をかまえたショーン中尉――そのイメージには、どことなく物悲しく、愚かで、人間的なところがある。たとえ厄介な双眼鏡にしろ、すくなくとも彼の両手は、なじみ深い、しっくりした感触を味わっていたにちがいない。それはおそらく、彼が死の直前に経験した最後の日常的感覚の一つだったのだ。

そこから先は、想像のつくかぎりで事件の再現を進めていきたい。

ショーン中尉はゆっくりと綿密にその町を偵察した。見たところ、大きな町ではない。ただ一本のメイン・ストリートにそって、半ダースほどの木造の建物が並んでいるだけだ。町はひどく静かである。明かりもなく、活動の気配もなく、微風に運ばれてくる物音もない。

彼は、町からその周囲をとりまく山地へと視線を移した。灰色のなだらかな低い丘陵地帯で、いじけた草と枯れかかったユッカが、雪をかぶってあちこちに埋もれている。その丘のむこうも、また丘。そしてそのむこうは、道さえもないモハーベ砂漠の平らな果てしないひろがり。インディアンたちは、ここを境い目の消えた土地と呼んでいる。

ショーン中尉は、気がつくと風の中で身ぶるいしていた。厳寒の二月、しかも午後十時を過ぎている。彼はいまきた道をひきかえし、回転アンテナを屋根につけたフォード・エコノバンに歩みよった。エンジンが静かにアイドリングしていた。聞こえる物音はそれだけである。後部ドアをあけ、車内によじ登って、中からドアを閉めた。

暗赤色の光が彼を包みこんだ。車外へ出たとき、暗さにすぐ目が慣れるようにくふうされた夜間灯である。赤い光の中で、計器盤と電子機器が緑色に輝いていた。

電子工学技術者のルイス・クレーン一等兵が、やはりパーカを着こんでそこにすわっていた。地図の上にかがみこみ、ときどき前の計器に目をやりながら計算しているところだった。

ショーンは彼らの現在地点が正しいかどうかをたずね、クレーンは正しいと答えた。ふたりとも、くたびれていた。着地したスクープ衛星を捜索するために、ヴァンデンバーグ基地から一日走りづめでやってきたのだ。スクープ衛星については、ふたりとも、それが上層大気を分析調査したのち帰還するように作られた秘密カプセルであるという以外にくわしいことを知らない。ショーンとクレーンの任務は、カプセルの着地を待って、それを回収に行くことだった。

回収を容易にするため、衛星には電子ビーパーがとりつけられ、八千メートルの高度まで降下すると、信号を発信するようになっていた。

このバンにいろいろの電波方向探知機器が装備されているのも、そのためだった。つまり、この車自身が三角測量を行なっていくのだ。陸軍用語では単体三角測量といい、速度は遅いがきわめて効果的である。手順はしごく簡単——まず、回収車が停止して位置を定め、スクープ衛星からの信号波の強さと方向を記録する。車はつぎに、もっとも衛星に近いと思われる方向へ、約三十キロ前進する。そこでふたたび停止し、新しい座標を手に入れる。こうしたやりかたで三角点をつぎつぎに地図へ記入し、そして約三十キロごとに誤差を補正しながら衛星に接近していくのだ。この方法は、二台の回収車を使うより時間はかかるけれども、安全性は高い——ある地域に軍用車が二台も現われては、いらざる疑惑を招く、というのが陸軍の考えだった。

ショーンの回収車は、すでに六時間にわたってスクープ衛星への接近をつづけていた。ゴールはいまや目前にあった。

クレーンが神経質に地図の上を鉛筆でつつき、その山麓の町の名を読みあげた。アリゾナ州ピードモント。人口四十八。ふたりは申しあわせたように笑いだしたが、内心、一抹の不安がわだかまっていた。ヴァンデンバーグ基地のESA、つまり推定到着地点は、ピードモントの北二十キロだったのである。ヴァンデンバーグ基地では、レーダー観測と、一四一〇コンピュータの弾道計算に基づいて、着地点を割りだす。ふつう、その推定は、はずれたところでせいぜい二、三百メートルどまりだ。

けれども、電波方向探知機の示すところでは、衛星の信号源は明らかにピードモントの中央にあった。もしかすると町のだれかが衛星の落下を目撃して——再突入の熱で赤く輝いて見えたはずだ——それをピードモントまで持ち帰ったのではなかろうか。そんな推測をショーンは口にしてみた。

これは充分にありうることだった。ただし、かりにピードモントの住人が、宇宙空間から落下してまもない人工衛星を拾いあげたとしたら、きっと黙ってはいまい——新聞記者、警察、NASA、陸軍、とにかくだれかに知らせたはずである。

だが、だれもそんな報告を聞いていない。

ショーンは車の後部から這いおりた。クレーンもあとにつづき、外の寒さに触れたとたん、ぶるっと体を震わせた。ふたりの男は肩を並べて、ふもとの町を見おろした。

町は平穏らしいが、完全に真暗だった。ガソリン・スタンドとモーテルの灯まで消えていることに、ショーンは気づいた。この界隈で唯一のガソリン・スタンドとモーテルの灯が消えているのだ。

ショーンが鳥の群れに気づいたのは、そのときだった。

満月の明かりで、それが大きな鳥であることはわかった。鳥の群れは建物の上をゆっくりと旋回し、ときどき月のおもてを黒い影になってかすめた。ショーンは、なぜいままでそれに気づかなかったのかをいぶかしみながら、クレーンになんの鳥だろうとたずねた。

クレーンはさっぱりわからないと答え、冗談のようにつけたした。「ハゲタカではないでしょうか」

「うん、そういえば、たしかにそうらしい」とショーン。

クレーンは夜気の中に息を凍らせながら、不安そうな笑い声を立てた。「しかし、こんなところになぜハゲタカが？　やつらは、死体がないかぎり集まってこないはずです」

ショーンはタバコをくわえ、両手でライターをくるむようにして、風の中で火をつけた。すぐには答えずに、小さな町の輪郭とその家並みを見おろした。もう一度双眼鏡を目にあてたが、やはり活動の気配はまったく見えなかった。

しばらくして、ショーンは双眼鏡を顔からはずし、タバコを凍み雪の上に投げた。ぷすぷすと音を立てて火が消えた。

彼はクレーンをふりかえった。「よし、むこうへ行って調べてみよう」

2 ヴァンデンバーグ基地

そこから五百キロのかなた、スクープ計画の飛行管制室として割りあてられた、窓のない、大きな正方形の部屋の中で、エドガー・コムロー中尉は、積み上げた学術誌を前に、デスクに足をのせてすわっていた。コムローは今夜の当直士官だった。月一回の当直の任務は、十二人の基幹要員のその夜の作業を監督することである。今夜の要員たちは、現在アリゾナ州の砂漠地帯を横断中の回収車、コード名ケイパー一号の経過と報告をモニターしているところだった。

コムローはこの勤務をきらっていた。部屋は蛍光灯に照らされたグレー一色。その実用一点ばりのトーンが、まず気にくわない。当直以外に彼が飛行管制室へくるのは、打ち上げ期間中だけだが、そのときは雰囲気からしてちがう。この部屋が、複雑な作業を分担した忙しい技術者たちでいっぱいになり、そのひとりひとりから、どんな宇宙機の打ち上げにもつきまとう、あの独特の冷静な期待と緊張がみなぎる。

しかし、夜直は退屈だった。夜なかになにかが起きたためしはない。コムローはいつもその時間を利用して、読書の遅れをとりもどすことにしていた。コムローの専攻は心臓血管の生理学で、とくに高重力加速によって起きるストレスに関心を持っていた。

今夜のコムローが読んでいる学術誌の論文は、『動脈内ガス圧増加に伴う酸素運搬能力と拡散勾配の化学量論』と題されていた。読むのにひまがかかる上に、あまりおもしろくない。頭上のスピーカーにとつぜんスイッチがはいって、ショーンとクレーンからの連絡が聞こえてきたとき、彼はこの中断をむしろ歓迎したいほどの気持だった。

ショーンの声がいった。「こちらケイパー一号よりヴァンダル・デカへ。ケイパー一号よりヴァンダル・デカへ。聞こえるか（アー・ユー・リーディング）、どうぞ」

コムローはふとおかしくなって、まさしく読書（リーディング）していると答えた。

「いまからピードモントの町へはいって、衛星を回収する予定」

「よろしい、ケイパー一号。無線はオープンにしておけ」

「了解」

これは、スクープ計画のシステム規則便覧に定められた回収法の規定どおりである。その便覧は灰色の紙表紙のついた厚い本で、いつでも参照できるように、コムローのデスクの端におかれている。コムローは、回収車と基地との交信がぜんぶテープ録音されて、あとで永久保存ファイルへ移されることも知っていたが、それがどういう理由によるのか、まったく理解できないでいた。というより、彼にはいつもこの作業が簡単そのものに思えるのだ——回収車がでかけ、カプセルを拾いあげて帰ってくる、ただそれだけのことに。

肩をすくめて、ふたたびガス圧の論文にもどったコムローは、ショーンからのつぎの報告を、なかばうわの空で聞きながしていた。

「いま、町の中にいる。ガソリン・スタンドとモーテルの前を通過した。おそろしく静かだ。ぜんぜん人のいる気配がない。衛星からの信号が強くなってきた。半ブロック前方に教会が見える。どこもかしこも真暗で、人っ子ひとりいない」

コムローは雑誌を伏せた。ショーンの声にこもった不安は、まぎれもないものだった。いつものコムローなら、大の男がふたり、砂漠の小さな田舎町へおっかなびっくりではいっていく光景を想像して吹きだしたくなったかもしれない。だが、彼は個人的にショーンをよく知っていた。そして、彼の知っているショーンは、ほかの美点はともかく、想像力だけは皆無といってもいい男だった。ショーンはホラー映画を見ても、平気で居眠りするだろう。そんなタイプの男なのだ。

コムローは耳をそばだてた。

パチパチという雑音にはさまって、回収車のエンジンの音が聞こえた。そして、車内のふたりが静かに話している声も聞こえた。

ショーン。「いやに静かだな」

クレーン。「はい」

しばらく間。

クレーン。「中尉どの」

ショーン。「なんだ？」

クレーン。「あれを見ましたか？」

ショーン。「なにをだ？」

クレーン。「いま通りすぎた歩道にあったものです。死体のように見えました」

ショーン。「おまえの気のせいだよ」

ふたたび間。やがて、コムローの耳に、車がブレーキをきしらせて停止するのが聞こえた。

ショーン。「なんてこった」

クレーン。「これでふたりです」

ショーン。「死んでるようだ」

クレーン。「わたしが――」

ショーン。「よせ。車から出るな」

その声が大きくなり、あらたまった口調で呼び出しをはじめた。「こちらケイパー一号からヴァンダル・デカへ。どうぞ」

コムローはマイクをとりあげた。「受信中。なにがあったんだ？」

ショーンが緊張した声でいった。「人が倒れている。おおぜいだ。死んでるらしい」

「たしかかね、ケイパー一号？」

「よしてくれ」とショーン。「たしかにきまってる」

コムローは穏やかにいった。「カプセルにむかって前進せよ、ケイパー一号」

そういってから、コムローは部屋の中を見まわした。十二人の基幹要員は、うつろな目でぼんやりと彼を見つめていた。いまの交信に耳をすませていたのだ。

回収車のエンジンがよみがえった。

コムローはデスクから足をおろし、制御卓(コンソール)の赤い〈保安〉ボタンを押した。この操作で、飛行管制室は自動的に隔離される。コムローの許可がないかぎり、何者もこの部屋に出入りできなくなるのだ。

つぎに、彼は受話器をとりあげた。

「マンチェック少佐につないでくれ。M‐A‐N‐C‐H‐E‐K。緊急通話だ。このまま待つ」

マンチェックは月番の主任将校、つまり、二月中のスクープ計画に属する全作業の最高責任者である。

通話がつながるのを待つあいだに、コムローは受話器を肩にはさんで、タバコを一服つけた。スピーカーからはショーンの声が聞こえていた。「どうだ、連中は死んでいると思うか、クレーン？」

クレーン。「はい中尉どの。安らかな顔ですが、まちがいなく死んでますね」

ショーン。「おれには、なんだか死んでるように思えないんだ。なにかが欠けてる。なにかがおかしい……だが、そこらじゅうに倒れているな。何十人という数だろう」

クレーン。「歩きながら倒れたように見えます。つまずいてそのまま死んだように」

ショーン。「道路いちめん、歩道の上も……」

ふたたび沈黙がおり、やがてクレーンが――「中尉どの！」

ショーン。「なんてこった」

クレーン。「いまのを見ましたか？　白いガウンの男が道を横ぎって――」

ショーン。「見た」

クレーン。「死体の上をまたいでます、平気で――」

ショーン。「こっちへくるぞ」

クレーン。「中尉どの、失礼でありますが、早くここを出たほうが――」

つぎに聞こえたのは、かん高い悲鳴と、なにかが挽きくだかれるような音だった。その瞬間、交信はとだえ、ヴァンデンバーグ基地スクープ飛行管制室は、二度とふたりを呼びだすことができなかった。

3 危　機

イギリスの大政治家グラッドストーンは、〝チャイニーズ〟ゴードン将軍エジプトで死去の報を聞かされたとき、選りにもよってこんなときに死ななくても、といまいましげに舌打ちしたと伝えられている。ゴードン将軍の死は、グラッドストーン内閣を混乱と危機におとしいれた。ある側近が、それを特異な、予測不能の状況と述べたところ、グラッドストーンは不機嫌にこう答えた――「危機はどれだっておなじだ」

もちろん、グラッドストーンが意味したのは政治的危機である。一八八五年当時に科学的危機なるものはなかったし、また、その後も約四十年間は存在しなかった。それから今日まで、重大な科学的危機と呼べるものは八回にわたって起こり、うち二回が広く公表された。ここで興味深いのは、公表された前後二回の危機――原子力と宇宙技術――がどちらも化学と物理学に関係していて、生物学とは無関係だったことである。

これは当然だろう。物理学は、自然科学の中で最初に近代化されて、高度に数学的なものとなった。化学も物理学のあとを追ったが、生物学だけは遅進児のように、はるか後方へとり残されていた。ニュートンやガリレオの時代でさえ、人間は身近な人体よりも、月やほかの天体のことをはるかによく知っていたのだ。

この状況に変化が生じたのは、一九四〇年代後半のことである。抗生物質の発見が刺激となって、戦後の世界に新しい生物学の研究の時代が訪れた。とつぜん、生物学への情熱とそして資金が出現し、発明発見が奔流のようにあふれだした――トランキライザー、ステロイド・ホルモン、免疫化学、遺伝暗号。一九五三年には最初の腎臓移植が行なわれ、一九五八年には最初の経口避妊薬がテストされた。ほどなく、生物学はあらゆる科学の中で、もっとも急成長の分野となった――十年ごとに、その知識は倍増していった。野心的な学者は、遺伝子操作や、進化の制御や、精神の調節など――十年前には夢物語と考えられていたアイデアを真剣に論じはじめた。

にもかかわらず、これまで生物学的危機は一度も起こらなかった。アンドロメダ菌株（ストレイン）が最初のそれをもたらすまでは。

ルイス・ボーンハイムによると、危機とは、それまで容認できた一組の環境が、そこにべつの因子が加わることによって、とつぜん容認できないものに変化した状況である。その付加因子が、政治的なものであるか、経済的なものであるか、科学的なものであるかは、ほとんど重要でない――国家的英雄の死、物価不安定、あるいは工学技術上の発見、そのどれもが大事件のきっかけになりうる。この意味で、グラッドストーンは正しかった。危機はどれでもおなじなのだ。

有名な学者アルフレッド・ポクランは、危機を考察した自著（『文化、危機、変化』）の中で、いくつかの興味ある点を指摘している。まずポクランは、あらゆる危機が実際の発生時点のはるか以前にその起源を持っている、と述べた。たとえば、アインシュタインが相対性理論を発表したのは一九〇五年から一五年までの時期であり、これは彼の研究が戦争の終結と、新時代の開幕と、危機の発生をもたらす四十年も前のことだった。

おなじように、二十世紀初頭のアメリカ、ドイツ、ロシアの科学者は、みんな宇宙飛行に関心を持っていたが、ロケットの軍事的可能性に目をつけたのはドイツ人だけだった。そして、ペーネミュンデにあったドイツのロケット研究設備が、戦後、ソ連とアメリカによってばらばらに持ち去られたとき、ただちに宇宙技術開発への精力的な活動をはじめたのは、ロシア人だけだった。アメリカ人は面白半分にロケットをいじることで満足していた——それが十年後に、スプートニク、アメリカの教育制度、ＩＣＢＭ、ミサイル・ギャップなどを含めた、アメリカの科学的危機を招いたのだ。

ポクランはまた、危機が独自の個人と個性の集合で成り立っている、とも述べている。

アレクサンドロス大王がルビコン河を渡るところ、アイゼンハワーがワーテルローで戦うところを想像するのは、ダーウィンがローズヴェルトに原子爆弾の可能性を書き送るところを想像するのとおなじように困難である。危機は人びとによって作られる。人びとはそれぞれの偏見と性癖と素質をかかえて危機に突入する。危機は直感と盲点の集積であり、認識された事実と無視された事実との混成物である。

しかし、危機それぞれの独自性のもとには、おどろくべき類似性がひそんでいる。すべての危機に共通する特質の一つは、かえりみて充分に予測可能だという点である。どの危機もある不可避性を持ち、あらかじめ運命づけられていたように見える。あらゆる危機がそうだとはいえないが、すくなくとも、もっとも老練な歴史家をさえ皮肉屋の人間嫌いにさせるほど幾多の例があることは、否みがたい事実である。

ポクランの論法に照らして、アンドロメダ菌株に関係した人物と背景を考えてみるのも、興味深いかもしれない。アンドロメダ事件の発生当時は、まだ生物学的危機と呼ばれるものが一度も起こったことはなく、その事実に最初に直面したアメリカ人たちは、そういう視点からこの事件を考えることができなかった。ショーンとクレーンは、有能であっても思慮深い人間とはいえなかったし、ヴァンデンバーグ基地の当直士官エドガー・コムローは、科学者にはちがいなくても、平和な一夜を不可解な問題でだいなしにされたという苛立ちが先に立ち、その問題をつきつめて考える心構えはなかった。

コムローが服務規定にしたがって、上官のアーサー・マンチェック少佐に事件を連絡したことから、この物語は新たな転機を迎えることになった。なぜなら、マンチェックには、最大規模の危機を予想するだけの予備知識と心構えが備わっていたからだ。

ただし、このときの彼は、まだそのことを認める用意がなかった。

マンチェック少佐はまだ眠気の去りやらぬ顔で、コムローのデスクの端に腰をかけて、回収車との交信の録音再生に聞きいった。

テープが終わると、「こんな妙ちきりんな話は聞いたこともない」といいながら、もう一度再生した。それから、パイプへていねいにタバコをつめ、火をつけて、とんとんとたたいた。

アーサー・マンチェックはエンジニア出身の物静かな大男で、持病の不安定な高血圧症のために、陸軍将校としてこれからの昇進を危ぶまれていた。たびたび減量を忠告されるが、うまく実行できない。そんなこともあって、彼は軍隊でのキャリアに見切りをつけ、体重や血圧をやかましくいわない民間会社へ科学者として再就職しようかとも考えていた。

ヴァンデンバーグ基地にくる前に、マンチェックはオハイオ州のライト・パターースン研究所で宇宙機の着陸方式の実験を監督していた。課題は、陸上にも海上にも安全に帰還できるようなカプセル形態の開発だった。マンチェックは三種類の有望な新形式を作りあげた。その成功が、昇進とヴァンデンバーグ基地への栄転につながった。

だが、転任先での仕事は、彼の肌に合わない人事管理だった。マンチェックには人間関係が退屈でやりきれないのだ。組織の操縦法や部下の百人百様の性格には興味がわかなかった。できるものならライト・パターースン研究所の風洞へもどりたいと、よく考えることがあった。

とくに、なにかばかばかしい問題で夜中にたたき起こされると、よけいそんな気がした。

今夜の彼はいらいらしている上に、緊張していた。こういうときの彼の反応は独特で、かえって悠然とした態度になる。動作がのろくなり、思考も遅くなり、石橋をたたく慎重さでことを運ぶ。それが彼の成功の秘密でもあった。周囲の人間が興奮すればするほど、マンチェックはますます無関心になり、いまにも居眠りしそうな顔つきになる。それが、完全な客観性と冷静さをたもつための、彼なりのやりかたなのだ。

二度目の録音再生が終わると、マンチェックはため息をつき、パイプの煙を吸いこんだ。

「通信機の故障じゃないんだろうな？」

コムローはかぶりをふった。「管制室の全系統の点検を行ないました。現在も指定周波数のモニターをつづけております」彼が無線のスイッチを入れると、ひゅうひゅうという雑音が部屋を満たした。「オーディオ・スクリーンのことはごぞんじですか？」

「うろおぼえだがね」マンチェックはあくびをかみころしながらいった。実をいうと、オーディオ・スクリーンは、彼が三年前に開発した方式である。早くいえば、それは干し草の山の中から一本の針を見つけるコンピュータ的方法――ごちゃごちゃにいりまじった雑音としか思えない音の中から、ある不規則性を選びだす機械プログラムなのだ。たとえば、ある大使館のカクテル・パーティーでのざわめきを録音して、このコンピュータに入れると、ある人物の声だけをそこから分離することができる。

情報活動には、かなり応用の道が広い。

「じつは」とコムローがいった。「通信が途絶したあとは、いま聞こえているような雑音だけでした。コンピュータでなにかのパターンがひきだせないかと考え、オーディオ・スクリーンにかけてみました。それを、あそこのオシロスコープにつないだのであります」

部屋のむこうでは、オシロスコープの緑色の画面にぎざぎざの白線が踊りまわり、空電音の総和を図示していた。

「それから」とコムロー。「われわれはコンピュータを接続しました。こんなふうに」

彼は制御卓（コンソール）のキーを押した。オシロスコープの白線は、とつぜん特性を変えた。跳ねるようなリズムをともなう、より静かで規則的なインパルスに。

「なるほど」とマンチェックはいった。実をいうと、彼はすでにそのパターンを識別し、その意味を評価しおわっていた。そして、ほかの可能性、より大きな観点をとらえようと、心をよそにさまよわせているところだった。

「オーディオはこれです」コムローがべつのキーを押すと、その信号のオーディオ版が部屋にひびきわたった。カチッカチッという金属的なひびきの反復をともなった、たえまない機械の回転音。

マンチェックはうなずいた。「エンジンだな。ノックしている」

「おっしゃるとおりです。おそらく、回収車の無線はまだ放送をつづけており、エンジンはまだ動いているものと思われます。雑音をふるいわけたあと、いまのような音が聞こえてくるのはそのためです」

「よくわかった」とマンチェック。

パイプの火が消えた。彼はしばらくすぱすぱ吸ってみてから火をつけなおし、パイプを口からはなして、舌についたタバコのかすをつまみとった。

「証拠が必要だな」マンチェックはひとりごとのようにつぶやき、考えをめぐらした。その証拠のカテゴリー、予想される調査結果、さまざまの付随事件……。

「なんの証拠でありますか?」とコムロー。

マンチェックはその質問を無視して、逆にきいた。「この基地にはスカヴェンジャー機があるか?」

「よく存じません。もしなければ、エドワーズ基地から呼びよせることができますが」

「では、そうしてくれ」マンチェックは立ちあがった。決断をすませて、ふたたび疲労を感じていた。これから電話ぜめの一夜が待ちかまえている。怒りっぽい交換手と、接続不良と、相手側の寝ぼけ声の一夜が。

「あの町の上空を偵察飛行させたい」と彼はいった。「それと、完全な走査だ。撮影したフィルムはぜんぶここへ届けさせろ。各実験室は非常待機」

ついでに彼は技術者たち、とくにジャガーズを招集するよう、コムローに命令した。マンチェックは、おつに澄ましかえったジャガーズが好きではなかった。しかし、ジャガーズが腕ききであることはわかっていたし、今夜は優秀な人間の助力が必要なのだ。

午後十一時七分、サミュエル・〝ガナー〟・ウィルスンは、時速千三十キロでモハーベ砂漠の上空を飛行していた。月に照らされた前方には、二機の先導ジェット機が、アフタバーナーを夜空に赤く輝かせている。その妊婦のようにぽってりした外観は、主翼と胴体の下に吊るされた照明弾のせいである。

ウィルスンの乗機は、それらとちがって、滑らかで細長く、真黒に塗られていた。世界に七機しかないスカヴェンジャーの一機なのだ。

スカヴェンジャーは、X-一八の軍用改造型で、昼夜の情報収集飛行のための完全装備を持つ中距離ジェット偵察機である。両翼には、可視スペクトル用と、赤外線用の十六ミリ・カメラが、一台ずつとりつけられている。さらに、機首にはホーマンズ赤外線多重カメラが搭載されているほか、通常の電子および電波探知機も備えられている。もちろん、フィルムや原板はぜんぶ空中で自動的に現像され、基地へ帰還と同時に映写できる。

スカヴェンジャーの性能は、こうした最新テクノロジーによって、信じられないほど鋭敏になっていた。灯火管制下の都市でもその輪郭線を作図できるし、三千メートルの高度から個々のトラックや乗用車の動きを追うこともできる。六十メートルの海底にいる潜水艦を探知することもできる。波の動きの歪みから港湾機雷のありかを知ることもできるし、運転休止四時間後の工場でも、その残留熱で正確な写真を撮影することができる。

したがって、アリゾナ州ピードモントの上空を真夜中に飛行するには、スカヴェンジャーはあつらえむきの機種といえる。

ウィルスンは慎重に機器の点検を行なった。操縦装置の上でせわしなく指を動かし、それぞれのボタンとレバーに触れ、すべての系統に異常のないことを示す緑のランプの明滅に目をこらした。

イアホンがパチパチと鳴った。先導機からののんびりした声が聞こえた。「町に近づいたぞ、ガナー。見えるか？」

きゅうくつな座席の中で、彼は体を前に乗りだした。機は地上百五十メートルの低空をかすめており、砂と雪とユッカのブレた流れしか、しばらくは目にはいらなかった。と、前方に、月明かりのもと、いくつかの建物が現われた。

「了解。見えた」

「オーケイ、ガナー。場所をあけろ」

ウィルスンは速度を落とし、先導の二機とのあいだに八百メートルの距離をとった。彼らは照明弾による目標の直接観測のために、P－スクエア隊形にはいろうとしていた。直接観測は、かならずしも必要でない。そうしなくても、スカヴェンジャーは充分機能を発揮できる。しかし、ヴァンデンバーグ基地は、この町についてできるだけの情報を集めることを彼らに要求していた。

先導機は左右に展開して、町の大通りと平行の進路をとった。

「ガナー？　撮影準備いいか？」

ウィルスンは、カメラのボタンの上にそっと指をのせた。四本の指を――まるでピアノを弾くように。

「準備よし」

「行くぞ」

先導の二機が町にむかって優雅に舞いおりていった。小さな二つの機影が左右に大きく離れ、地上数十センチの高さに見えたとき、それぞれから照明弾が投下された。接地の瞬間、白熱した火球がぱあっと空に燃えあがり、町ぜんたいを異様なまぶしさの海に浸すのと同時に、ジェット機の腹部をぎらぎらと照らしだした。

ジェット機は直線飛行を終わって上昇したが、ガナーはそれを見てはいなかった。彼の全身全霊は眼下の町に集中していた。

「まかせたぜ、ガナー」

ウィルスンは答えなかった。機首を下げ、フラップを下げるのと同時に、機が一つ身ぶるいして、石のように大地へ向かって沈んでいくのを感じた。眼下では、数百メートルの半径で町がくっきりと照らしだされていた。彼は操作ボタンを押し、カメラがいっせいにジーッとまわりだすのを、耳でなく体で感じとった。

よほどのあいだ降下をつづけたあと、彼は操縦桿を引いた。機は空中をさぐり、手がかりをつかんだらしく、しだいに上昇をはじめた。一瞬、町のメイン・ストリートがちらっと見えた。死体だ、いちめんの死体。大の字なりのもの、通りに倒れたもの、車と車のあいだにも……。

「おお、神さま」

ウィルスンは上昇し、さらに上昇をつづけた。第二回目の撮影のために、ゆっくりと旋回して降下準備にはいりながら、いま見たもののことを考えまいとした。空中偵察の鉄則の一つは〝風景を無視する〟ことである。分析や評価は、パイロットの仕事ではない。それは専門家にまかせるべきもので、そのことを忘れたパイロット、被写体に興味を持ちすぎたパイロットは、事故を起こしやすい。ふつう、墜落というかたちで。

機が二度目の低空撮影にはいったとき、ウィルスンは地上を見まいとした。だが見ないわけにはいかず、ふたたび死体が目にはいった。照明弾はすでに燃えつきようとしており、光はさっきより暗く、いちだんと不気味で陰気だった。しかし、死体は依然としてそこにある。やはり、幻覚ではなかったのだ。

「神さま」と彼はくりかえした。「おお、神さま」

ドアの表示は**データ・プロセックス・イプシロン**となっており、その下に赤い文字で、**立入りは許可証所持者に限る**と書かれていた。中は小ぢんまりした講義室だった。一方の壁にスクリーン、それにむかって、一ダースほどのパイプ製折畳み椅子、そして後ろには映写機。

マンチェックとコムローがその部屋にはいってきたとき、ジャガーズはもうスクリーンのそばに立って、彼らを待っていた。ジャガーズは軽快な足どりと、しかつめらしい顔つきをした小男だった。基地内ではあまり好かれていなかったが、空中偵察写真の判読にかけては、自他ともに許す権威者である。細かいディテールの謎ときにいそいそと取り組む性格が、この仕事にはぴったりの適任なのだ。

ジャガーズは、マンチェックとコムローが着席するのを待って、両手をもみあわせながらいった。「それでは、そろそろとりかかりましょうか。今夜は面白いものが見られると思いますよ」後ろの映写係にうなずきを送った。「最初の写真を」

室内灯が暗くなった。カチッと機械音がして、スクリーンに小さな砂漠の町の空中査察写真がうかびあがった。

「これは、われわれのファイルにあったためずらしい写真です」ジャガーズはいった。「二カ月前に、偵察衛星ジャノス十二号から撮影されたものです。その軌道が高度三百キロであることはご存じでしょう。写真技術的にはきわめて良好です。自動車のナンバー・プレートはまだ判読できませんが、もっか努力中です。たぶん、来年までには目鼻がつくでしょう」

マンチェックは椅子の上で身じろぎしたが、なにもいわなかった。

「そこに町が見えます」ジャガーズはつづけた。「アリゾナ州ピードモント。人口四十八人。地上三百キロの高空からでも、あまり見ばえはしません。ここが雑貨店。ガソリン・スタンド――GULFの文字がはっきり見えるところに、ご注目ください――それから郵便局。モーテル。あとはぜんぶ普通の民家です。これが教会。では、つぎの写真を」

ふたたびカチッという音。こんどのは赤味がかった暗い写真で、白と暗赤色で示されているのは、明らかに町の俯瞰だった。建物の輪郭がひどく暗い。

「いまからお見せするのは、スカヴェンジャーの撮影した赤外線原板です。赤外線フィルムを使うと、ご存じのように、光でなく熱にもとづいた映像が得られます。画面では、温かいものが白く、冷たいものが黒く見えます。さて、それではと。ごらんのように、ここでは建物が暗く写っています——地面よりも温度が低いからです。日が暮れると、建物のほうが熱を速く放散するのです」

「そこの白い点々はなんだろう？」とコムローがいった。画面には四、五十個の白い斑点が見える。

「あれは」とジャガーズがいった。「人体です。あるものは屋内に、あるものは街路にあります。かぞえたところ、ちょうど五十人でした。場合によっては、ここにいるひとりのように、四肢と頭がはっきり見わけられます。この人体は平らに横たわっているわけです。街路の上にね」

彼はタバコをつけて、一つの白い長方形を指さした。「われわれに判別できるかぎりでは、これは自動車です。その一端に明るい白点が見えますね。これはエンジンがまだ動いており、熱を発生していることを意味します」

「回収車だ」とコムローはいった。マンチェックもうなずいた。

「ここで疑問が生まれます」とジャガーズはつづけた。「この人びとが全員死亡しているのかどうか。それについては確言できません。これらの人体はさまざまな温度であるようです。四十七人は比較的冷たく、死後しばらく経過したことを示しています。残りの三人は、もっと温かいようです。そのうちふたりはこの車の中にいます」

「うちの連中だ」とコムロー。

「それで、三人目は？」

「三人目がちょっとした謎です。ここに見えるこれですが、おそらく立っているか、それとも、体をまるめて道路に倒れているのでしょう。映像がきわめて白いことにご注目ください。つまり、きわめて温かいわけです。われわれの温度測定では約三十五度。これは常温よりやや低目ですが、砂漠の夜の冷えこみからくる毛細血管収縮が原因と思われます。そのために皮膚温度が下がるのです。つぎのスライド」

三枚目のスライドがスクリーンに映った。

マンチェックは、こんどの白点を見て眉をひそめた。「動いたな」

「そのとおり。このフィルムは、二回目の通過のさいに撮影されたものです。白点は約二十メートル移動しております。つぎの写真」

四枚目のフィルム。

「また動いた！」

「そうです。さらに、五ないし十メートル」

「すると、あそこにはまだひとり生き残っているのか？」

「それが」とジャガーズ。「推定的結論ですな」

マンチェックは咳ばらいした。「つまり、きみはそう思うという意味か？」

「そうです。われわれはそう思っています」

「あそこでひとりの人間が、死体のあいだを歩きまわっているんだな？」

ジャガーズは肩をすくめ、スクリーンを軽くつついた。「それ以外にこのデータを説明することは困難ですし、それに――」

ちょうどそのとき、円盤型のフィルム缶を三つ小脇にかかえた兵士が、部屋にはいってきた。

「少佐どの、Pースクエア隊形による直接観測のフィルムが到着しました」

「映写しろ」とマンチェック。

フィルムは映写機に装填された。まもなく、ウィルスン中尉が部屋に迎え入れられた。ジャガーズがいった。「わたしもまだこのフィルムを見ていません。なんなら、パイロットに説明してもらいましょうか？」

マンチェックはうなずいて、ウィルスンに視線を向けた。ウィルスンは立ちあがって、おちつかないようすで手をズボンにこすりつけながら、座席の前まで出ていった。スクリーンのわきに立った彼は、聴衆のほうに向きなおり、単調な声で説明をはじめた。

「この接近飛行は、今夜の午後十一時八分から十一時十三分のあいだに行なったものであります。回数は二度、最初は東から、次回は折り返して西から行ない、平均時速は三百四十五キロ、補正高度計による中間点での測定高度は二百四十メートル――」

「おい、ちょっと待った」マンチェックが片手を上げた。「訊問じゃないんだ。もっと自然に話せ」

ウィルスンはこっくりとうなずいて、唾をのみこんだ。室内灯が薄れ、映写機がブーンと生きかえった。スクリーンには、降下する飛行機から見た眩しい白光の中の町が映しだされていた。

「これが第一回の通過です」とウィルスン。「東から西へ、時刻は十一時八分でした。これを撮影しているのは左翼のカメラで、撮影速度は毎秒九十六コマであります。ごらんのように、高度はどんどん落ちていきます。真正面には、目標のメイン・ストリートが……」

彼は言葉を切った。画面には、いくつもの死体がはっきりと写っている。そして、回収車は大通りにとまったまま、屋根のアンテナをゆっくりと回転させている。偵察機がコース進入をつづけ、回収車へ近づくにつれて、ハンドルの上にくずおれた運転手の姿までが見わけられた。

「すばらしい鮮明度ですな」とジャガーズ。「あの微粒子フィルムは、必要なときになるとすごい解像力を――」

「ウィルスンに説明をつづけてもらおう」とマンチェック。

「はい、つづけます」ウィルスンは咳ばらいした。スクリーンをじっとにらんで、「このとき、自分は目標の真上にいて、ここに映っている死者を観察しました。当時の自分は、それを七十五名と見積もりました」

彼の声は静かで緊張していた。そこでフィルムが中断し、いくつかの数字が現われ、そしてふたたび映像がもどった。

「これから二回目の撮影にもどるところです」とウィルスン。「照明弾はすでに消えかかっていますが、まだ充分に——」

「フィルムをとめろ」とマンチェックがいった。

映写係はフィルムを一コマ停止させた。画面は、町の細長いメイン・ストリートと、そこにある死体を映しだした。

「もどせ」

フィルムが逆転し、ジェット機がメイン・ストリートから飛び去るような印象が生まれた。

「そこだ！　止めろ」

画面が凍りついた。マンチェックは立ちあがってスクリーンに近づき、その一点をのぞきこんだ。

「ここだ」彼は一つの人影を指さした。膝までの白いガウンを着た男が、立ったまま飛行機を見あげている。しなびた顔の老人だった。目が大きく見ひらかれていた。

「きみはこれをどう思う？」マンチェックはジャガーズにいった。

ジャガーズもスクリーンに近づいた。眉を寄せて、「すこし前へ送ってくれ」

フィルムが走りはじめた。老人が頭上を通過する飛行機を追って頭をめぐらし、ぎょろりと目玉を動かすのが、一同の目にもはっきりとわかった。

「もどせ」とジャガーズ。

フィルムが逆転した。ジャガーズはわびしげにほほえんだ。「あの男はどうやら生きているようですな」

「そうだ」マンチェックは明快に断定した。「たしかに生きている」

その言葉を置きみやげに、彼は部屋を出た。ドアを出がけに足をとめて、いまから非常事態を宣言すると告げた。したがって、基地の全員は、別命があるまで兵舎内にとどまらねばならない。外部への電話および連絡は許されない。いま、この部屋で彼らが見たものは極秘である。

マンチェックは廊下に出て、飛行管制室へと向かった。コムローがあとを追ってきた。

「きみはホイーラー将軍に電話してくれ」とマンチェックはいった。「わたしが正式の権限なしに非常事態を宣言したことを話し、すぐおいでを乞うとお願いしろ」軍規定では、非常事態宣言を行なう権限があるのは、司令官だけである。

コムローがいった。「少佐どのからおっしゃったほうが、よくはありませんか？」

「おれにはほかの仕事がある」とマンチェックはいった。

4　警　報

防音された小部屋に入り、電話の前に腰をおろしたとき、アーサー・マンチェックは自分がこれからなにをするつもりかを正確に知っていた——だが、なぜそうするかについては、あまり確信がなかった。

スクープ作戦の先任将校のひとりとして、彼は一年近くまえ、ワイルドファイアに関する概況説明(ブリーフィング)を受けたことがあった。そのときの講師が、ぶっきらぼうで的確な物言いをする、痩せた小男であったのを、マンチェックはまだおぼえていた。どこかの大学教授で、プロジェクトの立案者ということだった。細かいことは忘れてしまったが、すでに研究所がどこかに建設されており、警報発令と同時に、五人の科学者のチームがその研究所で活動をはじめる手はずだという話だけは、まだ頭のすみに残っていた。その研究チームの任務は、アメリカの宇宙機が地球へ帰還したさい、それといっしょに持ちこまれるおそれのある大気圏外生物の調査なのだ。

マンチェックはその五人の名前も知らなかった。知っているのは、その五人を出動させるために特設された、国防省の専用直通線があることだけだった。その線を呼びだすには、ある数を二進コードに直して、ダイアルすればいい。彼はポケットから紙入れをとりだし、ちょっと中をさぐって、その教授にもらったカードを見つけた。

火災の場合は
87課に連絡
緊急事態に限る

彼はカードに目をこらしながら、もし87の二進数をいまダイアルしたら、いったいなにが起こるのかと考えた。その成り行きを想像しようとした。だれが電話口に出るのだろう？それとも、だれかが逆にかけなおしてくるのだろうか？　問い合わせや、上層部へのたらいまわしがあるのだろうか？

彼は目をこすり、カードを見つめたあげく、ひょいと肩をすくめた。とにかく、それはいまにわかる。

彼は電話のそばにあるメモ用紙を一枚ちぎって、その上に書きつけた。

2^0　2^1　2^2　2^3　2^4　2^5　2^6　2^7

これが二進法の基礎である。基数の二を累乗していくのだ。二の〇乗は一、二の一乗は二、二の二乗は四、といったふうに。マンチェックは、その左にべつの数列を走り書きした。

1　2^0
2　2^1
4　2^2
8　2^3
16　2^4
32　2^5
64　2^6
128　2^7

それから、87の合計が得られるように、左の列の数を加えはじめた。その数をマルで囲んだ。

(1)　2^0
(2)　2^1
(4)　2^2
8　2^3
(16)　2^4
32　2^5
(64)　2^6
128　2^7
＝
87

つぎに二進コードへの転記にかかった。二進数は、オンとオフ、イエスとノー式の言葉を使うコンピュータのために考案されたものである。ある数学者は冗談に、二進数は二本の指でしかかぞえられない人間の計算法だといった。要約すれば、二進数は、九つの数字とゼロを必要とする普通の数を、1と0の二つの数字だけを使うシステムに翻訳したものなのだ。

1	(1)	2^0
1	(2)	2^1
1	(4)	2^2
0	8	2^3
1	(16)	2^4
0	32	2^5
1	(64)	2^6
0	128	2^7

マンチェックは、いま書いた数を見ながら、そのあいだにダッシュを入れた。1-110-1010――電話番号として、すこしもおかしくない。

マンチェックは受話器をとりあげて、ダイアルした。

時刻はちょうど真夜中の十二時だった。

第2日　ピードモント

5　早朝

機械設備はそろっていた。ケーブル、コード変換器、テレプリンターのすべてが、二年間休眠状態で待ちかまえていた。その機械設備を活動させるには、マンチェックの呼び出しだけで充分だった。

ダイアルをしおわったとき、彼の耳にカチッカチッと一連の開閉音がきこえ、それから低いハムがつづいた。それは、盗聴防止のためスクランブルされた中継線にこの通話がつながれることを意味していた。まもなくハムがやみ、声がいった。「これは録音です。あなたの姓名と連絡事項をのべて、電話を切ってください」

「アーサー・マンチェック少佐。ヴァンデンバーグ空軍基地、スクープ飛行管制室。自分はワイルドファイア警報の発令を必要と考える。それを立証する視覚データは当部署にあり、ただいま機密保全のため、外部との接触を遮断した」

話しているあいだも、彼にはそのすべてがひどく荒唐無稽に思えた。テープレコーダーさえ、この話を信じないかもしれない。無意識に答を期待して、受話器に耳をあてつづけた。

しかし、答はなく、接続が自動的に断たれるカチッという音だけがきこえた。通話は切れた。彼は受話器をおき、ため息をついた。きわめて物たりない気分だった。

マンチェックは、数分以内にワシントンから電話がかかってくるものと予想していた。つぎの数時間はおそらく電話ぜめにあうだろうと見込んで、電話機のそばを離れなかった。だが、電話は一度もかかってこなかった。彼の始動させたプロセスが完全自動であることを、マンチェックは知らなかったのだ。いったん活動にはいれば、ワイルドファイア警報はそのまま進行し、すくなくとも十二時間以内は取り消しがきかない。

マンチェックの通報から十分以内に、スクランブルされた全国の最高機密電信出力装置からつぎの電文が打ちだされはじめた――

■■■■■ユニット■■■■■

極秘
コレヨリコード
CBW9／9／234／435／6778／90
PULG座標　デルタ8997

コレヨリ本文
ワイルドファイア　警報発令
反復　ワイルドファイア　警報発令　関係機関名ハ
NASA／AMC／NSC　COMB　DEC
発令時刻ハ
本日　LL－59－07
追加注意事項ハ
ツギノトオリ
報道管制
指令7－L2号ノ発動ニ備エテ待機
次回指令マデ警戒体制
本文終ワリ
■■■■■

作動解除

これは自動電報だった。つまり、その内容は、報道管制や指令7-12号発動の可能性という注意事項も含めて、すべてマンチェックの通報が機械的にひきだしたものなのだ。

五分後、ワイルドファイア・チームのメンバーを指名した第二の電報が発信された――

■■■■■ユニット■■■■■

極秘

コレヨリコード

CBW9／9／234／435／6778／900

コレヨリ本文

ツギノアメリカ市民籍男性ヲ　ゼッド　カッパー　ステイタスニ指定スル　コレマデノ最高機密委任許可ハ確認サレタ　ソノ氏名ハ＋

ストーン　ジェレミー　■■81

レヴィット　ピーター　■■04
バートン　チャールズ　■L51
クリスチャンセンカーク取リ消シ　コノ行　取リ消シ
ツギノトオリ訂正
カーク　クリスチャン　■142
ホール　マーク　■L77

別命アルマデ　コレラノ人物ニ　ゼッド　カッパー　ステイタスヲ許可セヨ

本文　終ワリ　本文　終ワリ

本来なら、この電文もやはり完全なルーチンだった。その目的は、ゼッド・カッパー・ステイタス（〝OK〟ステイタスのコード名）を与えられた五人のメンバーの氏名なのだ。だが、運わるく、機械はその名前の一つをミスプリントした上に、全文の再確認をしなかった。（ふつう、秘密電信線の印字装置が電文のどこかを誤記した場合、機械はその全文を打ちなおすか、訂正個所証明のためコンピュータが再確認を行なうことになっている）

したがって、この電文は懐疑の目で見られることになった。ワシントンをはじめ、各関係機関でコンピュータ技術者が招集され、〝逆探知〟と呼ばれる方法で、電文の正確性の確認が行なわれた。とくに、ワシントンの専門家は、機械がそのほかにも小さな印字ミス——たとえば〝1〟を〝L〟と打つ誤り——を犯している点を指摘して、電文の有効性をあやぶんだ。

こうした悶着のすえに、ようやく、リストの頭にある二つの人名だけが適格と見なされ、あとの三人はいちおう確認待ちになった。

アリスン・ストーンは疲れていた。その夜、彼女とカリフォルニア大学の細菌学科長である夫が、バークレーのキャンパスを見おろす丘の上の自宅で催したパーティーで、招かれた十五組のカップルが夜ふけまでねばりつづけていたからだ。ストーン夫人は不機嫌だった。彼女の育ったワシントンの政界のパーティーでは、コニャックぬきのコーヒーの二杯目が、帰宅をうながす合図になっている。あいにく、ここの学者連中にそんな規則はつうじないらしい。二杯目のコーヒーをすすめてからもう何時間もたつのに、客たちはいっこうにみこしを上げようとしなかった。

午前一時すこし前に、玄関のブザーが鳴った。ドアをあけた彼女がおどろいたことに、おもての暗がりにはふたりの軍人がにゅっと突っ立っていた。相手のきまり悪そうな、もじもじした態度を、彼女は道に迷ったのだろうと解釈した。このへんの住宅地を夜中にドライブしていると、よく道に迷うことがある。

「どうかなさったの？」

「夜分お騒がせして、もうしわけありません」とそのひとりが丁寧にいった。「こちらがジェレミー・ストーン博士のお宅でしょうか？」

「ええ」と、彼女はかすかに眉をひそめた。「そうですが」

彼女はふたりの男から、そのむこうの私道に目を移した。青い軍用セダンがそこにとまっていた。車のそばにもうひとり、男が立っている。手になにかを持っているようだ。

「あの人が持っているのは銃ですか？」と彼女はきいた。

「奥さん」と男がいった。「いますぐストーン博士にお目にかかりたいのです。お願いします」

なにもかもが奇妙に思え、彼女は自分がおびえているのに気づいた。芝生のほうに目をやると、四人目の男が家に近づいて窓をのぞきこんでいるところだった。芝生の上にもれた淡い明かりで、その手に小銃が握られているのがはっきりと見えた。

「これはどういうことです？」

「奥さん、わたしたちはパーティーのじゃまをしたくありません。おそれいりますが、ストーン博士を玄関までお呼びください」

「でも、それは――」

「でないと、無理にもお連れすることになります」

彼女はしばらくためらってから答えた。「ここで待っていてください」

あとずさりしてドアを閉めようとしたが、すでにひとりがするりとホールへはいりこんでいた。男は帽子を手に持ち、直立不動の姿勢でうやうやしくドアの横に立った。「ここで待たせていただきます、奥さん」そういって、微笑してみせた。

彼女はなにごともなかったようにふるまいながら、パーティーの部屋へもどった。客たちはまださかんに談笑していた。部屋は騒がしく、タバコの煙がたちこめていた。夫のジェレミーは部屋の隅で見つかった。近ごろの暴動について議論している最中だ。彼女に肩をつかれて、夫はそのグループから抜けだした。

「変な話だけど」と彼女はいった。「玄関に軍人らしい人がいて、もうひとりがドアの外、ほかにふたりが銃を持って芝生にいるわ。あなたに会いたいんですって」

一瞬、ジェレミー・ストーンはびっくりしたようだったが、すぐにうなずいて、「まかせてくれ」といった。夫の態度が妻には気にいらなかった。まるでそれを予想していたように見えたからである。

「あら、それがわかってたのなら、どうしてわたしに――」

「いや、わからなかった。あとで説明する」

ストーンはさっきの士官が待っている玄関ホールへと歩きだした。彼女も夫のあとを追った。

「ストーンはぼくだが」

「モートン大尉であります」と相手はいった。握手を求めようとはしなかった。「火災が発生しました」

「よし、わかった」とストーンはいった。自分の夜会服に目をやって、「着替えの時間はあるかね？」

「あいにくですが」

アリスンにとって意外なことに、夫はそれを聞いておとなしくうなずいた。「わかった」夫は彼女をふりかえって、「行ってくるよ」といった。夫の顔は空白で無表情だった。そんな顔つきで夫がしゃべるのを見ると、まるですべてが悪夢のように思えた。彼女は動転し、ただならぬ不安を感じた。

「いつ帰っていらっしゃるの？」

「はっきりいえない。一、二週間。ことによるとそれ以上」

彼女はおちつこうとしたが、どうしようもなく声が上ずってきた。「いったいどうして？これは逮捕なの？」

「いや」と彼は淡い微笑をうかべていった。「ぜんぜんちがうよ。みんなに詫びをいっといてくれ、いいね？」

「でも、銃を持った人が――」

「ミセス・ストーン」と軍からきた男がいった。「わたしたちの仕事はご主人を守ることです。いまからは、ご主人の身になにかがあってはなりませんので」

「そうなんだよ」とストーンがいった。「つまり、ぼくはとつぜん重要人物になったわけさ」もう一度、奇妙に歪んだ微笑をうかべると、彼は妻にくちづけした。

それから、まだ彼女があっけにとられているうちに、片方からモートン大尉、片方からもうひとりの男につきそわれて、夫は玄関を出ていった。小銃を持った男がそのあとにつづいた。車のそばに立っていた男が、敬礼してドアを開けた。

まもなくヘッドライトがつき、ドアがばたんと閉まり、セダンは私道をバックでくだってから、夜闇の中へ去っていった。彼女がまだ玄関にたたずんでいるとき、客のひとりが後ろからやってきて、声をかけた。「アリスン、だいじょうぶかね？」

ふりむいた彼女は、自分がほほえみをうかべて答えられるのに気がついた。「ええ、なんでもないわ。ジェレミーが急にでかけることになったのよ。研究室から呼び出しがきて——例の深夜の実験がまた失敗したらしいわ」

客はうなずいた。「残念だね。すばらしいパーティーなのに」

車の中でストーンはシートの背にもたれて、まわりの連中を見まわした。彼らの顔が空白で無表情なのを目にとめながらきいた。「わたしへのみやげは？」

「みやげ、ですか？」

「そう、わからんかな。なにか、わたしに渡せといわれなかったか？　きみたちはなにかを預かってきたはずだ」

「ああ、わかりました」

彼は薄っぺらなファイルを手渡された。茶色のボール紙の表紙には、**計画概要——スクー**

プと刷りこまれてあった。

「これだけかね？」とストーン。

「それだけです」

ストーンはため息をついた。スクープ計画という名前は初耳だった。慎重にファイルを読まなければならない。しかし、自動車の中では暗すぎて読めそうもない。いまでなくても、飛行機に乗ってからその時間はあるだろう。いつとはなく、彼はこの五年間を回想し、ロングアイランドで開かれたやや奇妙なシンポジウムのことを思いだしていた。イギリスからやってきたちょっと風変わりで小柄な講演者が、独特のやりかたで、そのすべてのきっかけを作りだしたのだった。


一九六二年の夏、イギリスの生物物理学者J・J・メリックは、ロングアイランドのコールド・スプリング・ハーバーで開かれた第十回生物学シンポジウムに、一つの論文を提出した。「種形成の確率から見た生物学的接触の頻度」という題名だった。メリックは反抗的異端的な科学者で、最近の離婚騒動や、シンポジウムに同伴した金髪の美人秘書の存在が、明晰な思考家としての評判を高めるほうに働いてはいなかった。論文発表のあとでも、メリックのアイデアに関してはほとんど真剣な討論が交わされなかった。そのアイデアは、彼の論文の終わりにこう要約されていた。

以上から地球外生物との最初の接触は、種形成の既知の確率から決定されるだろうという結論が生まれる。地球上に複雑な生物が稀であり、単純な生物が豊富に存在するのは、否定できない事実である。細菌は数百万種、昆虫は数十万種存在する。いっぽう、霊長目は数えるほどの種類しかなく、大型類人猿は四種類に限られている。ヒトにいたっては、一つの種しかない。

この種形成の頻度とならんで、それと対応した個体数の頻度が見られる。単純な生物は、複雑な生物よりも、はるかにありふれている。地球上には三十億のヒトがいて、一見おびただしい数のように思えるけれども、細菌をとってみた場合、大型フラスコ一個の中に、その十倍ないし百倍の数が存在するのである。

生命の起源についてこれまで得られた証拠のすべては、単純な生物から複雑なそれへの前進的発達を示している。これはおそらく、全宇宙共通の現象であろう。近傍の宇宙の中で生命の存在しうる惑星系の数は、シャプリー、メロウ、その他の人びとによって、すでに計算されている。この論文で前に掲げた筆者の推定は、宇宙全体におけるさまざまな生物の相対的数度を考察したものである。

その目的は、人類と他の生物との接触の確率を算出することにある。その確率をつぎに掲げる。

品種　　　　確率

単細胞生物ないしそれ以下（裸の遺伝情報）・七八四〇
単純な多細胞生物・一九四〇
複雑な多細胞生物、ただし協調中枢神経系を欠くもの・〇一四〇
神経系を含む統合器官系を持つ多細胞生物・〇〇七八
7⁺データ（人間能力）を処理し得る複雑な神経系を持つ多細胞生物・〇〇〇二
一・〇〇〇〇

これらの考察からして、人類と地球外生物の最初の相互作用は、地球の細菌あるいはウイルスと同一とはいわないまでも、それに近似した生物との接触から成るものであろうと思われる。

そうした接触の結果は、地球の全細菌の三パーセントが人間に有害な効果をおよぼしうる事実を想起するならば、けっして楽観を許さない。


そのあと、さらにメリックは、はじめて月面に着陸した人間の持ち帰る疫病が〝最初の接触〟となる可能性を検討した。このアイデアは、出席した科学者たちから冷笑で迎えられた。

ジェレミー・ストーンは、そのアイデアを真剣に受けとった数すくない人間のひとりだった。当時三十六歳のストーンは、おそらくその年のシンポジウムの出席者の中で、もっとも有名な人物かもしれなかった。すでに三十歳のときからバークレー校で細菌学科教授の地位

を占めているだけでなく、ちょうどノーベル賞をもらった直後でもあった。

ストーンの業績のリストは――ノーベル賞の対象となった一連の実験をさておいても――おどろくべきものといえる。一九五五年、彼は細菌コロニーの菌数測定にはじめて増殖計算法を応用した。一九五七年には、純粋懸濁液の一つを考案した。一九六〇年、ストーンは大腸菌と赤痢菌内のオペロンの活動について革命的な新理論を発表し、誘導物質と抑制物質の物理的性質の立証を進めた。ウイルス線型形質転換に関する彼の一九五八年の論文は、学術研究の新しい分野を切り開き、とくにパリのパスツール研究所グループは、その方向に研究を進めた結果、一九六六年にノーベル賞に輝いた。

ストーン自身は、一九六一年にノーベル賞を獲得している。受賞の対象となったのは、彼が二十六歳、ミシガン大学法学部に在学中の片手間に仕上げた、細菌の復帰的突然変異に関する研究だった。

法科の学生時代にノーベル賞クラスの研究をやってのけたという事実が、おそらくストーンの人物をもっともよく物語っているかもしれない。彼の学識の深さと広さが、そこに端的に示されているからだ。ある友人は彼のことをこう評した。「ジェレミーはあらゆることを知っており、それ以外のことに夢中になっている」良心と広い視野と洞察力を備えた科学者として、すでに彼はアインシュタインやボーアに比べられる存在だった。

肉体的に見たストーンは、そろそろ髪の薄くなりかかっている痩せた男で、科学的データと下（しも）がかった冗談をおなじスピードで分類できる、異常な記憶力に恵まれていた。しかし、なによりも目立った特色は、周囲のあらゆる人間に対して、自分たちはストーンの時間をむだにしているのではないかと思わせるような、身についた一種の焦燥感だった。彼は話し手の腰を折って会話をとぎらせてしまう悪癖の持ちぬしで、その習慣をなくそうと自分でも努力はしているが、あまり効果はなかった。そのいわば横柄な態度の上に、若年でノーベル賞を獲得したという事実と、私生活のスキャンダル——すでに四度目の結婚で、そのうち二度までが同僚の妻を奪ったかたち——も、人気のプラスにはならなかった。

　にもかかわらず、一九六〇年代初期に、学界の新しい主流派のスポークスマンとして政界に進言をはじめたのは、ほかならぬストーンだった。彼自身はこの役割を自嘲のこもった目で見ていたが——「熱いガスで満たされたいとやっきになっている真空」だ、ともらしたこともある——実際の影響力は大きかった。

　一九六〇年代初期のアメリカは、一国家として世界史上最強の科学的複合体の所有者となったことを、不本意ながらようやく認識したばかりだった。その時期に先立つ三十年間の科学的発見のうち、八十パーセントはアメリカ人によってなされていた。合衆国は全世界のコンピュータの七十五パーセント、全世界のレーザーの九十パーセントを持っていた。合衆国の科学者人口はソビエト連邦の三倍半にのぼり、研究開発にも三倍半の金額を費やしていた。ヨーロッパ経済共同体と比べれば、四倍の科学者人口であり、七倍の研究費だった。この資金の大部分は、直接あるいは間接的に、議会から出ており、そして議会は、その金をどう使うべきかを助言してくれる人間を必要としていた。

一九五〇年代には、偉大な助言者はすべて物理学者だった——テラーやオッペンハイマーやブルックマンやワイドナーのように。しかし、それから十年後には、生物学に対するより多くの資金と、より多くの関心に支えられて、新しいグループが出現した。その指導的立場にあるのが、ヒューストンのディベイキー、ボストンのファーマー、ニューヨークのヘガーマン、そしてカリフォルニアのストーンだった。

ストーンが頭角を現わしたのには、多くの因子があずかっていた。ノーベル賞の権威、政界の知己、彼の現在の妻がインディアナ州選出のトマス・ウェイン上院議員の娘であること、彼の法律知識。これらのすべてが結びついた結果、ストーンは困惑した上院小委員会の席上に、何度となく姿を見せることになった——同時に、信頼あつい助言者としての権限も与えられた。

そして、ほかならぬこの権限を鮮やかに利用して、ストーンはワイルドファイア計画にやがてつながる研究と、設備の建設を推進したのだった。

ストーンは、メリックの発想が彼自身の持っていたアイデアと似ていることに、興味をそそられた。「宇宙機の滅菌」と題する、最初《サイエンス》誌に掲載され、のちにイギリスの《ネイチャー》誌に転載された小論文の中で、彼はそのアイデアを説明した。細菌汚染は両刃の剣であり、人類はそのどちらの刃からもおのれを守らなければならない、という論旨だった。

ストーンのこの論文が出るまで、汚染に関する討論の大部分は、不注意にも地球の細菌を付着させて打ち上げられた人工衛星や探測機が、ほかの惑星におよぼす危険をとりあげたものだった。この問題は、アメリカの宇宙開発の初期から検討されていた。すでに一九五九年に、NASA（アメリカ航空宇宙局）は、地球を出発する探測機の滅菌に厳重な規則を設けていた。

これらの規則の目的は、ほかの世界の汚染を防ぐためである。もし、探測機が火星や金星の未知の生物を調査するために送られたとき、その探測機に地球の細菌が付着していては、明らかに実験の意味がなくなってしまうからだ。

ストーンが考えたのは、その逆の状況だった。彼にいわせれば、地球外生物が宇宙探測機を経由して地球を汚染する可能性も、おなじように存在する。再突入で燃えつきてしまう宇宙機は問題がないとしても、〝生きた〟帰還のほう――有人飛行や、スクープ衛星のような探測機――は、話がまったくべつである。この場合は、汚染の危険がきわめて大きい。

この論文は一時的に関心を呼んだが、それはのちに彼がいったように、「劇的とは呼べないもの」だった。そこで一九六三年に、彼は非公式な専門家会議をスタートさせ、カリフォルニア大学医学部生化学科の最上階にある四一〇号室に毎月二度集まって、昼食をとりながら汚染問題を討議することにした。そして、この五人のグループ――バークレー校のストーンとジョン・ブラック、スタンフォード大学医学部のサミュエル・ホールデンとテレンス・リセット、スタンフォード大学生物物理学部のアンドルー・ワイスー―が、やがてワイルドファイア計画の初期中核を形づくることになった。一九六四年、この五人は、アインシュタインが一九三九年に原子爆弾に関してローズヴェルトに進言した、あの有名な書簡を意識的になぞって、大統領に嘆願書を送った。

カリフォルニア大学
バークレー、カリフォルニア
一九六四年六月十日

アメリカ合衆国大統領殿
ホワイトハウス
ペンシルヴェニア・アベニュー一六〇〇
ワシントンDC

親愛なる大統領閣下

最近の理論的考察からすると、現在行なわれている帰還宇宙機の滅菌手続きは、地球大気層への無菌再突入を保証する上で、不適当であるかに思われます。その結果、現在の地球の生態学的環境に有害微生物が導入されることも考えられないではありません。

再突入する探測機や有人カプセルの滅菌手続きは、いかに念を押しても充分とはいえない、とわれわれは信じております。われわれの計算によれば、もしカプセルが宇宙空間で滅菌手続きを受けたとしても、汚染の確率は依然として一万分の一、ないしはそれ以上に存在するのであります。この推定は、既知の有機生物を対象としたものです。別種の生物の場合は、従来の滅菌方法に対して完全な抵抗力を持つやもしれません。

したがってわれわれは、もし地球外生物が誤って地球にもたらされた場合、ただちにそれに対処できるような機関の設置を主張するものであります。この機関には二つの目的が考えられます。一つは該生物の伝播を防止すること、そしてもう一つは、地球生物をその影響から保護する意味で、その調査と分析のための研究施設を提供することであります。

われわれはつぎのように勧告いたします。その施設をアメリカ合衆国の非居住地域に位置させること。それを地下に建設すること。既知のあらゆる隔離方法を、そこに応用すること。そして、緊急事態が突発した場合に自爆できるよう、核爆発装置を備えておくこと。われわれの知るかぎりにおいて、核爆発にともなう二百万度の高温に耐えられる生物は存在しないからであります。

敬具

ジェレミー・ストーン
ジョン・ブラック
サミュエル・ホールデン
テレンス・リセット
アンドルー・ワイス

この書簡への反応は、喜ばしくも迅速だった。二十四時間後に、ストーンは大統領顧問のひとりから電話を受け、翌日には大統領やNSC（国家安全保障会議）のメンバーと会談するために、ワシントンへ飛んだ。それから二週間後には、ヒューストンへ飛んで、NASAの役人たちと、さらにプロジェクトの打ち合わせを進めた。

ストーンがいまでもおぼえているように、「くそいまいましいバイキン用の刑務所」といった悪口は二、三聞かれないでもなかったが、彼の会った科学者の大半はこのプロジェクトに好意的だった。それから一ヵ月たらずで、ストーンの非公式なチームは、汚染問題の研究と勧告案起草を目的とする公式委員会に発展した。

この委員会は、国防省の優先研究計画リストに加えられ、国防省をつうじて経費が支給された。当時の優先研究計画リストは、化学と物理学部門――イオン・スプレー、反転複写、パイ中間子基質――に出資の重点がおかれてはいたが、生物学的問題にもようやく関心が高まりつつあった。その結果、優先研究計画の一グループは、すでに脳機能の電子工学的調整（思考制御の婉曲的表現）の研究にとりかかっていた。第二のグループは、生物共働学――未来における人間とその体内に移植された機械の可能な結合の研究――の準備を終わっていた。さらにもう一つのグループは、オズマ計画――一九六一～四年に行なわれた地球外生物の捜索――の評価を進めつつあった。第四のグループは、あらゆる人間機能を代行するだけでなく、自己複製もできる機械の下設計にたずさわっていた。

これらの研究計画は、どれもきわめて純理的なもので、高名な学者たちがそのスタッフに加わっていた。優先研究計画リストに編入されることは重要性の象徴であり、将来の運営と発展のための資金の保証でもあった。

そんなわけで、ストーンの委員会が、どんな生物でも研究できるような方法をくわしく述べた〈生物分析作業方式〉の草案を提出したとき、国防省は即座にそれに応じて、特殊な隔離研究所建設のため、二千二百万ドルの資金をポンと支出した。（このかなり大きな金額は、当のプロジェクトがすでに進行中の他の研究に応用できるということで了解が得られた。一九六五年には、滅菌と汚染の全分野が、最重要課題の一つとなっていたのである。たとえば、NASAは月物質受入れ施設を建設しつつあったが、これは月から帰還したさい、人類にとって有害な細菌やウイルスを持ち帰ってきたかもしれないアポロ宇宙飛行士たちのための高度な安全保障施設だった。月から帰還した宇宙飛行士たちは、消毒が完了するまで、三週間のあいだ、検疫室に全員が隔離されるのだ。そのほか、生産工場で塵埃や細菌を最低限にたもつための〈クリーンルーム〉の問題や、ベセズダ国立公衆衛生研究所で研究中の〈滅菌室〉も、おなじく重要視されていた。無菌環境、〈生命の島〉、無菌状態維持システムなどは、きわめて大きな将来性を持つと考えられており、ストーンへの支出金は、これらの全分野に対する有望な投資と見なされた）

いったん資金がおりると、建設は順調にはかどった。その最終的成果が、一九六六年ネヴァダ州フラットロックに生まれたワイルドファイア研究所である。設計はゼネラル・ダイナミック社電動船部門の造船技師たちに委託された。ゼネラル・ダイナミック社は、長期間の集団生活と集団作業が要求される原子力潜水艦の居住区域設計に、豊富な経験を持っていたからである。

設計図に描かれたそれは、五階層に分かれた円筒形の地下建造物だった。どの階も円形で、その中央に動力線と給排水管とエレベーターの通ったサービス・コアがある。地下一階は非滅菌、地下二階は中程度の滅菌、地下三階は厳重な滅菌、というように段階が進んでいく。階と階のあいだの通行は自由ではない。職員は上下どちらへ移動するにも、消毒と検疫隔離の手続きを受けなければならない。

いったん研究所が完成すると、あとはワイルドファイア警戒体制チーム――つまり、新しい生命体の研究にあたる科学者グループ――の選択だけが残された。チームの構成について何回か検討が重ねられたのち、ジェレミー・ストーン自身を含む五人の人物が選ばれた。この五人は、生物学的緊急事態が発生したとき、ただちに動員されることになっていた。大統領への書簡からわずか二年後に、ストーンは、「この国は未知の生物学的因子に対処する能力を持っている」という満足を得た。彼はワシントンの反応と、彼のアイデアが実現されたスピードに対して、喜びを表明した。しかしプライベートには、あまりにも事が容易にいきすぎたこと、ワシントンが彼の計画にあまりにも簡単に同意したように思えることを、友人たちに告白していた。

ストーンが、ワシントンの熱意のうらにある理由や、政府官僚の多くがこの問題に対していだいていたきわめて現実的な関心のことを知っていたはずはない。なぜなら、パーティーを中座して青い軍用セダンで走り去ったその夜まで、ストーンはスクープ計画に関してなにも知らされていなかったからだ。

「これがわれわれに手配できるいちばん高速の乗り物でした」と大尉がいった。

ストーンはある滑稽さを感じながら、その飛行機に乗りこんだ。まったくからっぽのボーイング七二七で、座席が列また列を作って奥まで伸びていた。

「よかったら、ファーストクラスへどうぞ」と大尉がちょっぴり微笑した。「かまいませんよ」そういうと、まもなく大尉は出ていった。代わりにやってきたのはスチュワーデスでなく、腰に拳銃を帯びたいかめしいMPで、エンジンが夜空に低いひびきを上げて始動するあいだも、ドアのそばにじっと立ちはだかっていた。

ストーンは座席にすわりなおすと、スクープ計画のファイルをひきよせて読みはじめた。それは異様な魅力を持つ読物だった。彼は非常なスピードでそれを読み進めた。あまりのスピードに、MPも、この乗客はファイルを拾い読みしているだけにちがいない、と思ったぐらいだった。しかし、ストーンは一語たりとも見落としていなかった。

スクープ計画の生みの親は、陸軍医学部隊の生物化学戦課長、トーマス・スパークス少将だった。スパークスは、メリーランド州フォート・デトリック、インディアナ州ハーレイ、ユタ州ダグウェイに設けられた生物化学戦研究所の最高責任者でもある。ストーンはそれまで一、二度彼に会ったことがあり、メガネをかけた穏やかな物腰の男だと記憶していた。その担当している仕事から予想されるようなタイプではなかった。

先を読み進めたストーンは、スクープ計画が、一九六三年に、パサデナのカリフォルニア工科大学ジェット推進研究所へ委託されたことを知った。公称の目的は、〝近空間〟——つまり、地球の上層大気——に存在すると思われる微生物の収集だった。系統からすれば陸軍の研究計画だが、資金は自称民間団体のNASAから出ていた。実をいうとNASAは軍部と深いつながりを持つ政府機関である。一九六三年を例にとると、その委託業務の四十三パーセントが軍事機密だった。

理論的にいえば、ジェット推進研究所の設計したものは、宇宙空間の外縁まで上昇して、研究用の微生物や塵埃を収集する衛星である。これは純理科学的なプロジェクト——珍品のたぐい——と見なされ、そしてこのプロジェクトにたずさわった科学者たちにも、そう受けとられていた。

だが、ほんとうの目的はまったく別物だった。スクープ計画のほんとうの目的は、フォート・デトリック研究センターの開発プログラムに応用できるような新しい微生物を発見することにあった。早くいえば、新しい生物兵器を発見するためのプロジェクトだったのだ。

フォート・デトリックは、メリーランド州にある建増しで伸びひろがった施設で、生物化学兵器の開発に全力をあげている。千三百エーカーの敷地、見積価格一億ドルの設備器材を持ち、合衆国でも全分野をつうじて指折りの研究施設である。その業績のうち、公刊の学術雑誌に発表されるものは十五パーセントしかない。残りは、ハーレイやダグウェイからの報告がそうであるように、すべて機密扱いになっている。ハーレイは、おもにウイルスを対象とした極秘生産施設である。それまでの十年間に、暗号名キャリー・ネイションと呼ばれる品種(下痢を起こすもの)から、暗号名アーノルドと呼ばれる品種(断続性痙攣と死をひきおこすもの)まで、多くの新しいウイルスがそこで開発された。ユタ州にあるダグウェイ野外実験場は、ロードアイランド州よりも広い敷地を持ち、おもにタブン、スクラー、カフー11などの毒ガス実験に使用されている。

ごく少数のアメリカ人しか、自国の生物化学戦に関する研究の巨大性を認識していないことを、ストーンは知っていた。政府の生物化学戦関係の歳出額は五億ドルを超える。これらの大部分は、ジョンズ・ホプキンス大学、ペンシルヴェニア大学、シカゴ大学などの研究施設に分配され、婉曲な用語で兵器体系の研究が委託されている。もちろん、ときには用語がそれほど婉曲でないこともある。たとえばジョンズ・ホプキンス大学のプログラムは、〝実在または潜在的な傷害と疾患の研究、将来ありうる生物戦による疾患の研究、および、ある種のトキソイドまたはワクチンへの化学的免疫学的反応の評価〟という名目になっていた。

過去八年間、ジョンズ・ホプキンス大学の研究結果は、一度も公表されなかった。ほかの大学、たとえばシカゴ大学やカリフォルニア大学の研究結果はときどき公表されるが、それらは軍事機関のあいだでは〝観測気球〟と考えられている――つまり、外国のオブザーバーたちを威嚇する意図を持った、進行中の研究実例なのだ。その代表的なものに、テンドロンほか五名の「皮膚吸収をつうじて酸化的燐酸化反応を急速に解除する毒物の研究」と題された論文がある。

この論文は、人間の皮膚から吸収されて、一分以内にその人間を殺す毒物のことを説明していたが、その毒物の正体には触れていない。しかも、この研究は、近年に開発されたほかの毒物と比べて、比較的マイナーな業績と考えられたものなのだ。

生物化学戦にそれだけの巨費と努力が注ぎこまれているなら、新しい、より強力な兵器がぞくぞく完成されているだろうと思われてもふしぎはない。しかし、一九六一年から六五年にかけては、それがあてはずれに終わっていた。一九六一年の上院軍備小委員会の結論は、「在来の研究では満足すべきものが得られず」、したがって、「新しい研究の進路と手段」をこの分野で開拓すべきである、としめくくっていた。

トーマス・スパークス少将がスクープ計画で意図したのは、まさしくそれだった。最終形態としてのスクープは、十七個の人工衛星を地球の周囲で軌道飛行させ、生物を収集したのち、それを地表へ回収する計画だった。ストーンは、これまでの飛行結果の要約に目を通していった。

スクープ一号は金メッキされた円錐型の衛星で、総重量は十七キロ。一九六六年三月十二日、カリフォルニア州ピュリシマのヴァンデンバーグ空軍基地から打ち上げられた。ヴァンデンバーグ基地は、ケープ・ケネディが西回り軌道の打ち上げを行なうのに対して、東回り軌道の場合に使用される。ヴァンデンバーグ基地にはもう一つ、ケープ・ケネディよりも秘密をたもちやすいという利点がある。

スクープ一号は六日間の軌道飛行の後、地上に引き下ろされた。それはジョージア州アセンズに近い沼沢地帯へ無事着陸した。あいにく、検査の結果は、通常の地球生物しか見つからなかった。

スクープ二号は機器の故障で、再突入のさい焼失した。スクープ三号は、新しいプラスチック＝タングステン・ラミネートの熱遮蔽板を装備していたにもかかわらず、やはり焼失した。

スクープ四号と五号は、インド洋とアパラチア山麓からそれぞれ無事に回収されたが、どちらもさして目新しい生物を含んではいなかった。収集されたのは、白色ブドウ球菌の無害な変種だけだった。人間の皮膚に存在するごくありふれた雑菌である。この失敗によって、発射前の滅菌手続きはさらに強化された。

スクープ六号は一九六七年元旦に打ち上げられた。初期の失敗を教訓にして生まれた最新の改良点が、すべてそこに結集していた。期待をになって、新型衛星は十一日後地上へ帰還し、インドのボンベイ附近に着陸した。だれも知らないうちに、当時フランスのパリ近郊エブルーに駐屯していた第三十四空挺師団が、カプセル回収に派遣された。三十四師団は、スクラブ作戦の行動手続きにしたがって、宇宙飛行が行なわれるときにはつねに待機態勢をとっていた。そもそもスクラブ作戦が案出されたのは、マーキュリーやジェミニ宇宙船のカプセルがソ連または東欧諸国の領内に不時着した場合に、それを保護する目的からだった。一九六〇年代の前半に、西欧へ落下傘部隊の一個師団がとどめておかれたのは、おもにこの理由である。

スクープ六号はつつがなく回収された。そこに発見されたのは、球桿菌型（きゅうかんきん）をした、グラム陰性、コアグラーゼおよびトリオキナーゼ陽性の、未知の単細胞生物だった。しかし、この微生物はメスのヒヨコを四日間軽い病気にしただけで、あらゆる生物に対してほとんど無害であることがわかった。

フォート・デトリックのスタッフのあいだでは、スクープ計画による病原体の回収成功への期待が薄らいできた。にもかかわらず、スクープ七号は六号の直後に打ち上げられた。正確な日付は発表されていないが、おそらく一九六七年二月五日であろう。スクープ七号はただちに、遠地点五一〇キロ、近地点三六〇キロの安定軌道に乗った。そして二日半にわたって軌道飛行をつづけた。その後、理由不明のまま衛星がとつぜん安定軌道を離れたので、電波指示による引き下ろしが決定された。

予定着陸地は、アリゾナ州北東部の無人地帯だった。

飛行の途中で、ストーンはファイルを読むのを中断した。ひとりの士官が電話機を持ってきたからだ。士官はストーンが話しはじめると、丁重に距離をおいて立った。

「もしもし?」とストーンは妙な気分を味わいながらいった。空の旅の最中に電話することには慣れていない。

「マーカス大将です」と疲れた声がいった。ストーンはマーカス大将を知らなかった。「チームの全員が招集されたことを、あなたにお知らせしておきたかった。カーク教授を除いてだが」

「なにがあったんです?」

「カーク教授は現在入院中でね」マーカス大将はいった。「くわしい情報は、着陸後にお知らせしよう」

会話はそれで終わった。ストーンは電話機を士官に返した。しばらくのあいだ、彼はチームのメンバーのことを考え、彼らがベッドからたたきおこされたときの反応を想像してみた。まず、第一にレヴィット。彼の反応はすばやいだろう。レヴィットは臨床微生物学者で、伝染病の処置には熟練している。いままでにいやというほど疫病や流行病を見てきたレヴィットは、迅速な行動の重要性を知りぬいているにちがいない。おまけに彼は骨のずいまでのペシミストでもある（かつてレヴィットは、「結婚式の席上で、わたしはこの女にどれだけの離婚手当をせびられるだろう、ということしか考えられなかった」といったことがある）。あの気むずかしい顔と悲しそうな目をした大男は、怒りっぽく、ぐちっぽく、いつもわびしいみじめな未来をのぞき見しているように見える。しかし、同時に、思慮ぶかく、想像力にもすぐれており、大胆な思考をおそれない。

それから、ヒューストンにいる病理学者のバートン。ストーンはバートンとあまり肌が合わないが、その学問的才能は認めていた。いろいろな点でこのふたりは正反対だった。ストーンがきちょうめんなら、バートンはルーズ。ストーンが計画的なら、バートンは衝動的。ストーンが自信家なら、バートンは内気で神経質でせっかち。バートンの同僚たちは、彼が結んでない靴ひもやだぶだぶしたズボンの折り返しを踏んづけてよく転ぶことと、偶然のように重大発見からつぎの重大発見へとぶつかる才能から、「つまずき屋」という尊称をたてまつっている。

そして、エール大学の人類学者カークは、どうやらこられないらしい。もしそのニュースが事実なら、ストーンとしては残念だった。カークは世事にうとい、いささか見栄坊な男だが、たまたまおそろしく論理的な頭脳にめぐまれている。問題の要点を把握して、必要な結果を手に入れる能力の持ちぬしだ。自分では小切手帳の残高も計算できない男だが、数学者たちは高度に抽象的な問題でよく彼のところへ知恵を借りにいく。

そうした頭脳が欠けることは非常に痛い。五人目の男は、どう見てもその点でたよりになりそうもない。マーク・ホールのことを考えたストーンは、ちょっと渋面を作った。ホールは、いわばこのチームの妥協の産物だった。ストーンとしては、むしろ代謝性疾患に経験のある内科医がほしかったが、もめにもめたすえ、結局は外科医がえらばれたのだ。ホールを受けいれた背景には、〈オッドマン仮説〉を信じている国防省とアメリカ原子力委員会からの強い圧力があった。最後には、ストーンもほかのメンバーも譲歩せざるをえなかった。

ストーンはホールのことをよく知らなかった。非常招集を受けてあの男はどういうだろうか、と想像してみた。だが、この瞬間のストーンは、チームの各メンバーの招集時刻に大きなずれがあったことを、ぜんぜん知らなかったのである。たとえば、病理学者のバートンが午前五時まで招集を受けなかったことも、また微生物学者のピーター・レヴィットが午前六時半に病院に到着してから、はじめて招集を受けたことも、彼はまだ知らなかった。

ホールの場合にいたっては、午前七時五分まで招集を受けなかったのだ。

マーク・ホールがあとでいった言葉をかりると、それは「おそろしい経験だった。あっというまに、ぼくはいちばんなじみ深い世界からひきずりだされて、いちばん縁遠い世界へほうりこまれた」ことになる。午前六時四十五分、ホールは第七手術室に隣接した手洗い場で手を洗っていた。それは彼がこの数年間、毎日のようにつづけてきた手順だった。彼はすっかりリラックスして、レジデントと冗談をいいあいながら、いっしょに手をこすった。

それがすむと、彼は両手を前に上げたまま手術室にはいり、手洗い看護婦からタオルを受けとった。部屋の中には、患者の体に手術の準備――ヨードチンキの塗布――をほどこしているもうひとりのレジデントと、外回り看護婦がいた。彼らはあいさつを交わしあった。

病院内部で、ホールは仕事の手早い、短気でお天気屋の外科医と見られていた。彼はほかの外科医たちの二倍ものスピードで、手術をすませた。ことが順調に運んでいるときは、手術しながら冗談をとばし、助手や看護婦や麻酔係をからかった。しかし、事がうまくいかず、ひまがかかり、むずかしくなると、ホールはおそろしく怒りっぽくなった。

たいていの外科医がそうであるように、彼もルーチンにはやかましかった。すべてのことが、一定の順序、一定の方式でなされる必要がある。それでないと落ちつけないのだ。

手術室の一同はそれを知っていたので、頭上の観覧通廊に現われたレヴィットを、気づかわしげに見あげた。レヴィットは、階上の部屋から下の手術室につうじたインターホンのスイッチを、カチッと入れた。

「ヘロー、マーク」

ホールは患者の腹部を除くあらゆる部分を、緑色の滅菌布で覆っているところだった。彼はびっくりして通廊を見あげ、「ヘロー、ピーター」と答えた。

「おじゃましてわるいが」とレヴィットがいった。「緊急事態なんだ」

「待ってもらうしかないね。もう処置をはじめている」

ホールはそう答え、被布(おいふ)をかけ終わってメスを請求した。腹部を触診し、切開の開始点をさぐろうとした。

「待てない」とレヴィットがいった。

ホールは手をとめた。メスをおいて、階上を見あげた。長い沈黙があった。

「いったいどういう意味だ、待てないとは？」

レヴィットは依然として冷静だった。「とにかく、仕事を中断してくれ。緊急事態なんだ」

「いいかい、ピーター。患者がここにいるんだぜ。しかも麻酔にはいっている。すぐはじめなくちゃならない。それをほったらかして――」

「ケリーがあとをひきうけるよ」

ケリーというのは外科医局員のひとりだった。

「ケリーが？」

「いま、手を洗ってる」とレヴィット。「ぜんぶ手配ずみだ。わたしは更衣室できみを待つ。三十秒後に」

そう言い捨てて彼は姿を消した。

ホールは手術室の一同をねめまわした。だれひとり身動きせず、口もひらかなかった。一瞬後、ホールは手袋を脱ぎ捨て、大声でひとこと悪態をついてから、あらあらしく部屋を出た。

ホールは彼自身のワイルドファイア計画との関係を、いたって薄弱なものと考えていた。一九六六年に、ホールは勤務先の病院の微生物科長であるレヴィットから相談を持ちかけられ、その計画の目的についてざっとした説明を受けた。ホールはそのすべてをいささか滑稽に感じながらも、万一自分の経験が必要になった場合は、チームに加わってもいいと承諾した。内心、ワイルドファイア計画などからお呼びがかかるはずはない、とたかをくっていたのである。

レヴィットは、ワイルドファイアのファイルを順次彼に渡して、プロジェクトの近況を知らせるようにしようと申し出た。最初のうち、ホールはお義理でファイルを受けとっていたが、まもなく彼が面倒くさがって読もうとしないことがはっきりすると、レヴィットもそれを渡すのをやめてしまった。デスクの上を屑かごにしたくないホールとしては、むしろ大助かりだった。

一年前、レヴィットはホールにむかって、彼が参加を承諾したもの、そしていつか将来その危険性が立証されるかもしれないものに好奇心がわかないか、とたずねたことがある。ホールはそのとき、「ノー」と答えたのだ。

いま更衣室にはいって、ホールはこれまでの自分の返事を悔やんでいた。医師更衣室は、四方の壁にロッカーの並んだ小さな部屋だった。窓はなかった。部屋の中央に大きなコーヒーメーカーがでんとすわり、その横に紙コップが一山おかれていた。レヴィットはバセット犬に似たしかつめらしい顔に悲しげな色をたたえて、紙コップにコーヒーをついでいるところだった。

「見るからにまずそうなコーヒーだ」とレヴィットはいった。「病院というやつは、どこへいってもろくなコップがない。急いで着替えろ」

ホールはいった。「それよりまず理由を聞かせて――」

「それはあと、あと」とレヴィット。「とにかく着替えろ。おもてに車が待っているし、すでにわれわれは遅れているんだ。もう手遅れかもしれん」

彼のつっけんどんでメロドラマ的な物言いは、いつもホールの癇にさわる。

ズルッと大きな音を立てて、レヴィットがコーヒーをすった。「思ったとおりだ。こんなものがよくがまんできるな。急いでくれ」

ホールはロッカーの鍵をあけ、足でドアをけりあけた。ドアによりかかって、帯電防止用に手術室の中で着けている、黒いプラスチックの靴カバーをはずした。「きっとつぎは、これがあのくそいまいましい計画に関係があるといいだすんだろうな」

「そのとおり」とレヴィット。「さあ、急いでくれ。われわれを飛行場へ連れていくために車が待っているんだ。おまけに朝の渋滞はひどいからね」

ホールは一瞬茫然としながら、なにも考えずに手ばやく着替えをすませた。こんなことが起こるとは、なぜか予想もしていなかったのである。着おわった彼は、レヴィットといっしょに病院の玄関まで歩いた。おもての日ざしの中に、オリーブ色のアメリカ陸軍のセダンが、回転灯をまたたかせながら、歩道の縁にとまっていた。それを見たとたん、ホールは突然の恐ろしい認識を持った。レヴィットが彼をからかっているのではなく、だれも彼をからかっているのではなく、ある種の戦慄すべき悪夢が現実になりかけているのだ、と。

ピーター・レヴィットは、ホールに苛立ちを感じていた。たいていの場合、レヴィットは臨床医たちとつきあいきれない。医学博士号を持ってはいても、レヴィットはまったく臨床経験がなく、研究に没頭するほうをえらんでいた。研究分野は臨床微生物学と流行病学、とくに寄生虫学が専門だった。寄生虫の研究では、世界各地をまわり歩いたこともある。その仕事がブラジル条虫（Taenia renzi）の発見につながったが、これは一九五三年に発表された彼の論文にくわしい。

しかし、年をとるにつれて、レヴィットは旅行から遠ざかった。公衆衛生は若者のゲームだというのが、彼の口癖だった。アメーバ腸炎を五度もわずらえば、もう見切りをつけなくてはいけない。レヴィットは、一九五五年にローデシアでその五度目をわずらったのだ。三カ月ベッドに呻吟し、体重が二十キロも減った。その直後、彼は公衆衛生局に辞表を提出した。そこへ、この病院の微生物科長のポストを用意すると誘われ、時間の大半を研究にふりむけるという条件つきで、レヴィットはその仕事をひきうけた。

病院内での彼は優秀な微生物学者として知られていたが、ほんとうの関心はまだ寄生虫にあった。一九五五年から一九六四年にかけて、彼は回虫とアメリカ鉤虫（こうちゅう）の代謝に関する一連のすぐれた論文を発表し、学界の高い評価をかちえた。

レヴィットの名声からおしても、彼がワイルドファイア計画の一員にえらばれたのは当然だったし、またホールが参加を求められたのもレヴィットをつうじてだった。ホール自身はなにも知らなかったが、レヴィットはホールの選出の裏にある事情まで知っていた。

はじめて、レヴィットから参加を求められたとき、むろんホールはその理由を問いただした。「ぼくはただの外科医だよ」ともいってみた。

「たしかに」とレヴィットは答えた。「だが、きみは電解化学にくわしい」

「それで？」

「それが必要になるかもしれない。血液化学、pH、酸性とアルカリ性、それらのいっさいがね。そいつがいざというときに物をいうかもしれん」

「しかし、電解化学の専門家なら、掃いて捨てるほどいるぜ」とホールはつっこんだ。「ぼくよりも優秀な連中が」

「いるさ」とレヴィット。「だが、みんな女房持ちときている」

「それがどうした？」

「独身者が必要なんだよ」

「なぜ？」

「チームの中のひとりは独身者でないといけないんだ」

「そんなばかな」とホール。

「かもしれん」レヴィットはそう答えたのである。「だが、ばかばかしくないかもしれん」

ふたりは病院を出て軍用車へと歩いた。しゃちこばっていた若い士官が、近づいてくるふたりに敬礼した。

「ドクター・ホール？」

「そう」

「カードを拝見できますか？」

ホールは写真入りの小さなプラスチックのカードを相手に渡した。そのカードを紙入れに入れて持ち歩くようになってから、もう一年あまりになる。一風変わったカードだった——氏名と写真と指紋だけ、あとはなにも書かれてない。それが公的な身分証であることを示すものは、なに一つない。

士官はカードをちらっと見てからホールに目をやり、またカードに目をもどした。そして、カードを返した。

「けっこうです」

士官はセダンのドアをあけた。ホールが先に乗りこみ、レヴィットがあとにつづいた。車の屋根でまたたいている赤い回転灯から目をさえぎるように、手をかざしている。ホールは目ざとくそれに気づいた。

「どうかしたのかね？」

「いや。回転灯ってやつが好きじゃないだけさ。戦争中に病院車の運転手をやっていたころを思いだしてな」レヴィットは座席におちつき、車は走りだした。「さあ、これでよし。飛行場に着いたらファイルが渡されるから、それを旅行中に読んでおいてくれ」

「旅行って？」

「F-一〇四で飛ぶんだよ」とレヴィット。

「どこへ？」

「ネヴァダ州。そのあいだにファイルを読むんだ。むこうに着くと、そんなひまはなくなる」

「で、チームのほかのメンバーは？」

レヴィットは腕時計をちらりと見ていった。

「カークは虫垂炎で入院している。ほかのふたりはもう仕事をはじめた。いまごろはヘリコプターで、アリゾナ州ピードモントの上空にいるはずだ」

「そんな町は聞いたこともない」とホール。

「みんなそうだよ」とレヴィットがいった。「いままではね」

6　ピードモント

おなじ朝の九時五十九分、一台のK‐四ジェット・ヘリコプターが、ヴァンデンバーグ基地の極秘格納庫MSH‐九のエプロンから飛び立って、東のアリゾナ州へむかった。

マンチェック少佐が極秘格納庫からの発進を決定したのは、搭乗員の服装が人目に立つのをおそれたからだった。ヘリコプターの中には三人の男――パイロットひとりと科学者ふたり――が乗っていたが、三人とも透明なプラスチックの膨張服を着て、まるでふとっちょの火星人か、それとも格納庫の保全係がいったように、「メイシーの感謝祭パレードの風船」のような格好をしていた。

ヘリコプターが澄みきった朝の空へ上昇していくあいだに、機内のふたりの乗客は顔を見合わせた。ひとりはジェレミー・ストーン、もうひとりはチャールズ・バートン。どちらもほんの二、三時間前に、ヴァンデンバーグ基地へ着いたばかりだった――ストーンはバークレーから、そしてバートンはウェイコーのベイラー大学から。

チャールズ・バートン、五十四歳、病理学者。ベイラー大学医学部の教授で、航空宇宙局のヒューストン有人飛行センターの顧問もつとめている。それ以前は、ベセズダの国立公衆衛生研究所につとめていた。研究分野は、細菌の人体組織におよぼす影響だった。

これほど重大な分野が、バートンの出現までほとんど手つかずで残されていたのは、科学史の不思議の一つである。一八四〇年のヘンレの仮説以来、人類はバイキンが病気を起こすことを知ってはいたが、二十世紀中葉になっても、なぜ、またはどうして、細菌がそうした損傷を与えるかについては、まだなに一つ明らかになっていなかった。その特殊なメカニズムは未知のままだった。

バートンは、その時代の多くの学者とおなじように、肺炎の病原体である肺炎双球菌を使って、研究にとりかかった。四〇年代にペニシリンが登場するまで、肺炎双球菌は学界の大きな関心の的だった。だがその後は、関心も研究費もきれいに蒸発してしまった。バートンは、〝にきび〟や〝ねぶと〟の犯人であるありふれた皮膚の感染菌、黄色ブドウ球菌に研究を切りかえた。その仕事をはじめた当時の彼は、研究者仲間の笑いものだった。ブドウ球菌は、肺炎双球菌とおなじように、きわめてペニシリンに敏感だからである。バートンが研究をつづけるだけの資金を手に入れることすら、あやぶまれていた。

五年間は、おおかたの予想どおりだった。資金は乏しく、バートンはあちこちの財団や慈善家に、何度も頭を下げてまわった。しかし、彼はくじけずに研究をつづけ、細胞膜上皮が宿主の組織に反応を起こさせる過程をしんぼう強く解明して、細菌が体組織を突破し、感染を広め、赤血球を破壊するために分泌する、数種類の毒素の発見に寄与した。

一九五〇年代に、ペニシリンに対する抵抗性を持った最初のブドウ球菌の株がとつぜん出現した。新しい菌株は強い毒性を持ち、しばしば脳膿瘍による悲惨な死をひき起こした。ほとんど一夜にして、バートンは彼の研究が大きな意味を帯びたことに気づいた。全国数十カ所の研究所は、いっせいにブドウ球菌をとりあげた。それはいまや〝熱い分野〟だった。たった一年のうちに、バートンは彼の研究補助金が年六千ドルから三十万ドルに飛躍するのを、その目で見ることになった。まもなく、彼は病理学の教授に任命された。

過去をかえりみて、バートンは自分の業績にあまり誇りを感じなかった。それは幸運のせいであり、その時期が訪れたとき、ちょうど適当な場所で適当な研究をしていたからであることをわきまえていたからだ。

バートンは、いまこのヘリコプターに乗り合わせた結果、つぎはどんな運命が訪れるだろうか、といぶかしんでいた。

彼の真向かいにすわったジェレミー・ストーンは、バートンの身なりに顔をしかめたくなるのをじっとがまんしていた。プラスチックの防護服の下にバートンが着ているのは、左の胸ポケットにしみのある、汚れた格子縞のスポーツシャツだった。ズボンはよれよれですりきれており、頭髪までが、ストーンの見たところ、乱雑でだらしなかった。

ストーンは窓の外に目をやって、むりやりにほかのことを考えようとつとめた。「五十人の人間が」とかぶりをふりながら口を切った。「スクープ七号の着陸から八時間以内に死んでしまった。問題はその蔓延だ」

「おそらくは空気伝染だろうね」とバートン。

「そう。おそらく」

「みんな、町のすぐ付近で死んでいるらしい。もっと外部での死亡報告はあるのかな？」

ストーンは首を横にふった。「それは、陸軍の連中に調べてもらってる。ハイウェイ・パトロールの協力で。いまのところ、外部では死者は出ていない」

「風は？」

「運がよかった。ゆうべはかなり強い風で、南へ時速十五キロでむらなく吹きつづけていた。それが真夜中ごろに、ばったりやんだ。この季節にはめずらしいそうだ」

「しかし、われわれにとっては幸運だったわけだね」

「そう」とストーンはうなずいた。「もう一つの点でも、われわれは幸運だった。あそこから約二百キロの半径内に、これといった人口密集区域がないことだ。もちろん、その外には、北にラスベガス、西にサンベルナルディノ、東にフェニックスがある。もし、菌がこのどれかに飛び火したら、大変だが」

「しかし、風がおさまっているかぎり、時間的余裕はある」

「おそらく」とストーン。

それから半時間、ふたりはヴァンデンバーグ基地のコンピュータ課が夜のあいだに作成したアウトプット・マップをさかんに参照しながら、感染経路の問題を論じあった。アウトプット・マップは、地理学的問題のきわめて複雑な分析である。この場合に使われたマップは、風向きと人口とのウエイトづけをした、アメリカ合衆国南西部の図解だった。

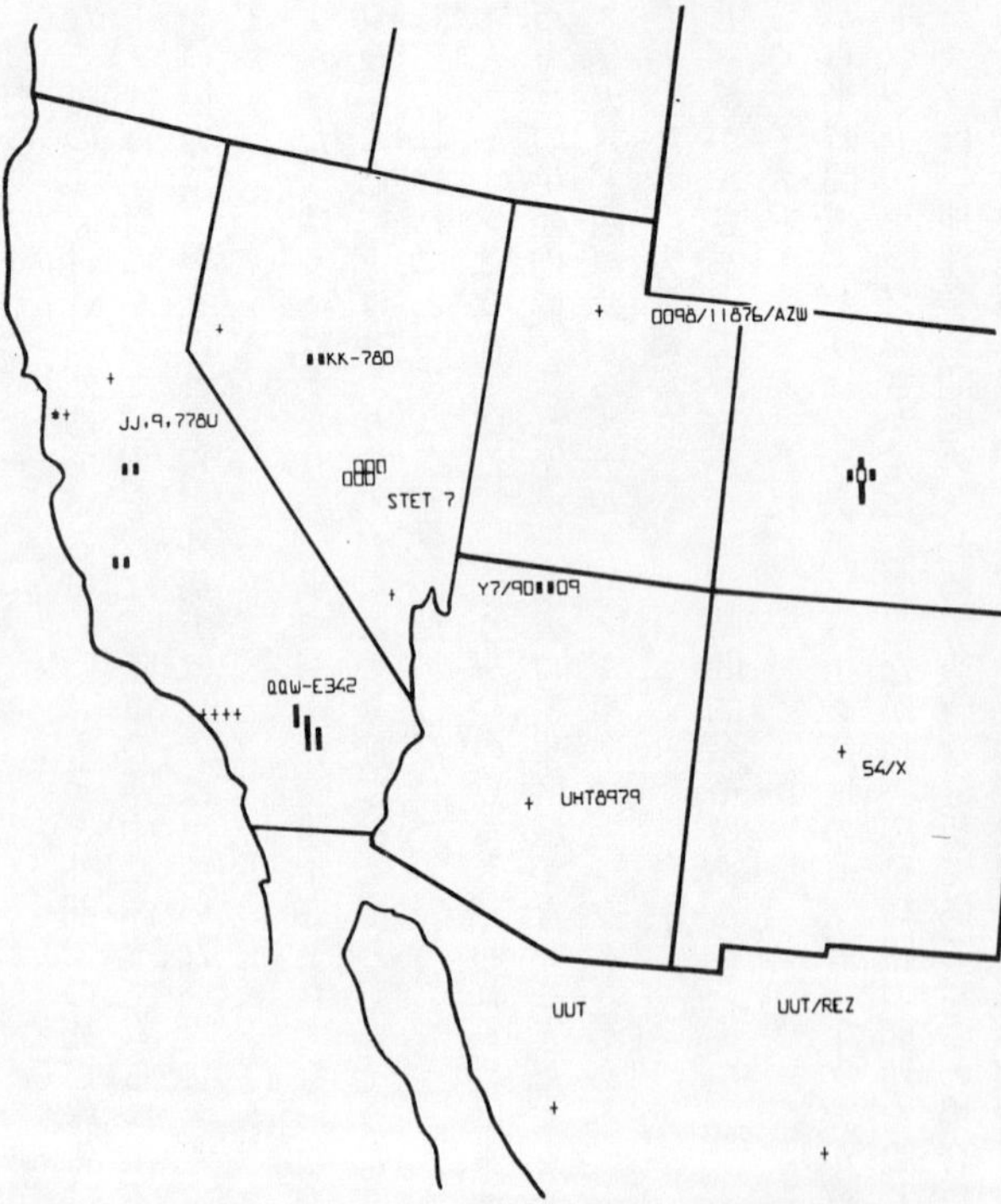

アウトプット・マップについて：これらの３枚の地図は、コンピュータによるアウトプット・マップ作成の段階的実例である。最初の１枚は比較的スタンダードなもので、人口中心と、その他の重要地域の周囲に、コンピュータ座標がつけくわえられている。

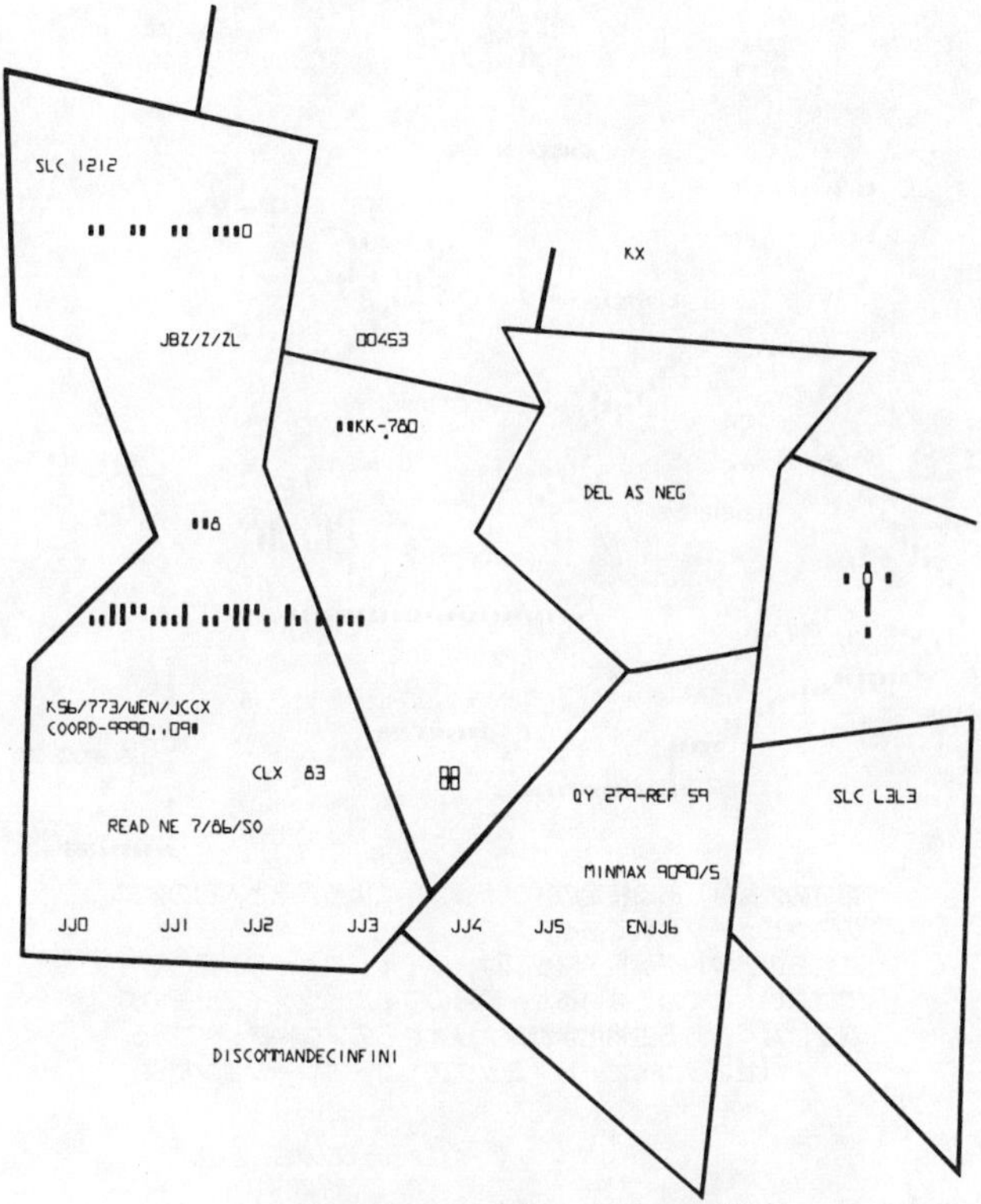

第2の地図は風と人口因子のウエイトをつけたもので、結果として歪みができた。

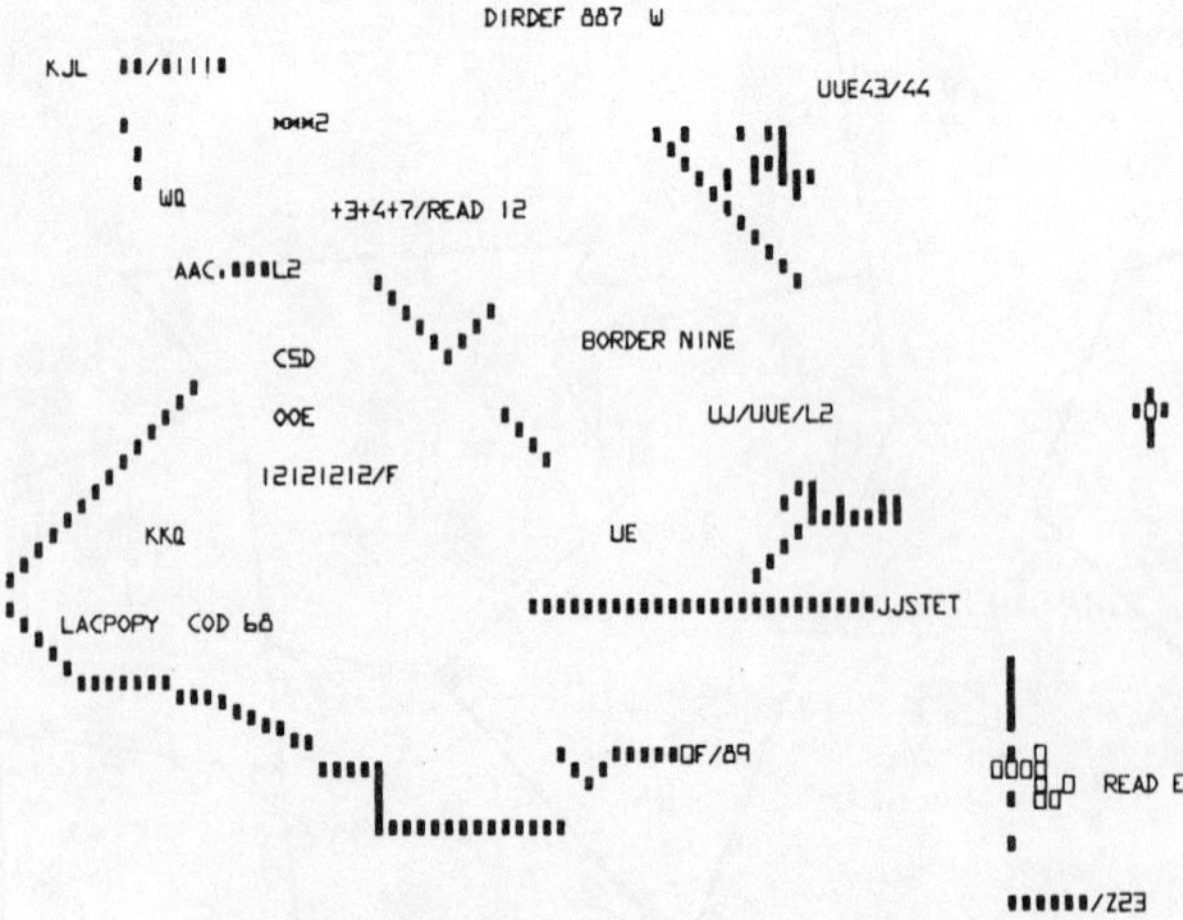

第3の地図は、ある特定の“シナリオ”による、風と人口の効果のコンピュータ投影である。
これらのアウトプット・マップは、ワイルドファイア計画のそれではない。よく似てはいるが、実際のワイルドファイア計画の資料ではなく、ある生物化学戦シナリオからのアウトプットである。
（ゼネラル・オートノミックス・コーポレーション提供）

つぎに、話題は死の時間経過のほうに移った。すでにふたりは、回収車からの通信のテープ録音を聞いていた。ピードモントの全員がまったく突然に死亡したらしいと意見は一致した。

「人間ののどをカミソリでかき切ったとしても」とバートンがいった。「あんなに早くは死なないよ。頸動脈と頸静脈をぜんぶ切っても、意識喪失までに十秒ないし四十秒はかかるし、死亡までには一分近くかかる」

「ピードモントでは、それが一、二秒のあいだに起こったらしいぞ」

バートンは肩をすくめた。「外傷かな」と持ちかけた。「頭への衝撃」

「そう。あるいは神経ガス」

「たしかに考えられるね」

「それか、でなければそれによく似たなにかだ」ストーンはいった。「もし、それがある種の酵素阻害物質――砒素やストリキニーネのたぐい――なら、十五秒から三十秒、あるいはもっと長い時間がかかるはずだ。しかし、神経伝達の阻害か、神経筋接合部の阻害、または皮質中毒――こういうものだと非常に急速にくる。即死もありうる」

「もし、即効性のガスだとしたら」とバートンがいった。「おそらく高い拡散力で肺に――」

「それとも、皮膚にだ」とストーン。「粘膜から、あらゆるところ。多孔質の表面のすべて」

バートンは不安そうに防護服のプラスチックをさわった。「もし、そのガスがそれだけ高い拡散性を持っているとすると……」

ストーンは淡い微笑をうかべた。「それはもうすぐわかるよ」

インターホンからヘリコプターのパイロットの声がひびいた。「ピードモントに接近中。指示ねがいます」

ストーンがいった。「一度旋回して、町を見せてくれ」

ヘリコプターは急に横傾(バンク)した。ふたりは窓から眼下の町をながめた。夜のうちに集まってきたハゲタカが、死体のまわりへ黒く群がっていた。

「あれを心配してたんだ」とストーンはいった。

「あれも汚染拡大のベクターになりうるな」とバートンがいった。「汚染された死骸の肉を食べて、その微生物もいっしょに運んでいく」

ストーンは窓の外に目をこらしたまま、こっくりとうなずいた。

「どうしよう？」

「ガス散布だ」ストーンはいって、パイロットへのインターホンにスイッチを入れた。「ボンベは持ってきたね？」

「はい」

「もう一度旋回して、町へ散布してくれ」

「承知しました」

ヘリコプターはまた傾いて、方向を転じた。まもなく、淡青色のガスの雲が、ふたりの目から大地をさえぎってしまった。

「なんのガスだね？」

「クロラジンだ」とストーンはいった。「低濃度だと、鳥類の代謝に強い影響をおよぼす。鳥類の物質代謝速度はすごい。ほとんど羽毛と筋肉だけでできた生物だからね。心臓はふつう百二十ぐらい打つし、一日に体重以上の量を食べるという種類が多い」

「ガスはアンカップラー（酸化的燐酸化反応の解除剤）だな？」

「そう。鳥たちにはこたえるだろうよ」

ヘリコプターはバンクして離脱してから、空中に停止した。ガスは微風にゆっくりと吹きはらわれ、南へ流れていく。まもなく、地上がふたたび見えるようになった。何百羽という鳥が横たわっていた。まだ痙攣のような羽ばたきをしているものもすこしはあったが、大半はすでに死んでいた。

ストーンはそれを見おろしながら、眉をひそめた。どこか心の片隅に、なにかを忘れている、あるいは見落としている、という意識があった。鳥たちが示しているある事実、ある重大な手がかり、見逃してはならないなにかを。

インターホンでパイロットがいった。「つぎはどうしますか？」

「メイン・ストリートの中央へやってくれ」とストーンはいった。「そして縄梯子（なわばしご）をおろす。

きみは地上六メートルのところで停止する。接地してはいけない。わかったな？」

「わかりました」

「われわれが地上におりたあと、きみは百五十メートルの高度まで上昇する」

「わかりました」

「われわれが合図を送ったら、もどってくる」

「わかりました」

「万一、われわれの身になにかが起きたら――」

「自分はワイルドファイア研究所へ直行します」と、パイロットはかすれ声でいった。

「よろしい」

パイロットはその意味を知っていた。彼は空軍給与体系の最高俸をもらっている――本給のほかに危険作業手当、プラス非戦時特殊部隊手当、プラス敵性地帯上空飛行手当、プラス特別飛行時間手当。この一日の仕事だけで一千ドルあまりの金を受けとることになるし、万一帰還しなかった場合は、家族が一万ドルの短期生命保険金を合わせて受けとることになっている。

もちろん、それだけの理由はあった。もし、地上のバートンとストーンの身になにかが起きた場合、パイロットはまっすぐワイルドファイア研究施設へ飛行するように命じられている。そこで、ワイルドファイアの研究グループがパイロットとヘリコプターを空中で焼却するための正しい方法を決定するまで、地上十メートルの高度に滞空して待たなければならないのだ。

パイロットの給料は危険の報酬であり、その仕事に彼は自分から志願した。六千メートルの上空には、空対空ミサイルを積んだ空軍ジェット機が旋回中であることも知っていた。そのジェット機の任務は、もしヘリコプターのパイロットが最後の瞬間に怖気づいて、ワイルドファイア本部へ直行しなかった場合、それを撃墜することにある。

「ミスをしないように」といってから、パイロットはつけくわえた。「してください」

ヘリコプターは町のメイン・ストリートの真上に下降し、そして空中に停止した。ガラガラという音が聞こえた。縄梯子がおろされたのだ。ストーンは立ち上がり、ヘルメットをつけた。密封スナップを閉め、透明な防護服を体のまわりでふくらませた。背中の小さな酸素ボンベが、二時間の探険のあいだの空気を補給してくれるはずだった。

ストーンはバートンが防護服を密閉するまで待ってから、ハッチを開いて地上を見おろした。ヘリコプターが猛烈な砂塵を巻きあげていた。

ストーンは無線のスイッチをいれた。「準備いいか？」

「準備完了」

ストーンは梯子を伝いおりはじめた。バートンはしばらく待ってから、そのあとを追った。渦巻く砂塵の中でなにも見えなかったが、やがて靴底が地面に触れるのが感じられた。バートンは梯子をはなして、あたりを見まわした。陰鬱なほの暗い世界に、ストーンの防護服の輪郭がぼんやりと見わけられた。

ヘリコプターが上昇し、梯子が引きあげられた。砂塵がおさまった。視野が晴れた。

「行こう」とストーンがいった。

防護服の中でぎごちなく身動きしながら、ふたりはピードモントのメイン・ストリートを歩きだした。

7 〝異常な過程〟

アンドロメダ菌株と人類との最初の接触というべきものがピードモントで起こってから十二時間たらずで、バートンとストーンは現場に到着した。それから数週間後の口頭報告でも、まだふたりはその光景をなまなましく記憶していて、詳細にそれを物語ることができた。

朝の太陽はまだ空に低くかかっていた。日ざしはさむざむとわびしげで、薄く雪のつもった地上に長い影を落としていた。ふたりの立っている場所からは、通りにそって灰色の古びた木造家屋が見えた。しかし、ふたりが最初に気づいたのは、その静けさだった。からっぽの家の中を吹きぬけている微風の低いうなりをのぞいて、あたりは不気味なほど静かだった。人びとはいたるところに横たわり、驚愕に凍りついた姿勢で地上にころがり、折り重なっていた。

だが、そこにはなんの物音もなかった——心を落ちつかせてくれる車のエンジンのひびきも、犬の吠える声も、子供の大声も。

静寂。

ふたりは顔を見合わせた。ここで知るべきこと、なすべきことの多さを、痛いほど認識したのだ。ある災厄がこの町をおそった。そしていま、ふたりはそれについて知りうるだけのことを発見しなければならない。しかし文字どおりなんの手がかりも、出発点もない。

もっとも、二つだけはわかっていた。第一に、災厄がどうやらスクープ七号の着陸とともにはじまったらしいこと。そして第二に、死がおどろくべき迅速さでこの町の住民をおそったこと。もしそれが人工衛星から発生した疫病とすれば、医学史にも前例のないものだ。

かなりの時間、ふたりは黙りこくったままあたりを見まわし、ふくらんだ防護服が風に押しやられるのを感じながら、そこに立ちつくしていた。ようやく、ストーンが口をひらいた。

「なぜみんな、表の通りまで出ているのだろう？　もしこの病気が夜中におそったのなら、たいていの人が家の中にいたはずだ」

「それだけじゃない」とバートン。「ほとんどがパジャマ姿だよ。ゆうべは寒い晩だった。あたりまえなら、上衣かレインコートでもひっかけるところだ。すこしでも暖かくするために」

「たぶん、急いでたんだろう」

「なにをするために？」とバートンがいった。

「なにかを見るためじゃないかな」ストーンは弱々しく肩をすくめた。

バートンは最初にでくわした死体の上に、かがみこんだ。「おかしい。この男が胸をつかんでいるようすを見たまえ。かなりおおぜいがおなじことをしている」

あたりの死体を見まわしたストーンは、その多くが胸を手で押さえたり、つかんだりして倒れているのに気づいた。

「苦痛はなかったらしいな」とストーン。「顔つきはしごく安らかだ」

「むしろ、びっくりした表情に近い」とバートンはうなずいた。「この人たちは、歩いている途中で倒れたように見える。だが、胸を押さえるとは」

「冠動脈症かな？」とストーン。

「疑問だね。それなら顔をしかめるはずだ——あれは苦しい。肺動脈塞栓症にもおなじことがいえる」

「もし急速に死がきたとすると、苦しむ時間もなかったかもしれない」

「あるいはね。しかし、どうもわたしには、この人たちが苦痛なしに死んでいったような気がする。とすると、彼らが胸を押さえているのは——」

「呼吸できなかったからだ」とストーン。

バートンはうなずいた。「これは窒息死かもしれない。急速で苦痛のない、ほとんど瞬間的な窒息死。だが、わたしは疑問に思うね。もし呼吸ができなくなれば、だれでも最初にやるのは衣服をゆるめることだ。とくに首とか胸のまわりを。あそこのあの男を見たまえ——ネクタイをしめているが、それにさわった形跡はない。あそこの女も襟をきっちりボタンでとめたままだ」

バートンは最初この町で味わったショックを通りこして、じょじょに落ちつきをとりもどしていた。それといっしょに、頭もはっきりしてきた。まだヘッドライトを弱々しくつけっぱなしにしたまま、道路の真中にとまっている回収車へ、ふたりは歩みよった。ストーンが車内へ首をつっこんで、ライトを消そうとした。運転手のこわばった体をハンドルからひきはなして、パーカの胸ポケットの名札を読んだ。

「ショーン」

回収車の後部でじっとすわっているのは、クレーンという名の一等兵だった。どちらの死体も、すでに死後硬直を起こしていた。ストーンは後部の装置にあごをしゃくった。

「あれはまだ使えるかな？」

「使えるだろう」とバートン。

「じゃあ、衛星を見つけよう。それが第一の仕事だ。ほかのことはあとで心配するとして——」

ストーンはいいやめた。死の瞬間に前にのめって、激しくハンドルへぶつかったらしいショーンの顔を、まじまじと見つめた。ショーンの顔には大きな弓形の切傷が横に走り、鼻梁が折れて皮膚が裂けていた。

「どうもわからない」とストーン。

「なにが？」とバートン。

「この傷だ。まあ見ろよ」

「非常にきれいだ」バートンはいった。「というより、意外なほどきれいだ。ぜんぜん出血がない……」

そこまできて、はっとバートンは気づいた。驚きのあまり、無意識に頭を掻こうとしたが、プラスチックのヘルメットがその手をさまたげた。

「顔面のあんな切傷がねえ。毛細管破裂、骨折、頭皮静脈の切断――ものすごく出血していいはずだが」

「そう、そのはずだ」とストーン。「それに、ほかの死体を見ろよ。ハゲタカが肉をついばんだ跡でさえ――出血がない」

バートンは驚愕をつのらせながら、目をこらした。どの死体も一滴の血さえ失っていない。どうしてふたりともいままでそれに気づかなかったのだろう。

「ひょっとすると、この病気の作用のメカニズムが――」

「そう」とストーンはいった。「たぶん、きみのいうとおりだ」彼は掛け声をかけて、硬直したジョーンの死体をハンドルの前から車の外へひきずりだした。「あのくそったれな衛星を早くとりにいこう。だんだん心配になってきた」

バートンは車のうしろへまわって、後部ドアからクレーンの死体をひっぱりだし、ストーンがイグニションを入れるのを見て、車に乗りこんだ。スターターがのろのろと回転したが、エンジンはかからなかった。

ストーンはしばらくスターターを試みたあげくにいった。「おかしいな。バッテリーは弱ってるが、まだ充分――」

「ガソリンは？」とバートンがいった。

ちょっと間をおいてから、ストーンが声高に悪態をついた。バートンは微笑して、車のうしろから外に這いだした。ふたりは通りにそってガソリン・スタンドまでいっしょに歩き、バケツを見つけ、しばらくためしにポンプを動かしてみたあとで、バケツにガソリンを満たした。ガソリンを手に入れて、ふたりは車にもどり、タンクを満たしてから、ストーンがもう一度始動を試みた。

こんどはエンジンがかかった。ストーンはニヤリと笑った。「出発だ」

バートンは車のうしろに乗りこみ、電子機器のスイッチを入れ、アンテナを回転させはじめた。衛星からのかすかな信号が聞こえてきた。

「信号は弱いが、まだ聞こえている。どこかこの左手らしい」

ストーンはギアを入れた。回収車は道路の死体をよけてガタガタと動きだした。信号音はしだいに高くなった。車はガソリン・スタンドと雑貨店を通りすぎて、メイン・ストリートを走りつづけた。信号音が急に弱まった。

「行きすぎた。回れ右だ」

ストーンがシフトレバーのバックの位置を探すのにしばらくもたついたあと、車はいまきた道をひきかえして、信号音の強まる角度をさぐった。その信号音の源を、北の町はずれと見きわめることができたのは、それから十五分後だった。

ようやく、ふたりは質素な木造の平屋の前に車をとめた。看板が風にきしんでいた――医師アラン・ベネディクト。

「もっと早く気がついてしかるべきだった」とストーンがいった。「連中が医者のところへそれを持ちこむことぐらいは」

ふたりは回収車から出て、その家に近づいた。玄関の戸はあけはなされ、そよ風にばたばた揺れていた。ふたりは居間へはいったが、中にはだれもいなかった。右へ曲がると、そこに診察室があった。

ベネディクトはそこにいた。ずんぐりした、白髪頭の男だった。彼が向かっているデスクの上には、何冊かの医学書が開いたままになっていた。一方の壁には薬瓶と注射器、それに家族の写真や軍服の男たちの写真が並んでいた。その一枚には笑顔の兵士たちが写っており、こう書かれてあった。「ベニーへ、アンツィオ（第二次大戦の連合軍イタリア侵入のときの上陸地）の八十七部隊戦友より」

当のベネディクトは、部屋の隅をうつろに凝視していた。目を大きく見ひらいて、安らかな表情だった。

「どうやら」とバートンがいった。「外へ出るひまもなかったらしい――」

そのとき、問題の衛星がふたりの目にとまった。

高さ一メートルの磨きあげられた円錐型カプセルの縁は、再突入の熱で亀裂がはいり、焼け焦げていた。乱暴にこじあけた形跡がある。床にころがっているペンチとタガネが、その道具らしかった。

「こいつがこじあけたんだ」とストーンがいった。「うすばかのとんちき野郎め」

「彼にわかるはずはないじゃないか」

「だれかにたずねる手はあったろうに」ストーンはため息をついた。「とにかく、いまの彼は答を知ったわけだ。そして、ほかの四十九人も」彼は衛星の上にかがみこみ、ぱっくり口をあけている三角形のハッチを閉めた。「いれものはあるか？」

バートンは折りたたんだプラスチック・バッグを出して、それをひろげた。ふたりはそれを両方から持って、衛星の上へすっぽりとかぶせ、そして密封した。

「後生だから、この中になにかが残っていてほしいもんだ」

「ある意味では」とストーンが穏やかにいった。「その逆を望みたいね」

ふたりはベネディクトに注意を向けた。ストーンが歩みよって、その体をゆすってみた。死人は椅子から床へがたんと滑り落ちた。

バートンは死人の両肘に目をとめて、にわかに興奮のいろを示した。死体の上にかがみこむと、ストーンにいった。「さあ、手つだってくれ」

「なにを？」

「服を脱がせるんだ」

「なぜ？」

「死斑を調べてみたいんだよ」

「しかし、なぜ？」

「まあ待ちたまえ」とバートンはいった。彼はベネディクトのシャツのボタンをはずし、ズボンを脱がせはじめた。医師の死体が裸で床の上に横たえられるまで、ふたりはしばらく無言で作業をつづけた。

「ほら」と、バートンがうしろにさがりながらいった。

「こんなばかなことが」とストーンはつぶやいた。ふつう人間が死ぬと、体内の血液は重力に引かれて低い部位に集まる。ベッドで死んだ人間なら、背中が鬱血でむらさき色になる。ところが、ベネディクトは腰かけたままで死んでいたのに、臀部にも、大腿部の組織にも、鬱血が見られない。

椅子のアームにのせていた両肘にも、おなじことがいえた。

「じつに奇妙な現象だ」とバートンはいった。彼は診察室の中を見まわし、高圧蒸気滅菌用のオートクレーブを見つけた。そのふたをひらいた彼は、中からメスの柄を一本とりだした。気密服を破らないように用心して替え刃をはめおわると、死体に向きなおった。

「いちばん表皮に近い、主要動脈と静脈をためそう」

「というと？」

「橈骨（とうこつ）。手首のそばを」

バートンはじっとメスを構えると、親指の付け根から手首の内側に刃先を走らせた。まったく血の気のない傷口から皮膚がめくれあがった。彼は脂肪と皮下組織を露出させた。出血はなかった。

彼はさらに深く切った。依然として切開からの出血はなかった。と、だしぬけにメスが血管につきあたった。ポロポロした赤黒い塊が床にこぼれ落ちた。

「こんなばかなことが」とストーンがくりかえした。

「コチコチに凝固している」とバートンはいった。

「だれも血を流していなかったのも、ふしぎはないな」

バートンはいった。「ひっくりかえすから手を貸してくれ」ふたりが力を合わせて死体を仰向けにしたあと、バートンは内股の部分に股動脈と股静脈まで達する深い切開を入れた。おとなの指ほどの太さのある動脈も、やはりしっかり凝固して赤黒い塊になっていた。

「信じられん」

つぎに彼は胸の切開を行なった。肋骨が露出したところで、ベネディクト医師の診察室にもっと鋭いナイフがないかと探しまわった。切骨刀がほしかったが、それは見つからなかった。カプセルをこじあけるのに使われたタガネで間に合わせることにした。それを使って何本かの肋骨を折りとり、肺と心臓を露出させた。ここでも、出血は見られなかった。

バートンは大きく息を吸いこみ、それから心臓にメスを入れて、左心室を薄く切りとってみた。

内部は、赤い海綿様の物質で満たされていた。液体血はまったくなかった。

「すっかり凝固している」と彼はいった。「疑問の余地はない」

「考えられない」

「なにがこんなふうに血液を凝固させるか、心当たりがあるか？」

「全血管系を？　五リットルの血液を？　いや、ないね」バートンはどすんと医師の椅子に腰をおろすと、いま解剖したばかりの死体にじっと見入った。「こんな現象は聞いたこともない。播種性血管内凝固というやつがあるにはあるが、きわめて稀だし、それが起きるには特殊条件が山ほど必要だ」

「一つの毒物が、それをひきおこすことはできるだろうか？」

「理論的にはね。しかし、実際問題として、そんな毒物はこの世界に――」

バートンはとつぜん口をつぐんだ。

「そう、ぼくもそう思う」とストーンがいった。

彼はスクープ七号と呼ばれる衛星を持ちあげて、それを外の回収車まで運んだ。それから、もう一度ひきかえしてきていった。「軒なみに調べたほうがいい」

「この家からはじめるかね？」

「それがよかろう」とストーンがいった。

ベネディクト夫人を見つけたのは、バートンだった。陽気そうな顔つきの中年婦人で、本を膝にのせて椅子にすわっていた。ちょうどページをめくろうとしたときらしかった。バートンが簡単に彼女を調べているとき、ストーンの呼ぶ声がきこえた。

バートンはそっちへ急いだ。ストーンは小さな寝室で、ベッドの上の十代の少年の死体の上にかがみこんでいた。そこはこの少年の部屋らしかった。壁にはサイケ調のポスターが何枚か貼られ、片隅の棚にはプラモデルの飛行機が並んでいた。

少年は目をあけて天井をにらんだまま、ベッドに仰向けに横たわっていた。口もあけっぱなしだった。片手には、からっぽになったプラモデル用のセメントが、きつく握りしめられていた。ベッドの上いちめんに、塗料やシンナーやテレビン油の空びんがころがっていた。

ストーンはうしろへさがった。「見てくれ」

バートンは口の中をのぞきこみ、指を一本入れて、すでに固まりきった塊をつついた。

「こりゃひどい」

ストーンは眉を寄せながらいった。「これには時間がかかる。なにが彼をそうさせたとしても、こうなるまでには時間がかかる。どうやらわれわれは、ここでの事件を単純に考えすぎていたようだ。だれもかれもが、即死したわけじゃない。あるものは家の中で死んだ。あるものは通りまで出ていった。そしてこの少年は……」

彼は小さくかぶりをふった。「ほかの家を調べてみよう」

外へ出る前に、バートンは医師の死体をよけて診察室へもどった。その死体を見ると奇妙な感情がおそってきた。手首や太腿が切り裂かれ、胸部が剝ぎとられているのに——一滴の血も出ていない。そこには、なにかひどく無残で非人間的なものがある。まるで出血が人間性の証しであるかのように。いや、たぶんそうかもしれない、と彼は思った。たぶん、血を流して死ぬことが、人間である条件なのだ、と。

ストーンにとってピードモントは、秘密を解いてみろと、彼に挑戦している謎だった。この病気の性質と、その経過と影響に関するすべてを、この町は物語ってくれるはずだと、彼は確信していた。問題は、そのデータを正しいやりかたで組み合わせるだけなのだ。

しかし、捜索を進めていくにつれてそのデータがますます奇怪なものになっていくのは、認めざるをえなかった――

ある家では、夫婦とその娘が夕食のテーブルにすわっていた。見るからにくつろいだ、しあわせなようすで、だれもテーブルから椅子をうしろにずらすひまさえ与えられなかったらしい。団欒の最中で凍りついたまま、すでに腐敗しはじめた料理と、ハエの群れを前にして、一家はほほえみを交わしあっていた。ストーンは、ブーンと小さな音を立てて部屋を飛びまわっているハエを目にとめた。そして、ハエのことを忘れちゃいかんぞ、と心にいいきかせた。

白髪頭で皺だらけの顔の老婆。天井の梁に縛りつけたロープのはしでぶらぶらと揺れながら、老婆は微笑をうかべていた。ロープは梁とこすれあうたびに、ぎいぎいと軋みを立てた。

その足もとに封筒が落ちていた。表には、丹念で美しい、落ちついた筆蹟で、「関係当事者殿」とあった。

ストーンは封を開いて、中を読みあげた。「審判の日は近し。地と海は二つに裂けて人類をのみつくすであろう。神よわたくしとわたくしに慈悲を見せた人びとの魂に慈悲を垂れさせたまえ。ほかはみな地獄へ墜ちよ。アーメン」

遺書が読みあげられるのに耳をかたむけていたバートンがいった。「かわいそうに、どうかしてる。老人性痴呆。まわりのみんなが死んでいくのを見て、とうとう発狂したんだろう」

「それで自殺したと？」

「うん、そう思う」

「自殺にしては、かなり異常な方法じゃないか。どうだね？」

「あの少年も、異常な方法をえらんでいたぜ」とバートン。

ストーンはうなずいた。

ロイ・O・トムスン、ひとり暮らし。油まみれの作業服からすると、町のガソリン・スタンドの係員だろう。ロイは浴槽に水を張ってから、その前にしゃがんで頭を中につっこみ、そして死ぬまでそうしていたらしい。ふたりが発見したとき、硬直したロイの死体はまだ頭を水面下にたもちつづけていた。あたりにはだれもいないし、争った形跡もなかった。

「考えられん」とストーンはいった。「こんなやりかたで自殺できるはずがない」

リディア・エヴェレット、裁縫婦。彼女は静かに裏庭へ出て椅子にすわり、頭からガソリンをかぶって、マッチをすったらしかった。遺骸のそばに焼け焦げた石油缶が見つかった。

ピーター・アーノルド。六十代のこの男は、第一次大戦の軍服を着こんで、居間の椅子に端然とすわっていた。その大戦で大尉だった彼は、右のこめかみをコルト四五拳銃で射ちぬく直前、つかのまながらふたたび大尉に返り咲きしたのだ。ふたりが彼を見つけたとき、部屋の中には血しぶき一つ飛んでいなかった。頭にきれいな乾いた穴をあけて、そこにすわっている彼は、むしろ滑稽にさえ見えた。

かたわらにテープレコーダーがあり、死人の左手がそのケースの上におかれていた。バートンはストーンの顔をうかがってから、テープをスタートさせた。

震えのこもった、せかせかした口ぶりの声が、ふたりに話しかけた。

「えらく手間どったもんだな、ええ？　だが、きみたちがきてくれてやれやれだ。援軍を待ちかねとった。いや、ドイツのやつら、意外に手ごわくてな。ゆうべの高地攻撃で、隊の四割がやられ、将校もふたり戦死した。まったくひどいもんだ。いまここに、ゲイリー・クーパーさえおってくれたらな。われわれに必要なのは、ああいう男だ。アメリカを強国に仕上げた男たちだ。だが、わが愛する祖国は、空飛ぶ円盤で攻めてきた巨人どもに、踏み荒らされてしまった。やつらはわれわれを焼きはらい、ガスをまきちらした。みんながばたばたと倒れていくが、われわれにはガスマスクもない。ただの一つもない。しかし、わしはこのまま座して待ってはおらん。いまから、やつらに目にもの見せてやる。祖国に捧げるいのちが、これ一つしかないのが残念だ」

テープはまわりつづけたが、もう声は聞こえなかった。

バートンはスイッチを切った。「くるってる。完全に錯乱してる」

ストーンはうなずいた。

「あるものは即死し、あるものは……静かに発狂した」

「しかし、帰するところは、いつもおなじ根本的な質問らしいね。なぜなのか？　どこがちがう？」

「おそらく、この病原体に対して段階的な免疫があるのだろう」とバートンがいった。「ある人たちは、ほかの人たちよりも感染しやすい。ある人たちは、すくなくとも一時的な抵抗力を持っている」

「あれだよ」とストーンがいった。「あの空中偵察の報告と、この町の生き残りを写したフィルムさ。白いナイトガウンを着た男」

「彼がまだ生きていると思うのかね？」

「まあ、ありうることじゃないかな」とストーンはいった。「なぜなら、もしある人たちがほかの人たちよりも長いあいだ──テープに演説を吹きこんだり、首吊りを準備したりするあいだ──生きることができたとすれば、それよりもっと長く生きる人間もいるのでは、という疑問が生まれて当然だからだ。この町のだれかがまだ生きているんじゃないかと、いちおう疑ってかかる必要はある」

ふたりが泣き声を聞きつけたのは、ちょうどそのときだった。

最初のうち、その声は風の音とまちがえるほどかん高く、かぼそかった。首をかしげていたふたりは、とつぜん驚いて耳をすました。依然としてつづく泣き声に、小刻みな咳がまじったのだ。

ふたりはおもてに飛びだした。

声はかすかで、位置を定めにくかった。ふたりが通りを走りだすのといっしょに、声が大きくなったように思えた。これがふたりの足を元気づけた。

とつぜん、声がやんだ。

ふたりは息をあえがせ、胸を波打たせて立ちどまった。暑い、人気(ひとけ)のない通りのまんなかで、顔を見合わせた。

「こっちの頭までおかしくなったのかな？」とバートンがいった。

「いや」とストーンがいった。「聞こえたよ、たしかに」

ふたりは待った。数分間、完全な静寂がつづいた。バートンはいまきた道と家並みをふりかえり、そのはずれにあるベネディクト医院の前にとまった回収車をながめた。

泣き声がまたはじまった。こんどはひどく大きい、むずかった声だった。

ふたりは走りだした。

場所は遠くなく、右側の二軒隣りだった。一組の男女がおもての歩道に胸をつかんで倒れている。ふたりはそのそばを駆けぬけて家の中にとびこんだ。泣き声はさらに高くなった。がらんとした部屋部屋に反響していた。

ふたりはいそいで階段を登り、二階の寝室へはいった。寝乱れたままの大きなダブルベッド。化粧テーブル、鏡、クローゼット。

そして、ベビーベッド。

ふたりはかがみこんで、ひどく赤い顔の、ひどく不機嫌な赤んぼうから毛布をとりのけた。赤んぼうはとたんに泣きやみ、プラスチックの防護服に包まれたふたりの顔をじっと見あげた。

それから、またもや大声で泣きはじめた。

「すっかり怖がってる」とバートンがいった。「かわいそうに」

ストーンは優しく赤んぼうを抱きあげて、あやしはじめた。赤んぼうは泣きやまなかった。歯のない口をいっぱいにあけ、頬はむらさき色で、おでこには青すじが立っていた。

「きっと、おなかがすいてるんだ」とバートン。

ストーンはふしぎそうに眉をよせた。「まだ生後二カ月たらずじゃないかな。坊やかね、それとも?」

バートンは毛布をはがして、おむつを調べた。「坊やだ。おむつも替えなきゃいけない。それにおっぱいも」部屋を見まわして、「たぶん、台所にミルクが……」

「いや」とストーンがいった。「飲ませるのはよそう」

「なぜ?」

「この町から出るまで、その子にはなにもしないでおこう。ひょっとすると、食事もこの病気の過程の一部かもしれない。ひょっとすると、あまり急激に発病しなかった人たちは、最近に食事をとらなかったのかもしれない。ひょっとすると、この赤んぼうの給餌になにか病気を防ぐ成分が含まれていたのかもしれない。ひょっとすると」彼は言葉を切った。「しかし、それがなんであるにしろ、われわれとしては危険をおかせない。この子を制御された環境に移すまで、待たなくちゃだめだ」

バートンはため息をついた。ストーンが正しいことはわかっていたが、同時に、赤んぼうがすくなくとも十二時間、なにも食べていないこともわかっていた。この子が泣くのもむりはない。

ストーンがいった。「これはきわめて重要な発展だ。われわれにとっては大きな希望だし、なんとかこの子を保護しなくちゃならない。すぐにひきかえすべきだと思う」

「まだすっかり調べおわってないが」

ストーンはかぶりをふった。「いいさ。われわれは、ここで発見できるなによりも、はるかに価値のあるものを見つけたんだ。生存者を見つけたんだ」

赤んぼうはつかのま泣きやみ、指を口にくわえて、物問いたげにバートンをながめた。それから、食べ物がやってきそうにないとわかると、また火のついたように泣きだした。

「残念だな」とバートン。「この子では、なにが起こったかを話すこともできない」
「いや、できるかもしれんよ」とストーンがいった。

ふたりは回収車をメイン・ストリートの中央――ホバリング中のヘリコプターの真下――にとめ、縄梯子をおろすように合図した。バートンが赤んぼうを抱き、ストーンがスクープ衛星をかかえていた――奇妙なトロフィーだ、とストーンは思った。奇妙な町からの奇妙なトロフィー。赤んぼうはやっと静かになった。とうとう泣きくたびれたらしく、うとうとと眠っては、ときどき目をさましてしゃくりあげ、そしてまた眠りに落ちていた。

ヘリコプターが砂塵を巻きあげて降下してきた。バートンは赤んぼうを守ろうと、その顔をそっと毛布でくるんだ。縄梯子がおろされ、バートンは苦労しながらそれをよじ登りはじめた。

ストーンは風と砂塵とヘリコプターの轟音にとりまかれて、カプセルといっしょに地上で待っていた。

だしぬけにストーンは、通りにいるのが自分ひとりだけでないことに気づいた。ふりかえると、背後に人影が見えた。

その老人は、薄い灰色の髪と、皺だらけのやつれた顔をしていた。泥にまみれ、砂塵で黄ばんだ長いナイトガウンをはおり、足ははだしだった。老人はよろよろとストーンに近づいてきた。ナイトガウンの下で、胸が激しくあえいでいるのがわかった。

「あなたはだれ?」とストーンはきいた。しかし、答は知っていた——画面で見たあの男だ。空中偵察で撮影されたあの男だ。

「おまえの……」と相手はいった。

「あなたはだれです?」

「おまえの……しわざか……」

「あなたの名前は?」

「わしを殺さんでくれ……わしはみんなとちがうだで……」

老人は恐怖に震えながら、プラスチック服の中のストーンを凝視していた。ストーンは思った——きっと彼から見たわれわれは奇怪な姿だろう。火星人か、別世界の人間のように。

「殺さんでくれ……」

「だいじょうぶだ、安心しなさい」とストーンはいった。「あなたの名前は?」

「ジャクスン。ピーター・ジャクスン、ですだ。どうか殺さんでくだせえ」老人は街路の死人たちを指さした。「わしはあれらの仲間じゃねえだで……」

「安心しなさい」とストーンはくりかえした。

「みんなをあんなに殺しといてか?」

「ちがう。われわれじゃない」

「だって、げんに死んでる」

「われわれは無関係——」

「うそつけ」老人はくわっと目をひらいてさけんだ。「おまえの話は大嘘だわ。おまえは人間じゃねえ。人間のふりしてるだけじゃ。わしが病人だと知ってやがって。わしをだませると思いやがって。そうよ、わしは病気だ。出血がとまらねえ。わしは……ここ……ここ……ここ……」

老人は絶句すると、みぞおちをぎゅっとつかみ、体を二つ折りにして、顔をしかめた。

「どうしたんです？」

老人は地面に倒れた。息づかいは荒く、皮膚は青ざめていた。顔に脂汗がにじんでいた。

「胃の」と老人はあえいだ。「胃のぐあいがいけねえ」

それから、老人は嘔吐した。吐いたものはどろりとして赤黒く、血がいっぱいまじっていた。

「ジャクスンさん――」

しかし、老人はもう意識がなかった。目をつむって、仰向けに横たわっていた。ストーンは老人が死んだのかと思ったが、そこで胸がゆっくり動いているのに気がついた。ひどくゆっくりとだが、動いてはいる。

バートンがふたたび地上におりてきた。

「だれだね？」

「例のさまよえる男さ。起こすのを手つだってくれ」

「生きてるのかね？」

「いまのところは」

「信じられない」とバートンはいった。

彼らは動力ウインチを使って、意識のないピーター・ジャクスンの体を運びあげ、それからもう一度ウインチをおろして、カプセルを引き揚げた。それがすむと、バートンとストーンはゆっくり縄梯子を登って、ヘリコプターの腹部にはいった。

ふたりは防護服を脱がずに、さらに二時間の呼吸ができるよう、二本目の酸素ボンベを装着した。これでワイルドファイア施設までの飛行には充分なはずだった。

パイロットはストーンがマンチェック少佐と話せるように、ヴァンデンバーグ基地との無線連絡をとった。

「なにがわかった？」とマンチェックがまず質問した。

「町は無活動だ。異常な過程が進行中だと信ずべき証拠がある」

「気をつけて」とマンチェック。「これは開放回路だから」

「わかっている。7‐12を指令してもらえないか？」

「やってみよう。いますぐに？」

「そう、いますぐに」

「ピードモント？」

「そう」

「衛星は持ったか？」

「ああ、持った」

「よろしい」とマンチェックはいった。「指令を伝えよう」

8　指令7-12号

指令7-12号は、生物学的緊急事態を想定した、最終的なワイルドファイア作業方式規定の一部だった。つまり、地球外生物の汚染地域に、局地用熱核兵器の使用を要請する指令である。指令のコード・ネームは〈焼灼〉と呼ばれる。この名は、爆弾の機能が汚染の焼灼——感染源を焼きはらって蔓延を防ぐ——であることに由来している。

ワイルドファイア作業方式規定に〈焼灼〉が一段階として承認されるまでには、関係当局——ホワイトハウス、国務省、国防省、およびAEC（原子力委員会）——から強い反論があった。ワイルドファイア研究所の自爆装置設置の件ですでに危惧をいだいたAECは、〈焼灼〉が正式指令と認められることに難色を示した。国務省と国防省も、地上核爆発は、それがいかなる目的のものであっても、重大な国際的反響をひきおこすおそれがあると力説した。

結局、大統領は指令7-12号を承認はしたが、〈焼灼〉に爆弾を使用するさいの決定権だけは自分の手に残したいと主張した。ストーンはこの取りきめに不満ではあったが、やむをえずそれをのんだ。大統領がこの提案を却下するように周囲からかなりの圧力をかけられており、激論のすえにようやく妥協点までこぎつけたことを知っていたからだ。それに、ハドソン研究所の回答がこれにからんでいることもあった。

ハドソン研究所に委託されたのは、〈焼灼〉によって生じるであろう結果の予測だった。研究所の回答には、大統領が〈焼灼〉命令の決定に直面すると思われる、四つの仮定状況（シナリオ）があげられていた。シナリオは、つぎのような順序で重大性を増していく――

1、**人工衛星または有人カプセルが、合衆国の無人地帯へ落下する。**大統領がその地域を〈焼灼〉しても、国内の騒ぎと人命の損失はともに少ない。ソ連には、地上核実験を禁じた一九六三年のモスクワ条約を破った理由を、ひそかに通告してもよい。

2、**人工衛星または有人カプセルが、合衆国の大都市に落下する。**（たとえばシカゴ）〈焼灼〉は広大な地域と多数の住民の破壊を必要とし、国内への大きな影響と二次的な国際的影響をともなう。

3、**人工衛星または有人カプセルが、中立国の大都市に落下する。**（たとえばニューデリー）〈焼灼〉が意味するものは、疫病のそれ以上の蔓延を予防するための、アメリカの核兵器による干渉である。シナリオにしたがえば、ニューデリーの大規模破壊につづく米ソの相互作用には、十七種類の結果が考えられる。そのうち十二が、熱核戦争に直結する。

4、**人工衛星または有人カプセルが、ソ連の大都市に落下する。**（たとえばスターリングラード）〈焼灼〉には、合衆国がソ連に対して事の真相を伝え、ロシア人自身の手でその都市を破壊するように勧告することが必要である。ハドソン研究所のシナリオによれば、この事件につづく米ソの相互作用には、六種類の結果が考えられ、その六つのすべてが戦争に直結する。したがって、もし衛星がソ連領または東欧ブロック領内に落下した場合、合衆国はロシア人に対して真相を知らせないほうが望ましい。この判断は、ロシアの疫病が二百万ないし五百万人を殺すと思われるのに対して、第一次および第二次報復を含んだ熱核戦争による米ソ双方の死者が、二百万ないし五百万人の線を超えるという予測に基づくものである。

ハドソン研究所の報告を検討した結果、大統領とその顧問たちは、〈焼灼〉の制御力とそれに対する責任を、科学者でなく政治家の手に残すべきだと考えた。最終決定権を大統領の手に残すことが決まった時点では、それが招来する結果は当然ながら予測できなかった。

ワシントンでは、マンチェックの報告から一時間たらずのうちに、ある決定がなされた。その大統領の判断の裏にあった理由は明らかにされずじまいだったが、その最終結果は明白そのものだった。

大統領は指令7-12号の実施を、二十四ないし四十八時間後まで延期したのである。その代案として、大統領は州兵を動員し、ピードモントから半径百六十キロの地域を防疫隔離することにした。そして待った。

9 フラットロック

マーク・ウィリアム・ホール医学博士は、F－一〇四戦闘機の固い後部席にすわり、ゴム製の酸素吸入マスクごしに、膝にのせたファイルをにらんでいた。離陸直前にレヴィットが彼に渡してくれたそのファイルは、灰色のボール紙の表紙のついた、重く分厚い書類の束だった。ホールはそれを飛行中に読むことになっていたが、F－一〇四はおよそ読書むきに作られていなかった。彼の前には、ファイルを開いて読めるどころか、握りしめた両手をやっとおけるぐらいの場所しかない。

だが、ホールはそれを読みつづけた。

ファイルの表紙にはワイルドファイアという文字が刷りこまれ、その下にぶっそうな注意書がついていた。

このファイルは極秘文書である

許可なき者がこれを閲覧したときは

二十年以下の禁錮刑

および二〇〇〇〇ドル以下の罰金刑
に処せられることがある

レヴィットから最初にそのファイルを渡されたとき、ホールはその注意書に気づいて、思わずヒューッと口笛を鳴らした。

「そんなものを真に受けるなよ」とレヴィットは教えた。

「ただのおどかしかね？」

「おどかしどころか」とレヴィット。「もし部外者がそのファイルを読めば、あっさり消されてしまうだけさ」

「それはそれは」

「まあ読んでみろ」とレヴィットはいった。「そうすれば、理由がわかる」

音速の一・八倍の巡航速度、不気味で完全な静寂の中で、一時間四十分の飛行がつづいた。ホールはファイルの大半にざっと目を通しおえていた。熟読はとても不可能とわかったからだ。二百七十四ページの分量の大部分は、前後参照と軍部間の略記号で成り立っており、彼にはちんぷんかんぷんだった。最初のページからして、すでにひどいものだった。

二七四ページのうち第一ページ

計画名：ワイルドファイア
所管機関：NASA／AMC
機密級別：極秘（NTK基準）
優先度：国家（DX）
事項：有害地球外生物拡散防止のための秘密機関設置の件。
参照ファイル：クリーン計画。汚染者ゼロ計画。焼灼計画。
ファイル内容の要約——

一九六五年一月　大統領命令により機関設置に着手。一九六五年五月　企画段階。一九六五年七月　フォート・デトリックおよびゼネラル・ダイナミックス（電動船部門）を技術顧問に指定。汚染の可能性ないし蓋然性を持つ病原体調査のため隔離地域内の多層構造研究所設置を勧告。一九六五年八月　細目検討。同月同日　改訂のうえ承認。最終案を作成し項目ワイルドファイアとしてAMCにファイル（同写しはデトリックおよびホーキンズに保存）。一九六五年八月　モンタナ州北東部の候補地検討。一九六五年八月　アリゾナ州南西部の候補地検討。一九六五年九月　ネヴァダ州北西部の候補地検討。一九六五年十月　ネヴァダ州用地に決定。

一九六六年七月　研究所建設完了。出資はNASA、AMC、国防省（別途積立金）

による。保全および人件費としての政府支出金も右におなじ。

主な変更――ミリポア・フィルター、七四ページ参照。自爆装置（核）、八八ページ参照。紫外線照射器撤去、八一ページ参照。独身者仮説（オッドマン仮説）、二五五ページ参照。

人事関係の要約はこのファイルから除いた。要員リストはＡＭＣ（ワイルドファイア）にのみ含まれる。

第二ページ目には、ワイルドファイア計画の企画者たちが定めた各システムの基本的パラメータが示されていた。これは、この研究施設のもっとも重要な着想、すなわち、それがすべて地下に建設され、ほぼ似かよった五つの階層（レベル）から成り立っていることを、くわしくのべたものだった。各レベルは、下へ進むにしたがって、順に無菌状態が強められるのだ。

二七四ページのうち第二ページ

計画名：ワイルドファイア

一次パラメータ

1 全五レベルを設けること

第一：無消毒なるも清浄。ほぼ病院の手術室ないしはNASA無菌室程度の無菌状態。入場の際の時間待ちなし。

第二：最小限の消毒手順——ヘキサクロロフェンとメチトール浴。全身浴の必要なし。更衣のため一時間待ち。

第三：中程度の消毒手順——全身浴、紫外線照射、つぎに予備テストのため二時間待ち。泌尿生殖器系の無熱性感染は入場を許可。ウイルス的症候も入場を許可。

第四：最大限の消毒手順——ビオカイン、モノクロロフィン、キサントリシン、プロフィン、以上四種類の全身浴、およびその中間に三十分間の紫外線ならびに赤外線照射を行なう。この段階では、症候学的ないし臨床的徴候に基づき、すべての感染者を拒否する。全要員に対する一般適格検査。六時間の拘束。

第五：補充的な消毒手順——全身浴および検査は行なわないが、一日二回の着衣焼却。四十八時間ごとに抗生物質の予防的投与。最初の八日間にかぎり、毎日一回の重複感染検査。

2　各レベルに含まれるべきもの

一　休養区画、個室。
二　娯楽区画、映写室および遊戯室を含む。
三　カフェテリア、全自動。
四　図書室、第一レベルの親図書室よりのゼロックスまたはテレビによる新聞閲覧を含む。
五　シェルター、各レベル汚染の場合安全を確保するための気密抗菌設備。
六　実験室：
　a　生化学　自動的アミノ酸分析、アミノ酸配列決定、O／Rポテンシャル、および人間、動物、その他の被験体の脂質と炭水化物の定量分析に必要なすべての装置器具。
　b　病理学　光学、位相差、電子の各顕微鏡、ミクロトームおよび標本処理室。各レベルとも五人の専任技術者。解剖室一。実験動物室一。

c　微生物学　生長、栄養、分析および免疫の研究に要するあらゆる設備。細菌、ウイルス、寄生虫、その他の分課。

d　薬理学　用量と作用の関係と既知化合物の受容部位に対する特性の研究設備。薬局は付録に記した麻薬を含む。

e　中央飼育室　実験動物、遺伝学的純系のハツカネズミ七十五、ダイコクネズミ二十七、ネコ十七、イヌ十二、霊長類八。

f　未計画実験のための非指定室。

七　外科：要員の医療処置を目的とするもの、急性重患の手術設備を含む。

八　連絡：レベル相互間連絡用の内線テレビその他の手段。

ページを数えよ
脱落ページがあればただちに報告すること
ページを数えよ

その先を読みすすめたホールは、資料分析用の大きな複合コンピュータが、最上階の第一レベルにしか設置されていないこと、しかしこのコンピュータが時分割方式（タイム・シェアリング）で、ほかのすべてのレベルのために働くことを知った。生物学的問題においては、コンピュータ時間との関連で実時間処理(リアル・タイム)がそれほど重要でないのと、複数の問題を同時に投入し、処理できることから、このほうが便利と考えられたのだ。

ファイルの残りをとばし読みしながら、いちばん興味のある部分——オッドマン仮説——をさがしていた彼は、やがて異様なページにでくわした。

二七四ページのうち第二五五ページ
国防省の権限によりこのページは機密ファイルから削除された
このページ番号は——弐百五拾五／255
このファイルのコードは——ワイルドファイア
削除された件名は——オッドマン仮説
これはファイルからの正式削除であり閲覧者は報告の必要のないことに注意されたし
マシンスコアはつぎを見よ

ホールがどういう意味かと考えながら、そのページをにらんでいるとき、パイロットの声がした。「ドクター・ホール？」

「はい」

「いま最後の検問点を通過しました。四分後に着陸です」

「オーケイ」ホールはすこし間をおいてから、「いったいどこへ着陸するのかね？」

「ネヴァダ州フラットロックです」とパイロット。

「わかった」とホールは答えた。

数分後、フラップがおり、減速する機のうなりがきこえてきた。

　ネヴァダ州は、ワイルドファイア計画には理想的な土地といえる。銀の州（シルバー・ステート）（ネヴァダ州に銀鉱があることからそう呼ばれる）は面積では七番だが、人口では四十九番目——合衆国ではアラスカについで人口稀薄な州である。とくに、この州の四十四万人の人口のうち、八十五パーセントがラスベガス、リノ、あるいはカーソン・シティーに住んでいることを考えた場合、平方キロあたり〇・五人の人口密度は、ワイルドファイアのような種類のプロジェクトにもってこいに思えるし、事実、多くの施設がこの州におかれている。

　ヴィントン・フラッツの有名な原爆実験場のほかに、マーティンデールには超エネルギー実験基地があり、ロス・ガドスの近くには空軍のメディヴェーター部隊がある。これらの施設の大半が州の南部三角地帯にあるのは、ラスベガスが年二千万人の観光客を吸引するほどの発展を示す以前に設置が決まったからだ。最近の政府の実験基地は、まだ比較的人口の少ないネヴァダ州北西隅に集中するようになった。国防省の秘密リストにはその地域の五つの新しい施設が含まれており、各施設の性質は未公表のままである。

10　第一段階

ホールは正午すぎ、一日のもっとも暑い時間に着陸した。青白く雲のない空から照りつける太陽のもと、飛行場の溶けたアスファルトを踏みしめて、滑走路の一端にある小さなかまぼこ型兵舎へと歩いた。靴が舗装面にもぐるのを感じながら、ホールはこの飛行場が本来は夜間用に作られたのではないかと考えた。夜なら気温が下がり、アスファルトも固まるはずだ。

かまぼこ型兵舎は、二台のけたたましい大型エアコンで冷房されていた。中の設備は貧弱だった。片隅のカード卓で、ふたりのパイロットがコーヒーを飲みながらポーカーをしていた。べつの隅にいる衛兵は電話中だった。機銃を肩にかけていた。ホールがはいっていっても、ふりむきもしなかった。

電話のそばにコーヒーマシンがあった。ホールはパイロットといっしょにそこから一杯ずつついだ。ホールは一口すすってからいった。

「ところで、町はどこなんだね？　おりてくるときにも見えなかった」

「自分は知りません」

「前にここへきたことはないのか？」

「ありません。通常飛行のコースにはいってないんです」

「じゃ、この飛行場はいったいなんのためにあるんだろう？」

ちょうどそのとき、レヴィットが現われてホールを手招きした。微生物学者は彼の先に立って、かまぼこ型兵舎の奥からもう一度炎暑の中に出ると、裏に駐車したライトブルーのファルコン・セダンに近づいた。この乗用車にはなんの標識もなく、運転手もいなかった。レヴィットは運転席に乗りこみ、ホールに乗れと手まねした。

レヴィットが車をスタートさせるのといっしょに、ホールはいった。「どうやら、また格下げになったらしいね」

「いや、格下げじゃないさ。ただ、ここでは運転手が使われないだけだ。必要以上の人間はひとりも使われていない。おしゃべりな舌の数を最小限に切りつめてあるんだ」

車は荒涼とした丘陵地帯を横切りはじめた。遠くには青い山脈が、砂漠の透明な熱気の中できらきらと輝いていた。道路面はあばただらけでよごれている。もう何年も使われていないように見える。

ホールはその感想を口にしてみた。

「偽装だよ」とレヴィットが答えた。「そこが苦心の存するところさ。この道路に五千ドル近くも使ってるんだ」

「なぜ？」

レヴィットは肩をすくめた。

「トラクターのタイヤ跡を消すためさ。この道路には、これまでに何度か、ものすごい数の重機械が通っている。だれかに疑問を持たれてはまずいからね」

「用心といえば」とホールは思いだしたようにいった。「例のファイルを読んだんだが。自爆用の核爆発装置とやら——」

「それがどうかしたか？」

「実在するのかね？」

「実在する」

その装置の架設は、ワイルドファイアの初期計画段階での大きな難関だった。ストーンたちは、起爆／非起爆の決定権を学者の手に残してほしいと主張した。原子力委員会と大統領以下の閣僚は、気乗り薄だった。これまで、私人の手に核爆発装置が委託された前例はない。ストーンは、万が一ワイルドファイア研究所で汚染の洩れが生じた場合、ワシントンに連絡して大統領の起爆命令を待つ余裕はないかもしれない、と論じた。大統領の首をたてにふらせるまでには、長い時間がかかったのである。

「ファイルを読んだところだと」とホールはいった。「その装置は、どこかでオッドマン仮説と関係してくるらしいね」

「そうだ」

「どんなふうに？　ぼくのファイルでは、オッドマンのページが削除されていた」

「知ってる」とレヴィットはいった。「そのことは、あとで話そう」

ファルコンはあばただらけの舗装道路を折れて、田舎道へはいった。セダンがもうもうと土ぼこりを巻きあげるので、暑いのをがまんして窓を閉めきらなくてはならなかった。ホールはタバコをつけた。

「それが最後のタバコだぞ」とレヴィット。

「知ってる。ゆっくり吸わせてくれ」

右側に、**官有地立入禁止**と書かれた看板を通りすぎたが、柵もなく、衛兵も番犬もいなかった——色あせ、こわれかかった看板が一枚きりだった。

「たいした保安対策だ」とホールがいった。

「疑惑をかきたてないようにしてあるんだ。保安は見かけよりはるかに厳重だよ」

車はでこぼこの田舎道の上をバウンドしながらもう一キロあまり走り、そして丘の頂きに出た。とつぜん、直径百メートルほどの大きな円形の柵囲いが、ホールの目にはいった。柵は、彼の見たところ、高さ三メートルもある頑丈なものだった。支柱のあいだには有刺鉄線が張りめぐらしてあった。中には殺風景な木造家屋が一棟、あとはトウモロコシ畑。

「トウモロコシ？」とホール。

「なかなか巧妙だろう？」

車は通用門に到着した。Tシャツと野良着姿の男が出てきて、門をあけた。男は片手にサンドイッチを持ったままで、門の錠をはずしながらもせっせと頬ばっていた。通りぬける車に、男はまだ口をモグモグさせたまま、ウインクし、笑いかけ、手をふった。門のそばの看板にはこう書かれてあった——

政府所有地
合衆国農務省
砂漠緑化試験場

レヴィットは門を通りぬけたあと、木造の建物のそばで車をとめた。キーをダッシュボードに残したまま、外に出た。ホールもあとにつづいた。

「これからどうする？」

「中へ」とレヴィットはいった。

ふたりが建物の入口をくぐると、そこは小さな部屋だった。ステットソン帽に格子縞のスポーツシャツ、そしてストリング・タイをしめた男が、こわれかかったデスクの前にすわっていた。新聞を読みながら、門のところにいた男とおなじように昼食をとっている。ふたりを見あげると、愛想よくほほえんだ。

「こんちは」と男はいった。

「こんにちは」とレヴィット。

「なにかご用？」

「ただの通りすがりだよ」とレヴィット。「ローマへ行く途中なんだ」

相手はうなずいた。「いま何時だね？」

「きのうから腕時計がとまってる」とレヴィット。

「そりゃ気のどくに」と男。

「暑さのせいさ」

儀式はそれで完了し、相手はもう一度うなずいた。ふたりはその男の横を通りぬけ、その部屋を出て、廊下を歩いた。並んだドアに、それぞれ手書きの表示がついていた――〈実生培養室〉〈温度制御室〉〈土壌分析室〉。建物の中には五、六人の人間が働いていた。カジュアルな服装だが、だれもかれもいそがしそうだった。

「ここは、本物の農業試験場なんだよ」とレヴィットが教えた。「もし必要な場合には、さっきのデスクにいた男が見学のガイドをつとめて、この試験場の目的や、いまやっている実験を説明する。ここでおもに試みられているのは、低湿高アルカリ性の土壌でも生長できるトウモロコシの新品種開発なんだ」

「すると、ワイルドファイア施設は？」

「この中だよ」とレヴィットはいった。

彼は〈倉庫〉と書かれたドアをあけ、ふたりは鋤（すき）や鍬（くわ）や給水ホースの並んだ、狭い部屋と対面した。

「中へどうぞ」とレヴィットがいった。ホールは中へはいった。レヴィットもそのあとにつづいてから、ドアを閉めた。ホールは床が沈むのを感じた。部屋が鋤やホースごと、下降をはじめたのだ。

まもなくホールは、ひややかな蛍光灯の列に照らされた、モダンでがらんとした部屋に到着した。壁は赤く塗られていた。部屋にあるただ一つの物体は、ちょっと土台石を連想させる、腰までの高さの長方形の箱だった。その上には緑色に光るガラス板がはまっていた。

「その分析器のそばへ立ってくれ」とレヴィット。「てのひらを下にして両手をガラスの上におく」

ホールはそうした。指がかすかにぴりぴりし、そして機械がブーンとうなった。

「よし。離れろ」レヴィットも箱の上に手をおき、ブーンという音を待ってからいった。「さあ、こんどはこっちだ。さっき保安手続きのことをいったろう？　ワイルドファイアへはいる前に、一度見とくといい」

レヴィットはそういうと、部屋の奥のドアにあごをしゃくった。

「いまのはなんだい？」

「指紋と掌紋の分析器」とレヴィットは答えた。「完全自動なんだ。一万種類の皮膚紋理の組み合わせを、まちがいなく読みとる。ワイルドファイア施設への入場を許された全員の指掌紋の記録が記憶装置にはいっている」

レヴィットはドアを押しあけた。

その向こうには、**保安部**と書かれたもう一つのドアがあり、それが静かにうしろへひらいた。ふたりがはいったのは暗がりの部屋で、緑色のダイアルが並んだ前に、ひとりの男がすわっていた。

「ヘロー、ジョン」とレヴィットはその男にいった。「元気かね？」

「ええ、ドクター・レヴィット。はいってこられるのを見てましたよ」

レヴィットはホールを保安係に紹介し、相手はホールにこの部屋の装置の仕組みを説明した。まず、この施設を見おろす丘の上に、二台のレーダー走査機（スキャナー）がおかれている。それらはうまく隠蔽されているが、きわめて効果的である。さらに近くには、侵入物感知装置（センサー）がいくつか地下に埋められている。それらは、体重四十キロ以上のあらゆる生き物の接近を感知して、基地に信号を送りこんでくる。

「なにかを見逃したことは、まだ一度もありませんよ」と男は結んだ。「それに、もし見逃しても……」男はそこで肩をすくめると、レヴィットに向かって、「犬を見せますかね？」

「うん」とレヴィットはいった。

三人はいっしょに隣りの部屋へ向かった。そこには九つの大きな檻があり、強い動物臭がこもっていた。ホールがそこに見たものは、九頭の、彼がこれまでにお目にかかった最大のドイツ・シェパード犬だった。

犬たちははいってきた彼を見て吠えたが、部屋にはなんの音もしなかった。犬たちが口をあけ、首をふって吠える身ぶりをするのを、ホールは茫然とながめた。

声が聞こえないのだ。

「陸軍で訓練された哨戒犬ですよ」と保安係がいった。「獰猛そのもの。いっしょに歩くときには、革製の服と厚い手袋がいります。喉頭摘出手術を受けているので、あんなふうに声が聞こえないんです。音なしの必殺ですな」

ホールはいった。「いままでに、その——彼らを使ったことはあるのかね？」

「ありません」と保安係は答えた。「さいわいにしてね」

ふたりのはいったのは、ロッカーの並んだ小部屋だった。ホールは、自分の名入りのロッカーを見つけた。

「ここで着替える」レヴィットはいって、片隅に積まれたピンク色の制服にあごをしゃくった。「あれを着るんだ。いま身につけているものをぜんぶとってから」

ホールは手早く着替えた。制服はゆったりした上下続きのもので、脇をジッパーで閉じるようになっていた。着替えを終わって、ふたりは廊下を先へ進んだ。頭上で白いライトがだしぬけにサイレンが鳴りだし、行く手のゲートがさっと閉まった。頭上で白いライトがまたたきはじめた。ホールはすっかりうろたえたので、レヴィットが回転灯から顔をそらしていたことも、ずっとあとになるまで思いださなかった。

「なにかがおかしい」とレヴィット。「身につけていたものを、ぜんぶとったか？」

「ああ」とホール。

「指輪、時計、なにもかも？」

ホールは両手に目をやった。まだ腕時計が残っていた。

「あともどりだ」レヴィットがいった。「きみのロッカーへおいてこい」

ホールはそうした。彼がもどってくるのを待って、レヴィットはもう一度廊下を歩きだした。こんどはゲートが開いたままで、サイレンも鳴らなかった。

「自動的なんだね、これも？」とホールはきいた。

「そう」とレヴィットがいった。「どんな異物でも探知する。これを設置したとき、実は心配だったんだ――義眼、ペースメーカー、義歯、そんなものまで探知するんじゃないかとね。だが、さいわい、この計画の関係者には、そうしたものを着けている人間がいなかった」

「歯の充塡物は？」

「充塡物は無視するように、プログラムされている」

「どういう仕組みで？」

「一種の静電容量現象だ。わたしも実はよく知らないんだよ」

ふたりはこう書かれた掲示を通りすぎた。

これより第一レベル
免疫センターへ直行せよ

ホールは、どの壁も赤いことに気づいた。そのことをレヴィットにいってみた。

「そう」レヴィットは答えた。「どのレベルもちがった色に塗装されているんだ。第一レベルは赤、第二が黄、第三が白、第四が緑、そして第五が青」

「その選択には、なにか特別な理由でも？」

「聞いた話だが」とレヴィット。「二、三年前に海軍が、色彩環境の心理学的効果に関する研究をスポンサーした。その結果がここへ応用されたらしい」

ふたりは免疫センターに着いた。ドアがすーっと開いて、ガラス囲いのブースが三つ現われた。レヴィットがいった。

「そのどれかの中にすわるんだよ」

「これも自動なのか」

「もちろん」

ホールはブースにはいって、ドアを中から閉めた。そこにはカウチが一つと、複雑ななにかの機械装置がおかれていた。カウチの前にはテレビのスクリーンがあり、いくつかの光点が映っていた。

「着席」と単調で機械的な声がいった。「着席。着席」

彼はカウチに腰をかけた。

「正面のスクリーンをよく見てください。ぜんぶの光点が消えるような位置まで、カウチの上で体をずらしてください」

彼はスクリーンをながめた。いま気づいたのだが、光点は人のかたちに並んでいる。

彼が体をずらせると、一つずつ光点が消えていった。

「たいへんけっこうです」と声がいった。「それではじめましょう。記録のためにあなたの姓名を名のってください。姓を先に、名をあとに」

「マーク・ホール」と彼はいった。

「記録のためにあなたの姓名を名のってください。姓を先に、名をあとに」

同時に、スクリーンに文字が現われた――

被験者の答は解読不能です

「ご協力ありがとう」と声がいった。「では復唱してください。『メリーさんの羊、メエメエひつじ』」

「ホール、マーク」

「冗談だろう」とホール。

一瞬、間があいて、かすかな継電器と回路の開閉音がした。スクリーンにふたたびさっきの文字が出た。

被験者の答は解読不能です

「復唱してください」

ちょっとばかばかしさを感じながら、ホールはいった。「メリーさんの羊、メエメエひつじ。メリーさんの羊、まっ白ね」

ふたたび間。それから声。「ご協力ありがとう」そして、スクリーンに――

分析機は姓名を確認しました

ホール、マーク

「よく聞いてください」と機械の声がいった。「これからの質問には、イエスかノーで答えていただきます。ほかの返事はしないように。あなたは過去十二カ月間に、天然痘の予防接種を受けましたか？」

「イエス」

「ジフテリアは？」

「イエス」

「腸チフスとパラチフスAおよびBは？」

「イエス」

「破傷風は？」

「イエス」

「黄熱病は？」

「イエス、イエス、イエス。ぜんぶすませた」

「質問にだけ答えてください。非協力的な被験者は、貴重なコンピュータ時間をむだにします」

「イエス」と、気勢をそがれたホールはいった。ワイルドファイアのチームに参加したときから、彼はありとあらゆる免疫注射――六カ月ごとに更新しなければならないペストとコレラの予防接種から、ウイルス感染予防用のガンマ・グロブリン注射まで——を受けていたのだ。

「あなたはこれまでに、結核その他のマイコバクテリア病に罹ったり、結核の皮内テストに陽性反応を示したことがありますか？」

「ノー」

「あなたはこれまでに、梅毒その他のスピロヘータ病に罹ったり、梅毒の血清テストに陽性反応を示したことがありますか？」

「ノー」

「あなたは過去一年間に、連鎖球菌、ブドウ球菌、肺炎球菌など、なんらかのグラム陽性菌による疾患に感染したことがありますか？」

「ノー」

「淋菌、髄膜炎菌、プロテウス、シュードモナス、サルモネラ菌、赤痢菌などのグラム陰性菌による疾患は？」

「ノー」

「最近あるいは過去に、ブラストミセス症、ヒストプラズマ症、コクシジオイデス症を含む、真菌症に感染したことがありますか？」

「ノー」

「最近、ポリオ、肝炎、伝染性単核症、流行性耳下腺炎、はしか、水痘、ヘルペスを含む、ウイルス性疾患に感染したことがありますか？」

「ノー」

「いぼは？」

「ノー」

「なにかのアレルギーがありますか？」

「イエス。ぶたくさの花粉（ラグウィード・ポリン）」

スクリーンに文字が現われた――

ラギーン　パレン

しばらくして

解読不能です

「もう一度いまの答を、記憶装置のためにゆっくり反復してください」

彼は非常にはっきりと発音した。「ラグウィード・ポリン」

スクリーンに――

「あなたは卵白にアレルギーがありますか？」と声がつづけた。

「ノー」

「これで正式の質問は終わりです。服をぬいでカウチに横になり、さっきのように光点を消してください」

彼はそうした。まもなく、長いアームの先についた紫外線灯が、ぐるりと彼の体に近づいてきた。紫外線灯のそばには、一種の走査アイがくっついていた。スクリーンを見ると、走査のコンピュータ・プリントが足からはじまったのがわかった。

「これは真菌類の走査です」と声が説明した。数分後、ホールはうつ伏せに寝るよう命じられ、おなじ過程がくりかえされた。それから、もう一度仰向けに寝て、体と光点を一致させるように命じられた。

「身体パラメータをこれから測定します」と声がいった。「検査が行なわれるあいだ、静かに横になってください」

さまざまなリード線がくねくねと出てきて、マジック・ハンドがそれを彼の体に接着した。中の一部はなんだか見当がつく――胸の上の半ダースのリード線は心電図、そして頭の上の二十一本のリード線は脳波図だろう。だが、そのほかにも、胃や腕や脚にまでリード線がくっついている。

「左手を上げてください」と声がいった。

ホールはそうした、頭上から、両側に光電アイのついたマジック・ハンドがおりてきた。

マジック・ハンドはホールの手を調べた。

「手を左の盤の上にのせてください。動かさないように。静脈に針を刺すので、すこしちくっとします」

ホールはスクリーンに目をやった。そこには彼の手のカラー映像が現われ、ブルーの背景に静脈が緑色のパターンを描いていた。おそらく、機械は熱を感知する仕組みなのだろう。抗議しようとしたとき、短い痛みを感じた。

彼は手に視線をもどした。針はすでにはいっていた。

「それでは静かに横になっていてください。リラックスして」

十五秒間、機械はブーンカチカチと鳴りつづけた。それからリード線がひっこんだ。マジック・ハンドは鮮やかな手際で、静脈の針跡にバンドエイドを貼った。

「これで、あなたの身体パラメータの測定は完了しました」と声がいった。

「もう服を着ていいか？」

「右肩をテレビのスクリーンに向けて、上体を起こしてください。高圧注射を行ないます」

太いケーブルの先についた噴射器（ガン）が一方の壁から現われ、肩の皮膚を押しつけて発射した。噴出音とともに一瞬の疼痛があった。

「もう服を着てけっこうです」と声がいった。「あと二、三時間は目まいを感じることがありますから気をつけて。いまのは、免疫補助注射とガンマ・グロブリンです。もし目まいを感じたら、腰をおろしなさい。もし、むかつき、嘔吐、発熱などの全身症状がある場合は、ただちに各レベルの本部室へ報告すること。わかりましたか？」

「イエス」

「出口は右側です。ご協力ありがとう。この記録を終わります」

ホールはレヴィットと並んで、長い赤塗りの廊下を歩いた。腕には、まださっきの注射の痛みが残っていた。

「あの機械だが」とホールはいった。「ＡＭＡ（アメリカ医学協会）が知ったら、ただじゃすまないぜ」

「知らせないよ」とレヴィットは答えた。

実をいうと、ＥＢＡ（電子身体分析機）は、宇宙飛行士の生体監視装置の開発を目的とした政府の民間委託契約のもとに、すでに一九六五年、サンデマン社の手で試作されていた。もちろん、政府はその当時から、たとえこうした装置が一台八万七千ドルという高価なものであっても、やがては診断器具として医師にとって代わるだろうことを予測していた。しかし、医師も患者もこの新しい機械にあっさり順応しないだろうことは、だれの目にも明らかである。したがって、政府も、ＥＢＡの技術公開を一九七一年以降まで見合わせ、しかも対象を特定の大病院にかぎろうという計画だった。

廊下を歩きながら、ホールは壁がすこしカーブしていることに気づいた。

「ここはどのへんにあたるのかな？」

「第一レベルの周縁部だ。左側はぜんぶ実験室。右側はどこまでいっても岩盤だよ」

廊下には何人かの通行人があった。だれもがピンクの作業服を着ていた。だれもが真剣で、いそがしそうだった。

「チームのみんなは？」とホールがきいた。

「この部屋だ」レヴィットは第七会議室と記されたドアをあけた。ふたりがはいったのは、大きな堅木のテーブルのある部屋だった。ストーンが、たったいま冷たいシャワーを浴びてきましたというように、きりっとした姿勢でそこに立っていた。その横にいる病理学者のバートンは、どこかだらしのない、まごついた感じで、一種の疲れた恐怖がその瞳に宿っていた。

彼らはあいさつを交わしあってから、腰をおろした。ストーンはポケットをさぐって、二つの鍵をとりだした。片方は銀色、もう片方は赤。赤い鍵には鎖がついていた。ストーンはそれをホールに手渡した。「これを首にかけておけ」

ホールはしげしげとその鍵を見た。「なんだい、これは？」

レヴィットが横から口をそえた。「マークはまだオッドマン仮説のことをよく知らないんだ」

「しかし、機上でファイルを読んだはず――」

「彼のファイルには削除があったんだよ」

「なるほど」ストーンはホールにむきなおった。「きみは〈オッドマン〉のことをなにも知らないのか？」

「ぜんぜん」ホールは眉をしかめて鍵をにらみながらいった。

「このチームにきみが選ばれた主要因子は、きみが独身者だからだということを、だれにも聞かなかったかね？」

「それとこれとなんの関係が――」

「はっきりいえば」とストーン。「オッドマンはきみなんだよ。きみがこのすべての鍵なんだ。文字どおりの」

ストーンは自分の鍵をとって、部屋の一隅へ歩いた。そこで隠しボタンを押すと、パネルが横にひらいて、磨きあげられた金属の制御卓（コンソール）が現われた。ストーンは彼の鍵をそのロックにさしこんでねじった。コンソールの上で緑のライトがぱっとついた。彼は後ろにさがった。パネルがもとどおりに閉じた。

「この研究所のいちばん下の階に、自動的な核自爆装置がある」とストーンはいった。「その装置は研究所内部から制御される。いまわたしは自分の鍵でその装置を始動させた。装置は起爆準備体制にはいった。このレベルの鍵は、もうはずすことができない。すでに固定されてしまっている。しかし、きみの鍵は、ロックにさしこんでもまたはずすことができる。時限爆破装置が動きはじめてから実際の爆発までには、三分間のずれがある。きみに考えるひまを与え、場合によっては爆破を取り消すための時間だ」

ホールはまだ眉をひそめていた。「しかし、なぜぼくに？」

「なぜなら、きみが独身だからだよ。このチームには結婚していない男がひとり必要なんだ」

ストーンは書類カバンをあけて、一冊のファイルをとりだした。それをホールに渡して、

「読んでくれ」といった。

それはワイルドファイア・ファイルだった。

「二百五十五ページだ」とストーンが教えた。

ホールはそこをひらいた。

計画名：ワイルドファイア

変更

1　ミリポア®・フィルター　換気系統へ挿入。最初のフィルター仕様は最大効果九七・四％の捕捉率を持つ単層スチリレン。一九六六年アップジョン社が一ミクロン以上の微生物を捕捉しうるフィルターを開発したため、それと交換された。新型は一層につき九〇％の捕捉率を有し、三重層膜では九九・九％の効果が得られる。残

余コンマ一の感染率はきわめて低く、有害と認められない。コンマ〇〇一％を残してすべてを除去しうる四重ないし五重層膜は、価格面で付加利益に引き合わないと考えられる。一千分の一の許容パラメータで充分と判断。設置完了月日六六／八／一二。

2　核自爆装置　爆破の近接ギャップ・タイマーを変更。ＡＥＣ／決定ファイル７７－１２－０９１８参照。

3　核自爆装置　Ｋ技術課に対するコア保全スケジュールの改訂。ＡＥＣ／ウォーバーグ・ファイル７７－１４－０００４参照。

4　核自爆装置　最終決定権の変更。ＡＥＣ／Ｄｅｆファイル７７－１４－００２３参照。要約をつぎに追加。

オッドマン仮説の要約：最初はナル仮説としてワイルドファイア諮問委でテストされた。元来は、生死を左右する決定における指揮官の信頼度を判定するため、ＵＳＡＦ（ＮＯＲＡＤ）が行なったテストから発展したものである。テストは、ウォルター・リード精神医学局がベセズダＮＩＨ生物統計学課のｎ次検査分析に基づいて作成した、二者択一的質問による十種のシナリオ状況に判断を求めるものである。

テストの施行対象には、ＳＡＣパイロットおよび地上整備員、ＮＯＲＡＤ要員、その他命令決定または積極的行動を要する地位にあるものが選ばれた。十種のシナリオはハドソン研究所の作成になるものであった。被験者はおのおのの場合についてイエス／ノーの判断を求められた。この決定には、敵目標の熱核あるいは生物化学兵器による破壊が、つねに関係していた。

被験者七四二〇名に関するデータは、H_1H_2プログラムによって、分散の複合要因分析に付された。のち、ＡＮＯＶＡＲプログラムで再度検討、ＣＬＡＳＳＩＦプログラムによる最終類別を行なった。ＮＩＨ生物統計学課はこのプログラムをつぎのように要約している――

このプログラムの目的は数量化しうる得点に基づいて対象個人の判断効果を明確なグループに類別することにある。このプログラムが算出するものはデータの一照査基準としてのグループ特徴および分類の確率である。

付表：グループ別平均数値、信頼限界、および被験者個人別数値。

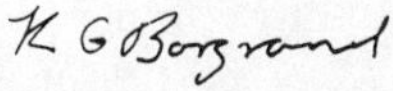

K・G・ボーグランド博士

オッドマン研究の結果：この研究の結論として、既婚者がテストのいくつかのパラメータで、独身者と異なった行動をとることが明らかになった。ハドソン研究所は平均的解答、すなわち、シナリオ内で与えられたデータに基づくコンピュータの理論的な〝正解〟を提供した。これらの〝正解〟に対する被験グループの適合性から、有効度指数、つまり、正しい決定のなされる確率が算出された。

グループ	有効度指数
既婚男子	・三四三
既婚女子	・三九九
独身女子	・四〇二
独身男子	・八二四

このデータは、既婚男子が三回に一回しか正しい決定を選ばないのに対して、独身男子は五回のうち四回も正しい選択をすることを示している。独身男子のグループは、その分類内で正確度の高い小区分を求めるために、さらに細分された。

グループ	有効度指数
独身男子　合計	・八二四
軍人――将校	・六五五
下士官兵	・六二四

技術者——
　エンジニア　・八七七
　地上整備員　・九〇一
労務者——
　保全および雑役　・七五八
専門家——
　科学者　・九四六

命令決定者個人の相対的能力に関するこれらの結果を、性急に解釈してはならない。たとえ掃除夫が将軍よりもすぐれた決定者であるように見えても、現実の状況はより複雑である。**ここに示された数値は、テストの要約であり、個人的な偏差にすぎない。以上を頭においてデータを解釈すべきである。**これを怠ると、完全に誤った、危険な臆断を生むおそれがある。

ワイルドファイア司令要員に対するこの研究の適用は、AECの要求により、核自爆装置の設置と同時に実行された。テストはワイルドファイアの全要員を対象に施行された。結果はCLASSIFワイルドファイア・一般要員の項にファイル（前出771-4-0023参照）。指揮グループに対する特別テスト結果は次のとおり。

個人名	有効度指数
バートン	・五四三
レヴィット	・六〇一
カーク	・六一四
ストーン	・六八七
ホール	・八九九

特別テストの結果、熱核または生物化学的破壊に関する指揮命令は独身男子によってなされるべきであるという、オッドマン仮説の正しさが確認された。

読みおわって、ホールはいった。「そんなばかな」

「しかし」とストーン。「政府に対して、われわれに核兵器の制御権を委託させるには、これしか方法がなかったんだ」

「ぼくがこの鍵をさしこんであれを爆破すると、本気で思うのかね？」

「まだよくわかってないようだな」とストーンがいった。「爆破機構は完全自動だ。万一、第五レベル全体の汚染をともなう微生物の突破が生じた場合、爆破は三分以内に自動的に起こる。きみがその鍵をさしこんで、中止を命じないかぎりはだ」

ホールはひどく静かな声で、「はあ」とつぶやいた。

11 消毒

おなじ階のどこかでベルが鳴りだした。ストーンは壁の時計を見あげた。予定より遅れている。彼は部屋の中を歩きまわり、たえず手を動かしながら、早口で状況の説明をはじめた。

「ご承知のように、われわれのいるところは、地下五階の建造物の最上階だ。作業方式規定によると、われわれが消毒手続きを経て最下層に達するまでには、二十四時間近くかかる。だから、いますぐそれをはじめなければならない。カプセルはすでに下へむかって進行中だ」

彼はテーブルの一端にある制御卓(コンソール)のキーを押した。スクリーンがぱっとついて、プラスチック・バッグにはいったコーン型のカプセルが下降していく光景を映しだした。カプセルはマジック・ハンドにかかえられていた。

「この円形ビルの中央空洞(セントラル・コア)は」とストーンはいった。「エレベーターと供給ユニット――給排水管、動力線、そういったもの――を収容している。いま、カプセルがおりていくのは、その内部だ。まもなく、カプセルは第五レベルの最大無菌状態の工作室へ安置される」

ストーンはさらに説明をつづけて、彼がピードモントからもう二つのみやげを持って帰ったことを話した。スクリーンの場面が変わり、両腕に輸液管をくっつけられて担架に横たわったピーター・ジャクスンの姿が現われた。

「この老人はどうやらあの事件を生きのびたらしい。偵察飛行のときに町を歩いていた例の男だが、けさになっても生きていた」

「いまの状態は？」

「なんともいえんね」とストーン。「人事不省で、けさも吐血している。われわれがいちばん下へ着くまで、栄養と水分を切らさないようにブドウ糖の輸液をはじめたところだ」

ストーンがキーを押すと、スクリーンに赤んぼうが現われた。小さなベッドに縛りつけられた赤んぼうは泣きわめいていた。輸液のチューブが頭皮静脈につながっていた。

「この子供も、やはり昨夜を生きのびた」ストーンはいった。「そこで、いっしょに連れてくることにした。むろん、指令7－12号が出された以上、あそこへ残しておくわけにはいかないからね。いまごろあの町は核爆発で消失しているだろう。それに、この坊やとジャクスンは、われわれがこの謎を解く上での生きた手がかりなんだ」

ふたりはそこで、ホールとレヴィットのために、ピードモントで彼らが目撃したことと、学んだことを物語った。急速な死の模様のこと、奇怪な自殺のこと、凝固した血管、そして出血のないこと。

ホールは驚愕の表情で聴きいった。レヴィットはしきりにかぶりをふっていた。

語りおわってから、ストーンがいった。「質問は？」

「それはあとでいい」とレヴィット。

「では、出発しよう」とストーンがいった。

彼らの第一歩は、あっさりした白文字で**第二レベル**へと記されたドアだった。それは外の世界のそれに近い、つつましやかな表示に思えた。ホールはもっとちがったなにか——たぶん、機関銃を持ったきびしい顔の衛兵か、通行証を検査する歩哨——を予想していたのだ。しかし、そんなものはまったくなく、そしてだれもバッジや身分証のたぐいを持っていなかった。

彼はその疑問をストーンにただしてみた。

「そのとおりだ」とストーンは答えた。「計画の初期から、ここではバッジを使わないことに決めた。バッジは汚染されやすいし、滅菌しにくい。たいていプラスチックでできているから、高熱殺菌だと融けてしまう」

四人が通りぬけると、ドアは重いひびきを立てて閉まり、シューッという音とともに密封された。気密ドアなのだ。つぎにホールが対面したのは、『脱衣』と書かれたバスケットしかない、タイル張りの部屋だった。彼は作業服を脱いで、それをバスケットの中へ落とした。一瞬の閃光が走ったかと思うと、それはきれいに焼却された。

そこでうしろをふりかえった彼は、いま通ってきたドアの裏側に、こんな表示が出ているのを知った。〈この通路から第一レベルへの逆行はできない〉

彼は肩をすくめた。ほかの三人は、すでに出口とだけ書かれた第二のドアのほうへ歩きだしていた。彼はそのあとを追い、蒸気の雲の中へ足を踏みいれた。奇妙な匂い。その青臭い匂いは、たぶん香料入りの消毒剤だろう。彼はベンチに腰をおろし、蒸気が体を包みこむままにまかせて、ゆっくりとくつろいだ。蒸気室の目的は、たやすく見当がついた。熱で毛孔が開き、そして蒸気が肺に吸いこまれるのだ。

四人の男はあまり口もきかずに、彼らの体がきらきらした水滴で覆いつくされるまで待ってから、つぎの部屋へ進んだ。

レヴィットがホールにいった。「これをどう思う?」

「ローマの公衆浴場もいいところだ」とホールは答えた。

つぎの部屋に設けられていたのは、浅い浴槽(〈両足だけを浸すこと〉)とシャワーだった。(〈シャワー液を嚥下してはならない。両眼と粘膜部の不必要な露出を避けよ〉)すべてがひどく威嚇的だ。ホールは匂いでその溶液を判別しようとしたが、できなかった。しかし、シャワーがぬるぬるしているところから見て、アルカリ性のものにちがいない。彼はレヴィットにそのことをたずね、溶液がpH七・七のアルファ・クロロフィンであること、そして、いつでも酸性とアルカリ性の溶液が交換できることを教えられた。

「考えてみると」とレヴィットがいった。「われわれはここで大きな企画上の難問に直面したわけさ。どうやって人体——既知の宇宙でもっとも不潔なものの一つ——を消毒し、なおかつ、その人間を殺さずにすませるか。興味しんしんだ」

レヴィットはひと足さきに出ていった。ずぶ濡れのままシャワーから出て、ホールはタオルを探したが、見あたらなかった。つぎの部屋へはいったとたん、送風機がスタートし、天井から熱風を吹きつけてよこした。部屋の側面では、紫外線灯にスイッチがはいって、室内を強烈なむらさきの光で満たした。そこにじっと立っていると、やがてブザーが鳴り、ドライヤーがとまった。皮膚がかすかにぴりぴりするのを感じながらつぎの部屋にはいると、そこに衣服が待っていた。こんどのそれは上下続きの作業服ではなく、むしろ外科の手術衣に似ていた——淡黄色で、Vネック半袖のゆるやかな上着、エラスチック・バンドのついたズボン、バレエ・シューズに似た、履き心地のいい、踵の低いゴム底靴。

生地は柔らかく、なにかの合成繊維らしかった。ホールはそれを着おわって、ほかの三人といっしょに、**第二レベルへの出口**と書かれたドアをくぐった。それからエレベーターに乗りこみ、下降が終わるのを待った。

つぎにエレベーターを出たところは廊下だった。ここの壁は第一レベルのように赤でなく、黄色に塗られていた。人びとも黄色の制服を着ていた。エレベーターのそばの看護婦がいった。「みなさん、ただいまの時間は午後二時四十七分です。一時間後に下降をはじめてください」

彼らは**中間拘束室**と書かれた小部屋にはいった。中には半ダースのカウチがあり、使い捨てのプラスチック・カバーがかけてあった。

ストーンがいった。「さあ、くつろいで。できれば眠ったほうがいい。第五レベルへ着くまでには、できるだけの休養が必要だ」彼はホールのそばへ歩みよった。「あの消毒手続きをどう思った？」

「おもしろいね」とホールは答えた。「スウェーデン人に売りつければ、大儲けができる。だが、ぼくはもっと厳重なものを予想していた」

「まあ待ちたまえ」とストーン。「先へいくほど、すごくなってくるから。第三、第四レベルでは、身体検査もある。そのあとで短い打ち合わせをやるつもりだ」

そういうと、ストーンは長椅子の上に横になり、たちまち寝入ってしまった。何年も前、昼夜ぶっとおしで実験をつづけていたころに、身につけた特技だった。あっちで一時間、こっちで二時間と、仮眠することをおぼえたのである。彼はそれでいつも重宝していた。


第二の消毒過程は、最初のそれとよく似ていた。ホールの黄色の着衣は、まだ一時間しか着ていないのに焼却されてしまった。

「ちょっとむだじゃないのかな？」と彼はバートンにきいた。

バートンは肩をすくめた。「あれは紙だよ」

「紙？　あの布が？」

バートンはかぶりをふった。「布じゃない。紙。新製品さ」

四人は最初の全身浴プールにはいった。壁面の掲示は、水中で目をあけていることを要求していた。まもなくホールは、全身浴が単純無比な方法で保証されていることを知った。第一の部屋と第二の部屋が、水中の通路でつながっているのである。そこを泳いでくぐりぬけながら、彼は目がすこしヒリヒリするのを感じたが、たいしたことはなかった。ホールは近づいて、そこに書かれた掲示を読んだ。

第二の部屋には、公衆電話に似たガラス張りの六つのボックスがあった。

〈中にはいって両眼を閉じよ。腕を両脇からすこし上げ、両足を三十センチ開いて立て。ブザーが鳴るまで目をあけてはならない。**長波放射被曝による失明のおそれがある**〉

ホールはその指示にしたがい、そして全身に一種の冷熱を感じた。それが約五分間つづいたとき、ブザーの音を聞いて目をあけた。体はすっかり乾いていた。彼は一行のあとにつづいて、四つのシャワーのある廊下に出た。順々にシャワーの下をくぐりぬけながら、廊下を進んだ。最後に送風機に乾かされると、ふたたび衣服が待っていた。こんどのそれは純白だった。

彼らはそれを着こみ、エレベーターで第三レベルへおりた。

四人の看護婦がそこに待っていた。そのひとりがホールを検査室に案内した。それからはじまったのは二時間の身体検査で、相手は機械ではなく、無表情な顔をした、まだ年若い医師だった。ホールは気分を害し、これなら機械のほうがまだましだと内心で思った。

医師の問診の中には、完全な履歴調査も含まれていた——出生、教育、旅行、家族の経歴、過去の病歴、入院加療の有無。そして、おなじように念入りな身体検査。ホールはしだいに腹が立ってきた。すべてがいかにも不必要に思えたからだ。しかし、医師は肩をすくめて、しきりに「ルーチンですよ」とくりかえした。

二時間後、彼はふたたび一行と再会し、そして第四レベルへ進んだ。

四回の全身浴、三回の紫外線および赤外線照射、二回の超音波浴、そして最後におどろくべきものが待ちかまえていた。フックにヘルメットが一個ぶらさがったスチールのボックス。掲示にはこうあった。〈超閃光殺菌装置。頭髪と顔面の毛髪を守るため、金属ヘルメットをしっかり頭にかぶり、それからボタンを押せ〉

ホールは超閃光なるものが初耳だったので、なにを予想していいかわからないままに、指図にしたがった。ヘルメットを頭にかぶり、ボタンを押した。

つかのま、目もくらむ白光が射し、つづいて熱波が小部屋の中をおそった。一瞬の苦痛を感じたが、それはあっというまに終わり、去ってからやっと気がつくほどだった。彼はそろそろとヘルメットをぬぎ、自分の体に目をやった。体表は細かな白い灰でいちめんに覆われていた——やっとそこで、彼はその灰が自分の皮膚であることに、いや、皮膚であったことに気づいた。機械は上皮層の表面だけを焼きつくしてしまったのだ。ホールはつぎのシャワーに進み、灰を洗い落とした。最後に着衣室へはいると、そこには緑色のユニホームが待っていた。

ふたたび身体検査。こんどの医師たちは、ありとあらゆるサンプルを要求した——唾液、口腔上皮、血液、尿、便。ホールは従順にテストや、検査や、質問に応じた。彼は疲れており、見当識喪失もはじまっていた。際限ない反復、新しい経験、壁の色彩、画一的な柔らかい人工光……。

ようやくのことで、彼はストーンたちと再会できた。

ストーンがいった。「あと六時間この階にいることになる——検査結果が出るまで待つという規定なんだ。だから、そのあいだに眠っておいたほうがいい。この廊下ぞいに、きみたちの名前の書かれた個室がある。廊下をもっと先にいったところがカフェテリアだ。五時間後にそこへ集合して、会議をひらく。いいね？」

ホールはプラスチックの名札のついた、自分の部屋を見つけた。中へはいると、意外に広いことがわかった。寝台車の個室ぐらいのものを予想していたのだが、それよりずっと大きく、設備もととのっていた。ベッド、椅子、小さなデスク、それに、テレビを組みこんだコンピュータのコンソールがある。彼はコンピュータに好奇心を感じたが、同時にひどく疲れてもいた。ベッドに横になると、すぐに眠りこけてしまった。

バートンは眠れなかった。第四レベルの個室のベッドに寝ころんだまま、天井をにらんで考えていた。あの町の光景をどうしても頭から追いはらうことができない。そして、出血もなく街路に倒れていた死体のイメージも……。

バートンは血液学者ではないが、血液の研究にもいくらか手をつけたことがあった。ある種の細菌が血液に影響をもたらすことも知っていた。たとえば、ブドウ球菌に関する彼自身の研究は、この微生物が血液を変質させる二つの酵素を生みだすことを明らかにしたものだった。

その一つはいわゆる菌体外毒素で、被膜を破壊し、赤血球を溶解する。もう一つは一種の凝血酵素で、細菌を蛋白質で包みこみ、白血球による破壊を抑制する。

したがって、細菌が血液を変質させることは充分ありうるわけだ。しかも、そのやりかたは多種多様である。連鎖球菌はストレプトキナーゼという酵素を作りだし、凝固した血漿を溶解する。紡錘菌や肺炎球菌は、赤血球を破壊するいろいろの溶血素を生みだす。マラリア原虫やアメーバは、赤血球を食物として消化することによって、それを破壊する。ほかの寄生虫も、それとおなじことをする。

だから、それは充分ありうる。

しかし、それだけでは、スクープ衛星の微生物がどんな作用をするかを知るのに役立たない。

バートンは、血液凝固の過程を思いだそうとした。記憶によると、それは一種の滝に似たかたちで進行する。一つの酵素が血液中に放出され、活性化すると、それが第二の酵素に作用し、またそれが第三の酵素に作用する。そして、第三が第四に、と順送りに十二ないし十三の段階を経て、最後に血液が凝固するのだ。

そして、バートンはおぼろげに、残りのディテールも思いだした――その中間段階の全部、必要な酵素、金属、イオン、局部因子。それはおそろしく複雑だった。

彼はかぶりをふり、眠ろうとつとめた。

臨床微生物学者のレヴィットは、病原体の分離と同定の段階を、頭の中で順々に追っていた。それはすでに検討ずみの過程だった。彼はこのグループの発起人のひとりであり、〈生物分析方式規定〉の立案者のひとりでもあったからだ。しかし、いよいよその計画を実行に移そうといういまになって、彼は懐疑を感じた。

二年前、昼食のあとのテーブルを囲んで、思弁的に話しあっていたときには、すべてがすばらしいものに思えた。当時のそれは愉快な知的ゲームであり、一種の抽象的な知恵くらべだった。しかし、いま現実の奇怪な死をひきおこす病原体と実際に直面してみると、果たして自分たちの計画が、かつて考えたように有効で完全なものであるかどうか、それが疑わしくなってくるのだった。

最初の段階は、単純そのものである。まず、カプセルを綿密に検査し、あらゆるものをいろいろの培地で培養する。そして、これから相手どり、実験し、判別するべき微生物がそこに現われることを、ひたすら祈るわけだ。

そのあとは、発病の因果関係を見いだす試みである。すでに、血液の凝固が死を招くのではないかという示唆がなされている。もしそれが正しいとわかれば、大きく前進するわけだが、もしちがっていた場合、その線を追ったために貴重な時間を空費することにもなる。

　コレラの例が頭にうかんだ。何世紀もまえから、人びとはコレラが命にかかわる病気であることと、その病気で激しい下痢が起こり、ときには一日に三十リットルもの水分が排泄されることとを知ってはいたが、なぜかコレラの致命的な効果は下痢と無関係だと思いこんだ。そして、ほかのもの——解毒剤、治療薬、殺菌法——を探しもとめた。コレラがおもに脱水症状から死を招く病気だと認識されたのは、ごく最近になってからである。もし、患者が失った水分をすばやく埋め合わせることができれば、ほかの治療薬や手当がなくても、患者は感染を生きのびることができるのだ。

　症状を治すことが、すなわち病気を治すことになるのである。

　しかし、それがスクープの病原体に通用するかどうか。血液の凝固を手当することで、病気を治療できるだろうか？　それとも凝血は、ほかのもっと重大な疾患から二次的に派生したものだろうか？

　気がかりなことはもう一つあった。ワイルドファイアの最初の企画段階から、気にかかっていた執拗な不安。当時からレヴィットは、ワイルドファイア・チームが、地球外生物の殺戮を犯すことになるのではないかと主張していたのだ。

　レヴィットが指摘したのは、あらゆる人間が、たとえいかに客観的な科学者であっても、生命を論じるさいにいくつかの先天的な偏見を持っていることだった。その一つは、複雑な生物が単純な生物より大きいという臆断である。地球上においては、たしかにそれは正しい。

生物の知能が進むにしたがって、それは単細胞段階から多細胞生物へ、そしてつぎには、器官と呼ばれるグループに分かれて働く特殊細胞群を持った、より大きい動物へと進化していく。地球上では、進化の流れが、つねにより大きい、より複雑な動物をめざしている。

しかし、地球の外ではそれが通用しないかもしれない。宇宙のかなたでは、生物が正反対の方向へ――より小さい形態、より小さい形態へと――向かっているかもしれない。人類の現代テクノロジーが製品をより小さくすることを学んだように、ひょっとすると高度な進化の圧力は、より小さい生命形態をめざしているのかもしれない。小さい生命形態には、いくつかの明白な利点がある――資源消費も少なく、宇宙旅行も安価で、食糧問題も解決しやすい……。

ひょっとすると、遠い惑星のもっとも知的な生物は、シラミぐらいの大きさかもしれない。細菌ぐらいの大きさかもしれない。その場合、ワイルドファイア計画は、自分のしている行為の認識もなしに、高度な発達をとげた生物を殺す立場におかれるのだ。

この考えは、レヴィットだけのものではなかった。ハーバード大学のマートンや、オックスフォード大学のチャーマーズも、すでにおなじことを唱えていた。するどいユーモアのセンスの持ちぬしでもあるチャーマーズは、こんなたとえを使った。ひとりの男が顕微鏡のスライドをのぞいていると、バイキンが「ダイヒョウシャニアワセロ」と、並んで文字を作ったという話。だれもがチャーマーズのアイデアをひどく面白がった。

しかし、レヴィットはそれを心から追いだすことができなかった。なぜなら、いつそれが現実になるかもしれないからだ。

眠りにおちるまえに、ストーンはこれからの会議のことを考えた。そして、あの衛星のことも。彼は、もしナージやカープが、あの衛星のことを知らされたら、なんというだろうかと想像した。

たぶん――と彼は思った――そのおかげで彼らは気が狂うだろう。たぶん、われわれもみんな気が狂うだろう。

そこまでで、彼は眠りにおちた。

デルタ扇区（セクター）は、第一レベルにある三つの部屋の名称で、そこにはワイルドファイア地下施設のすべての通信設備が収められている。各レベル間のインターホンや内線テレビ、それに外部からの電話線やテレタイプ回線も、すべてここを経由している。図書室と情報記憶センターにつながる専用回線も、やはりデルタ・セクターで統制されている。

早くいえば、その機能は完全にコンピュータ化された巨大な交換台なのだ。デルタ・セクターの三つの部屋は、静まりかえっている。聞こえるのは、回転するテープ・ドラムの柔らかなうなりと、継電器のくぐもった開閉音だけ。たったひとりの人間がそこに働いている。コンピュータのライトのまばたきに囲まれて、コンソールの前にすわったひとりの男。

その男がどうしてもそこにいなければならない理由はない。必要な機能をなにも果たしていないからだ。コンピュータはどれも自動制御で、十二分ごとにチェック・パターンを回路に流すようになっている。もし異常な読みとりがあった場合、そのコンピュータの運転は自動的に停止される。

作業規定によると、この係員がおかれている理由は、テレプリンターのベルが信号するMCN通信をモニターする必要からだった。ベルが鳴ると、係員は五つのレベルの各司令室に、通信がはいったことを知らせるのだ。そのほかに、万一コンピュータの故障という、好ましくない事態が起きたとき、それを第一レベルの司令室へ報告するのも、この係員の任務だった。

第３日　ワイルドファイア

12 会議

「お目ざめの時間です」

マーク・ホールは目をひらいた。部屋はおちついた青白い蛍光灯で照らされていた。彼は目をしばたたき、ごろりとうつぶせに寝がえりをうった。

「お目ざめの時間です」

甘い女性の声が、誘惑するようにささやいた。彼はベッドに起きなおって、きょろきょろと室内を見まわした。だれもいない。

「だれ？」

「お目ざめの時間です」

「きみはだれだ」

「お目ざめの時間です」

ホールは手を伸ばして、ベッド脇の電気スタンドのボタンを押した。明かりの一つが消えた。また声がしないかと待ったが、むこうはもう話しかけてこなかった。

男をたたき起こすにはおそろしく効果的な方法だ、と彼は思った。服を着こみながらどんな仕組みなのだろうと考えてみた。それが一種の応答の役を果たすことからみても、単純なテープではない。メッセージは、ホールがしゃべったときにだけ、くりかえされるのだ。

その仮説をためすために、彼はもう一度スタンドのボタンを押した。声が柔らかくいった。

「なにかご用ですか？」

「きみの名を教えてくれないか？」

「ご用はそれだけでございますね？」

「そう、それだけだ」

「ご用はそれだけでございますね？」

彼は待った。ライトがカチッと消えた。靴をはいて部屋を出ようとしたとき、男の声が聞こえた。「こちらは応答サービス課です。ホール博士、この計画をもっと真剣に受けとっていただきたいですね」

ホールは笑いだした。やはり、声は発言に反応し、そして彼の答も録音される。利口なシステムだ。

「すまない。どんな仕組みなのか知りたかったんだ。なかなかセクシーな声だったから」

「あの声は」と相手はおもおもしくいった。「ミス・グラディス・スティーヴンズという、オマハ市在住の六十三歳の婦人です。彼女はＳＡＣ（アメリカ戦略空軍）の要員へのメッセージや、ほかの放送システムの吹き込みで生計を立てています」

「はあ」とホール。

彼は部屋を出て、カフェテリアへと廊下を歩いた。歩きながら、なぜ潜水艦の設計者たちがワイルドファイアの企画に駆りだされたかが、わかるような気がした。腕時計がないと、おおよその時間はおろか、いまが夜なのか昼なのかもわからない。彼はカフェテリアが混んでいるだろうかと考え、いったいそれは夕食なのだろうか、朝食なのだろうか、と考えた。

いざ行ってみると、カフェテリアは森閑としたものだった。レヴィットがそこにいて、ほかのふたりは会議室にいると教えた。そして、濃褐色の液体のはいったコップをホールの前へ押しやり、朝食をとれとすすめた。

「こりゃなんだい？」とホールはいった。

「四〇-二一-五栄養液だ。体重七十キロの平均男性を十八時間活動させるのに必要なものがぜんぶはいってる」

ホールはその液体を飲みくだした。どろりとしていて、オレンジ・ジュースのような人工甘味がついていた。褐色のオレンジ・ジュースを飲むのは奇妙な感覚だったが、最初のショックが過ぎてしまえば、そうまずいものでもなかった。レヴィットは、そのドリンク剤が宇宙飛行士のために開発されたもので、脂溶性のビタミン以外のすべてを含んでいると説明した。

「それには、この錠剤が必要だ」と彼はいった。

ホールは錠剤をのみこみ、隅のディスペンサーでコーヒーを一杯ついだ。「砂糖は？」

レヴィットはかぶりをふった。「ここには砂糖はない。細菌の培地になりそうなものはおいてないんだ。いまからわれわれは、高蛋白食で暮らすことになる。必要な糖分は蛋白質の分解でおぎなっていく。だが、糖分と名のつくものは腹の中へ入れない。むしろ、その逆にだね――」

いいながら、レヴィットはポケットをさぐった。

「おいおい――まさか」

「そうなんだ」レヴィットはアルミ箔に包んだカプセルをさしだした。

「ことわる」とホール。

「ほかのみんなも受けとったよ。広域スペクトルの抗生物質だ。最後の消毒手続きにはいるまえに、きみの部屋へもどって挿入すればいい」

「あのくさい風呂へ頭からつかることに文句はいわん」とホール。「照射にも文句はいわん。しかし、こんなものを、ハイそうですかと――」

「これの狙いは」とレヴィット。「第五レベルへはいるまでに、きみをできるだけ無菌状態に近づけることにある。きみの皮膚と呼吸器系の粘膜は、可能なかぎり殺菌された。だが、消化器系にはまだなんの手も打たれていない」

「それはわかる」とホール。「しかし、座薬を？」

「すぐに慣れるよ。最初の四日間は、全員がそうするんだ。もちろん、一種の気休めだが」

レヴィットはいつもの悲観的な表情でそういうと、立ちあがった。「じゃ、会議室へ行こう。ストーンがカープのことを話したいそうだ」

「だれのことを？」

「ルドルフ・カープだよ」

ルドルフ・カープはハンガリー生まれの生化学者で、一九五一年にイギリスから合衆国へやってきた。ミシガン大学で職を得た彼は、そこで五年間、こつこつと地味な研究をつづけた。そのころ、アナーバー観測所にいる同僚たちの提案で、カープは、隕石に生物が宿されているか、あるいは過去に宿された形跡があるかを調査する仕事にとりかかった。カープはその提案をきわめて真剣に受けとめて熱心に作業をつづけ、カルヴィンやヴォーンやナージらがおなじ問題で爆弾的な論文を世に問うているかたわらで、六〇年代初めまでいっさいの発表を控えていた。

彼らの主張とそれに対する反駁はこみいっているが、せんじつめれば一つの単純な問題におちついた。研究者たちが、隕石の中に化石や蛋白質的炭化水素やその他の生命の痕跡を発見したと称するたびに、批判者たちは実験方法の杜撰（ずさん）さと、地球物質や地球生物による汚染を指摘するのだ。

カープは独自の綿密で忍耐強い実験方法によって、この問題に決着をつけようと考えた。そして、汚染を避けるためにどれほど大きな努力をはらっているかを発表した。彼の調査する隕石はすべて、過酸化水素、ヨードチンキ、高張食塩水、希釈酸を含む十二種類の溶液で洗滌される。さらにそのあと、二日間にわたって強力な紫外線灯で照射される。最後に、隕石は殺菌液の中をくぐったのち、無菌隔離室におかれる。以後の研究は、ぜんぶこの隔離室の中で行なわれる。

カープはその隕石を砕き割って、その内部の細菌を分離することができたと主張した。それは波打つタイヤのチューブに似た極微の環形生物で、生長し増殖することが認められる。その生物は蛋白質、炭水化物、脂質を基礎としている点で、本質的に地球上の細菌と似かよっているが、細胞核を持たないため、その増殖方法は謎である。

この情報を、カープは彼一流の静かで控え目な態度で提出して、好ましい反応のあることを願った。しかし、その希望はかなえられなかった。一九六一年にロンドンで開かれた第七回天体物理学・地球物理学会議で、彼の発表は一笑に付されたのだ。落胆したカープは、隕石に関する仕事を中断してしまった。問題の生物も、その後、一九六三年六月二十七日の夜に起こった研究所の爆発事故で全滅した。

カープの経験は、ナージやそのほかの人びとの経験と、ほとんど瓜二つだった。一九六〇年代の科学者たちは、隕石の中に生物が存在するという考えを受け入れる用意がなかったのである。提出されたすべての証拠は、軽んじられ、却下され、無視された。

十数カ国のひとにぎりの人びとは、それでもこのアイデアに依然として興味をいだいていた。そのひとりがジェレミー・ストーンであり、もうひとりがピーター・レヴィットである。

レヴィットはその数年前に、〈48の法則〉なるものを唱えたことがあった。〈48の法則〉は科学者へのユーモラスな戒めを意図したもので、一九四〇年代後半から一九五〇年代に集積された人間の染色体数に関する厖大な文献を、暗に指していた。

人間はその体細胞に四十八個の染色体を持っているというのが、かなり以前からの通説だった。それを証明する写真もあったし、綿密な研究も数多くあった。ところが一九五三年に、アメリカの一科学者グループが、人間の染色体数は四十六であることを全世界に発表した。今回も、それを証明する写真とそれを確認する研究があった。それだけでなく、今回の研究者たちは、むかしの写真とむかしの論文を再調査してみた——そして、そこに四十八個でなく、四十六個の染色体しかないことを発見したのだ。

レヴィットの〈48の法則〉は、〝すべての科学者は盲目である〟という簡単なものだった。レヴィットがこの法則を唱えたのは、カープたちが受けとった反応を見せつけられたときである。レヴィットは彼らの報告や論文に目を通して、隕石の研究をあっさり却下するいわれのないことに気づいた。実験の多くは慎重で、すじも通り、納得できるものなのだ。

ワイルドファイアの企画者たちと共同で、〈ベクター3〉と呼ばれる研究報告を作成したときも、レヴィットの頭にはそのことがあった。この研究は〈トキシック5〉と並んで、ワイルドファイア計画の強固な理論的基盤の一つをなすものである。

〈ベクター3〉は、ある重大な疑問を考察した報告書だった。もし、ある細菌が地球に侵入し、新しい病気をひき起こすとした場合、その細菌はどこからやってくるものだろうか？

天文学者たちの意見や、いろいろな進化論を総合した結果、ワイルドファイア・グループは、三つの細菌の侵入源が考えられると結論した。

第一はもっとも明白なもの——他の惑星や島宇宙からの細菌が、宇宙空間に存在する温度と真空の極限状態を生きのびうるような保護を得た場合である。微生物がその条件を生きのびうることは、疑いがない——たとえば極度の高熱の中でもさかんに生長する好熱性細菌と呼ばれる種類は、摂氏七十度という高温の中でさえ、猛烈に増殖する。また、何千年ものあいだ密封されていたエジプトの墳墓で採取された細菌もある。それらの細菌はまだ生きていたのだ。

その秘密は、胞子を作る細菌の能力、つまり、それ自身のまわりに堅い石灰質の殻を作りあげる能力にある。この外殻のおかげで、微生物は極寒や高熱の中でも、そして必要とあれば、何千年間か食物なしでも生きのびられる。この外殻は宇宙服と冷凍睡眠のすべての長所を備えている。

胞子が宇宙空間を旅行できることは疑いがない。しかし、地球にとって最有力な汚染源は、ほかの惑星や島宇宙だろうか？

答はノーだ。最有力なのは、もっとも近い汚染源——地球自身なのである。

報告書にしたがえば、永劫の昔、大洋と、高熱で焼けただれた陸地から生命が出現した当時に、細菌が地表を離れた可能性も考えられる。つまり、これらの細菌の出発は、魚類や原始哺乳類や最初の猿人の出現よりもはるかに早かったわけだ。細菌は上空にむかい、そしてゆっくりと外空間に上昇した。そこで異常な形態に進化をとげ、エネルギー源として食物を求める代わりに、太陽から直接生命エネルギーを獲得する手段を身につけたかもしれない。同時に、これらの生物は、エネルギーを物質に直接変換する能力を備えたかもしれない。

レヴィットは、大気上層を深海にたとえて、どちらもおなじように酷烈な環境ではあるが、おなじように生存可能だと論じた。大洋のもっとも深い、もっとも暗黒な領域、酸素が乏しく、光の届かない世界でも、生物が豊富に存在することは知られている。大気圏の極限でも、なぜおなじことがいえないのか？　たしかに酸素は乏しい。たしかに食物もほとんど存在しない。だが、もし生物が海面下数キロの場所で生活できるなら、どうして海面上数キロの場所で生活できないわけがあろうか？

そして、もしそこに細菌がいるとすれば、また、もしその細菌が最初の人類の出現以前に高熱の地殻から去っていったものであるとすれば、それらは人類にとって未知の生物だ。それに対する免疫や適応性や抗体は、まだできていない。細菌は現代人にとって原始的な異生物なのだ。ちょうど、一億年のあいだ変化しなかった原始魚類であるサメが、はじめて大洋に進出した現生人類にとって異質で危険であったのとおなじように。

第三の汚染源、第三のベクターは、最有力で、もっとも厄介なものだ。不充分な滅菌状態の宇宙機によって宇宙空間へ運ばれた、同時代の地球微生物である。いったん宇宙空間へ出ると、微生物は硬放射線、無重力状態など、突然変異効果を持つ環境力にさらされる。したがって、地上にもどってきたそれらが、前とちがったものになっている可能性は充分ある。

たとえば、ある無害な細菌――ニキビや、のどの痛みの原因になる微生物――が、予想もしないほど悪性の新しい形態で持ち帰られたとしよう。それはなにをやらかすかしれない。角膜内水様液に嗜好を示して眼球をおそうかもしれず、胃酸の中で猛烈に繁殖するかもしれず、人間の脳内で発生する弱い電流をエネルギー源に増殖して、犠牲者を発狂させるかもしれない。

しかし、この細菌の突然変異というアイデアを、ワイルドファイア計画の当事者たちは、牽強付会で、可能性の薄いものと考えていた。それが現実になったことは、とくにアンドロメダ菌株(ストレイン)にその後なにが起きたかを考え合わせると、皮肉のきわみともいえる。ワイルドファイア・チームは、彼ら自身の体験――細菌が急速かつ急激に突然変異する可能性――から出た証拠と、生物衛星テスト――地球生物を宇宙空間に送りこんだのち再回収するもの――から出た証拠の両方を、完全に無視したのだ。

生物衛星二号には、ほかの生物とともに、何種類かの細菌も封入されていた。回収後の報告によると、これらの細菌は標準の二、三十倍のスピードで増殖していた。その理由は不明だったが、結果は明らかだった。宇宙空間は、細菌の増殖と生長に影響をおよぼしうるのだ。

しかし、ワイルドファイア・チームのだれひとりとしてこの事実に注意を払うものはおらず、気づいたときはすでに手遅れだった。

ストーンは情報をかいつまんで説明してから、めいめいに紙表紙のファイルを配布した。

「そのファイルには、スクープ七号の飛行の自動時計による記録の写しがはいっている。これからその記録を再検討するが、それはもしできれば軌道上を飛行していた衛星になにが起こったかを究明しておきたいからなんだ」

ホールがいった。「なにが起こったかというと？」

レヴィットが横から説明した。「衛星は六日間の軌道飛行を予定されていた。生物採集の確率は軌道滞在時間に比例する。打ち上げ後、衛星は予定どおり安定軌道にはいった。ところが第二日目になって、軌道をはずれてしまったんだ」

ホールはこっくりとうなずいた。

「第一ページからはじめよう」とストーンがいった。

ホールはファイルをひらいた。

自動時計記録写し

計画：スクープ七号

打ち上げ日時：

抄本

完全な謄本は

ヴァンデンバーグ・コンプレックス
イプシロン第一七九‐九九書庫に保管。

時　分　秒　　進行

Tマイナス時間
〇〇二　〇一　〇五　ヴァンデンバーグ九番発射台、スクープ飛行管制室、各系統の点検順調と報告。
〇〇一　三九　五二　スクープMC（飛行管制室）、地上管制部よりの燃料点検報告待ち。

時計停止　**時計停止。リアルタイム・ロス十二分。**
〇〇一　三九　五二　秒読み再開。時計修正。
〇〇〇　四一　一二　スクープMC九番発射台点検のため二十秒待ち。組み込み済み待機のため時計停止せず。

〇〇〇〇　三〇　〇〇　ガントリー撤去。

〇〇〇〇　二四　〇〇　飛行系統最終点検。

〇〇〇〇　一九　〇〇　カプセル系統最終点検。

〇〇〇〇　一三　〇〇　各系統最終点検異常なし。

〇〇〇〇　〇七　一二　ケーブル切り離し。

〇〇〇〇　〇一　〇七　定置リンク切り離し。

〇〇〇〇　〇〇　〇五　点火。

〇〇〇〇　〇〇　〇四　九番発射台全系統を切り離し。

〇〇〇〇　〇〇　〇〇　コア・クランプ解放。打ち上げ。

Tプラス時間

〇〇〇〇　〇〇　〇六　安定。速度変化6ｆｐｓ。脱出速度へ順調に接近。

〇〇〇〇　〇〇　〇九　追跡報告。

〇〇〇〇　〇〇　一一　追跡確認。

〇〇〇〇　〇〇　二七　モニター判定によるカプセル加速度一・九Ｇ。装置部点検異常なし。

〇〇〇〇　〇一　〇〇　九番発射台ロケットおよびカプセル系統の軌道飛行異常なし。

「このへんは読んでも意味がない」とストーンがいった。「完璧な打ち上げの記録だ。ここまでは、というより、このあと九十六時間の飛行のあいだには、宇宙機の変調を示すようなものはなにもない。では、十ページ目にいこう」

一同はそのページを開いた。

追跡記録続き
スクープ七号
打ち上げ日時：――
抄本

時　分　秒　進行
〇〇九六　一〇　一二　軌道点検は安定とグランド・バハマ・ステーションより報告。
〇〇九六　三四　一九　軌道点検は安定とシドニーより報告。
〇〇九六　四七　三四　軌道点検は安定とヴァンデンバーグより報告。
〇〇九七　〇四　一二　軌道点検は安定なるも系統に機能不良ありとケネディ基地より報告。

〇〇九七　〇五　一八　機能不良を確認。
〇〇九七　〇七　二二　グランド・バハマも機能不良を確認。コンピュータ、軌道不安定と報告。
〇〇九七　三四　五四　シドニー、軌道不安定と報告。
〇〇九七　三九　〇二　ヴァンデンバーグ演算課、軌道減衰を指摘。
〇〇九八　二七　一四　ヴァンデンバーグ基地スクープ飛行管制室、再突入の無線指示を命令。
〇〇九九　一二　五六　再突入コード発信。
〇〇九九　一三　一三　ヒューストン、再突入開始と報告。飛行コースは安定。

「その重大な時期に、音声交信のほうはどうなっていたんだね？」
「シドニーとケネディ、それにグランド・バハマは、ぜんぶヒューストン中継で連絡がとれていた。ヒューストンには大型コンピュータもあった。だがこの場合、ヒューストンは補助的役割を果たしていただけだ。すべての決定は、ヴァンデンバーグ基地のスクープ飛行管制室から出ていた。音声交信記録はそのファイルの一番うしろだ。かなり参考になる」

交信記録写し
スクープ飛行管制室
ヴァンデンバーグ空軍基地
〇〇九六・五九より〇〇九七・三九時
これは機密文書である。
省略あるいは編集はなされていない。

時	分	秒	交信
〇〇九六	五九	〇〇	ヘロー、ケネディ。こちらスクープ飛行管制室。飛行開始後九十六時間の区切りで全ステーションから安定軌道の報告がはいっている。そちらも確認してくれ。
〇〇九七	〇〇	〇〇	よろしい、スクープ。いま点検を終わるところだ。もう一、

三分このままで待ってほしい。

〇〇九七　〇三　三一　ヘロー、スクープMC。こちらケネディ。最後の通過で安定軌道の確認をしたことを知らせる。遅れてすまなかったがどこかで計器の故障があるらしい。

〇〇九七　〇三　三四　**ケネディ、もっとくわしく説明してくれ。その故障は地上のものかそれとも上空のものか。**

〇〇九七　〇三　三九　残念だがまだつきとめてない。たぶん地上のものだと思う。

〇〇九七　〇四　一二　ヘロー、スクープMC。こちらケネディ。そちらの宇宙機内の系統不良について予備報告がはいった。くりかえす、上空から機能不良の予備報告がはいった。確認を待つ。

〇〇九七　〇四　一五　**ケネディ、故障系統を明確にしてくれ。**

〇〇九七　〇四　一八　残念だがまだその報告はきてない。機能不良の最終確認を待っているのだろう。

〇〇九七 〇四 二一 **そちらの軌道点検はまだ安定を示しているか。**

〇〇九七 〇四 二二 ヴァンデンバーグ、われわれは軌道点検で安定を確認した。くりかえす、軌道は安定だ。

〇〇九七 〇五 一八 あー、ヴァンデンバーグ、残念ながら計器示度が宇宙機の系統機能不良と一致することを確認。これは静止回転エレメントを含み、スパナー・ユニットはマーク十二に達した。くりかえす、マーク十二だ。

〇〇九七 〇五 三〇 **そちらのコンピュータの一貫性点検は行なったか。**

〇〇九七 〇五 三五 あいにくだね、当方のコンピュータは異常なし。まちがいなく機能不良だ。

〇〇九七 〇五 四五 **ヘロー、ヒューストン。シドニーとの交信線を開いてくれ。**

データの確認がほしい。

○○九七 ○五 五一 スクープ飛行管制室、こちらシドニー追跡ステーション。最終データを確認する。ここの最終通過では、宇宙機になんら異常はなかった。

○○九七 ○六 一二 こちらのコンピュータを点検したが系統機能不良は認められず、集積データから軌道安定度は良好と出た。ケネディの地上計器に故障があるのではないか。

○○九七 ○六 一八 こちらケネディだ、スクープMC。いま再度の総点検を終わった。系統機能不良の示度にまちがいなし。バハマからなにかいってきたか。

○○九七 ○六 二三 答はノーだ、ケネディ。待機中。

○○九七 ○六 三六 ヒューストン、こちらスクープMC。そちらの投射グループでなにかわからないか。

〇〇九七 〇六 四六 スクープ、現在の時点では不明。こちらのコンピュータはデータ不足だ。全系統とも順調な安定軌道と認めている。

〇〇九七 〇七 二二 スクープMC、こちらグランド・バハマ追跡ステーション。宇宙機スクープ七号は予定どおり通過。通過時間増加の問題だが、レーダー予備位置決定は正常。各系統の遠隔測定結果が出るまで待機してほしい。

〇〇九七 〇七 二五 **了解。グランド・バハマ。**

〇〇九七 〇七 二九 スクープMC、残念だが、ケネディの観測結果を確認する。くりかえす。系統機能不良に関するケネディ観測を確認する。こちらのデータは専用回線でヒューストンへ送った。そちらへも送信しようか。

〇〇九七 〇七 三四 **いや、ヒューストンのプリント・アウトを待とう。むこうの予測バンキング・ユニットのほうが大きいから。**

〇〇九七　〇七　三六　スクープMC、ヒューストンはバハマのデータを受けとった。いまからディスパー・プログラムにかける。十秒間待ってくれ。

〇〇九七　〇七　四七　スクープMC、こちらヒューストン。ディスパー・プログラムは系統機能不良を確認した。おたくの宇宙機は一円弧単位につき〇・三秒の通過時間増加を見せながら不安定軌道を飛行中。われわれは現在の軌道パラメータを分析している。ほかに翻訳済みデータとしてほしいものがあるか。

〇〇九七　〇七　五九　**ないよ、ヒューストン。きみたちの仕事ぶりはすばらしい。**

〇〇九七　〇八　一〇　残念だな、スクープ。ついてなかった。

〇〇九七　〇八　一八　**減衰率をできるだけ早く報告してくれ。管制室はつぎの二周以内に遠隔操作による着陸を決定したい。**

〇〇九七　一一　〇八　三二　了解した、スクープ。つつしんで哀悼の意を表する。

〇〇九七　一一　三五　スクープ、ヒューストン投射グループは軌道の不安定性を確認し、データ回線でおたくの基地へ減衰率を送信中。

〇〇九七　一一　四四　**情勢をどう思う、ヒューストン。**

〇〇九七　一一　五一　わるい(バッド)ね。

〇〇九七　一一　五九　**よく聞こえなかった。もう一度いってくれ。**

〇〇九七　一二　〇七　わるい(バッド)。こわれた(ブロークン)のB、ひどい(オーフル)のA、落ちる(ドロッピング)のDだ。

〇〇九七　一二　一五　**ヒューストン、原因がわかるか。あの衛星は百時間近く順調な軌道飛行をつづけていた。なにがあったんだろう。**

〇〇九七　一二　二九　それがわからない。衝突ではないかと思うがね。新しい軌道にかなり揺れの成分が現われている。

○○九七　一二　四四　ヒューストン、こちらのコンピュータが送信されたデータで演算中。われわれも衝突という見かたに賛成だ。そちらではなにか近所に邪魔物を見つけなかったか。

○○九七　一三　○一　空軍のスカイウォッチも、きみたちの虎の子のまわりになにもいなかったことを確認しているよ、スクープ。

○○九七　一三　五○　ヒューストン、こちらのコンピュータはこれを偶発事故と判定した。確率は○・七九以上だ。

○○九七　一五　○○　なにもつけ加えることはない。ありうることだと思う。衛星は引き下ろすのかね。

○○九七　一五　一五　まだ決定を保留中だ、ヒューストン。決定したら知らせる。

○○九七　一七　五四　ヒューストン、こちらの司令グループは果たして×××××××××××××××××かという疑問を提起した。

〇〇九七　一七　五九　した。
〔ヒューストンの応答を削除〕

〇〇九七　一八　四三　〔スクープよりヒューストンへの質問を削除〕

〇〇九七　一九　〇三　〔ヒューストンの応答を削除〕

〇〇九七　一九　一一　同感だ、ヒューストン。シドニーからの軌道異常の確認がありしだい決定する。それでいいか。

〇〇九七　一九　五〇　いいとも、スクープ。待機していよう。

〇〇九七　二四　三二　ヒューストン、われわれはデータを再検討しているが××××××の可能性はもはや考えられない。

〇〇九七　二四　三九　了解、スクープ。

〇〇九七　二九　一三　ヒューストン、われわれはシドニーの確認を待っている。
〇〇九七　三四　五四　スクープ飛行管制室、こちらシドニー追跡ステーション。いまそちらの宇宙機の通過を追ったところだ。最初の計測で通過時間の延長が確認された。この時点としてはきわめて異常だ。
〇〇九七　三五　一二　ありがとう、シドニー。
〇〇九七　三五　二三　運がわるかったな、スクープ。残念だ。
〇〇九七　三九　〇二　スクープ飛行管制室より全ステーションへ。われわれのコンピュータはいま当該宇宙機の軌道減衰計算を終わり、プラス四として下降中であることを知った。引き下ろし時期の最終決定にスタンバイせよ。

ホールがいった。「削除された部分は？」
「ヴァンデンバーグのマンチェック少佐の説明では」とストーンが答えた。「その付近にあるソ連の宇宙機に関したことだったらしい。二つのステーションは、結局、ソ連が偶然また は故意にスクープ衛星を撃墜した可能性はない、と結論した。それ以来、だれも異論は立て ていない」

一同はうなずいた。

「そう思いたくもなるだろう」とストーンがいった。「空軍は地球周回軌道にあるすべての 衛星を追跡するため、ケンタッキー州に監視施設をおいている。それは二重の機能を持って いて、すでに軌道上にあることが知られている古い衛星を追うのと同時に、新しい衛星をも 追跡する。現在、周回軌道には説明のつかない衛星が十二個もある。いいかえると、それら はわれわれのものでもなく、またソ連が打ち上げを公表したものでもない。その中のいくつ かは、ソ連潜水艦のための航法衛星と思われる。そのほかのものは、スパイ衛星と推測され ている。しかし、かんじんなのは、ソ連のものであろうとなかろうと、おびただしい衛星が 地球の上空に存在することだ。先週の金曜日現在で、空軍は地球の周囲に五百八十七個の軌 道飛行体があると報告した。これにはアメリカのエクスプローラー・シリーズやソ連のスプ ートニク・シリーズのように、機能をやめた古い衛星が含まれている。また、ブースターや 最終段階ロケット——安定軌道にあって、レーダー・ビームを反射するだけの大きさのある すべてのもの——も含まれている」

「たいへんな数の衛星だ」

「そう。しかもおそらくそれ以上に多いはずなんだ。空軍では、たくさんの屑——ナット、ボルト、金属片など——が、いちおう安定した軌道にうかんでいると考えている。だがご承知のように、完全に安定な軌道というものはない。ひんぱんな修正をしないかぎり、どんな衛星もいずれは減衰して、地表へらせん降下したすえ、大気層の中で燃えつきる。しかし、それは打ち上げから何年も、いや何十年もあとのことかもしれない。とにかく、空軍の推定によると、独立した軌道飛行体の総数は七万五千個にものぼるそうだ」

「すると、屑の一片との衝突もありうるわけか」

「そう、ありうる」

「隕石のほうは？」

「それも一つの可能性で、ヴァンデンバーグではその見かたをとっているね。おそらく隕石によると思われる偶発事故、と」

「最近の流星雨は？」

「ぜんぜんなかったらしい。だからといって隕石との衝突は除外できない」

レヴィットが咳ばらいしていった。「もう一つ、べつの可能性があるよ」

ストーンは眉を寄せた。彼はレヴィットが奔放な想像力の持ちぬしであること、そしてその性質が彼の長所でもあり短所でもあることを心得ていた。ときとして、レヴィットは思いもよらぬ斬新な意見を吐く。だが、それ以外の場合はむしろ迷惑なのだ。

「それは牽強付会のきらいがないかな」とストーンはいった。「外宇宙からきた砕片を仮定するのは——」

「同感だね」とレヴィット。「牽強付会もきわまれりだ。なんの証拠もない。ただ、われわれとしては、その可能性も無視すべきじゃないと思う」

柔らかなゴングがひびいた。みずみずしい女性の声、ホールの耳にはオマハ市のグラディス・スティーヴンズとわかるその声が、ささやくように知らせた。「みなさん、どうかつぎのレベルへお進みください」

13　第五レベル

第五レベルは地味な色あいの青に塗られており、チームの全員が青のユニホームに着替えた。バートンがホールを案内した。

「この階もほかとおなじだよ。円形で、いくつかの同心円に区分けされている。いまわれわれのいるところは、そのいちばん外側。ここで寝泊まりし、作業するわけだ。カフェテリア、寝室、あらゆるものがここにある。そのすぐ内側は、環形につながったいくつかの実験室。そのもう一つ内側には、われわれから絶縁されて、中央空洞（セントラル・コア）がある。衛星とふたりの生存者は、いまそこにはいっている」

「しかし、われわれからは絶縁されているんだね？」

「そう」

「では、どうやってそばへ？」

「グラブ・ボックスというものを使ったことがあるかね？」とバートンはきいた。

ホールは首を横にふった。

バートンは、グラブ・ボックスが、滅菌された物体を扱うための大きな透明プラスチックの箱であることを説明した。箱の側面には穴があいていて、そこに手袋が気密シールで接着してある。箱の内容物を扱うときは、その手袋に両手をはめて、箱の中へ伸ばすのである。こうすれば、手袋だけで、指はけっして物体に触れない。

「われわれはそれを一歩進めてみたんだよ」とバートンはいった。「ここにはグラブ・ボックスの親玉のような部屋がいくつかある。手にはめる手袋の代わりに、全身を包むプラスチック服というわけだ。いまそれをお目にかけるよ」

ふたりはカーブした廊下を**中央制御室**と記された部屋まで歩いた。レヴィットとストーンがすでにそこにいて、静かに作業していた。中央制御室は、電子機器のいっぱい詰まった窮屈な部屋だった。一方の壁はガラスで、作業者から隣りの部屋が見えるようになっていた。

ガラスごしに、マジック・ハンドが衛星のカプセルを運んで、それをテーブルにおろすのが見えた。これまで一度もカプセルを見たことのないホールは、大いに興味をそそられた。彼の想像していたより小さく、全長一メートルぐらいしかない。一方の端は、再突入の熱で黒く焼け焦げていた。

マジック・ハンドは、ストーンの指示のもとに、カプセルの側面にある小さい溝になったくぼみに触れて、その蓋をひらいた。

「よし」ストーンはいうと、制御装置から両手をはずした。制御装置はブラス・ナックルと呼ばれる凶器にそっくりだった。操作者は両手をその中に入れて、マジック・ハンドを動かしたいとおりに、自分の手を動かすのだ。

「つぎの段階は」とストーン。「カプセルの中にまだ生物学的に活性のものが残っているのかどうかの判定だ。なにか提案は？」

「ネズミだ」とレヴィットがいった。「黒ノルウェー種を使おう」

黒ノルウェーネズミ（ダイコクネズミ）は、黒い色をしているわけではない。その名は実験動物の一系統、あらゆる科学の中でもっとも有名な系統を指しているにすぎない。かつては、もちろん、それがノルウェーネズミ（ドブネズミ）の黒色種だったこともある。しかし、長年の育種と無数の世代を経て、白く、小さく、おとなしい生き物に変わってしまった。生物学の爆発的進歩が生みだしたものの一つは、遺伝的に均一な動物の需要である。最近の三十年間に、一千種以上の〝純粋種〟の動物が、人工的に育てられた。ダイコクネズミの場合、いまや世界のどこの科学者がこの動物を使って実験しても、ほかの科学者たちが文字どおり同一の生物で、その実験を反復あるいは拡大できるという安心が持てる。

「そのあとはアカゲザルがいい」とバートン。「いずれは、霊長類でテストする必要がある」

一同はうなずいた。ワイルドファイア研究所には、安価な小動物のほかに、サルや類人猿による実験の用意もととのっていた。サルはきわめて扱いにくい動物といわれる。この小さな霊長類は、反抗的で、敏捷で、利口なのだ。科学者のあいだでは、巻き尾を持った新世界産のサル類がとくに手ごわい、とされている。多くの科学者は、一ぴきのサルに注射を行なうために、三、四人の助手を使って押さえつけるぐらいだ——それでさえ、巻き尾が鞭のように動いて注射器をひっつかみ、それを部屋の隅へ投げつけるというような事故がよく起こる。

霊長類での実験を行なう理由は、これらの動物が生物学的にもっともヒトに近いからである。一九五〇年代には、ゴリラが動物の中でもっともヒトに近いという考えから、いくつかの研究所が多大の手数と経費をかけて、ゴリラで実験を行なっていた。だが、一九六〇年までに、類人猿の中では、ゴリラよりもチンパンジーのほうがよりヒトに近いことが明らかになった。（ヒトとの類似性という点で、意外な実験動物が選択されることは多い。たとえば免疫やガンの研究には、ハムスターがヒトの反応にきわめて近いという理由で、好んで使われる。また心臓や循環系の研究では、ブタがもっともヒトに近いと考えられている）

ストーンは両手を制御装置にもどして、ゆっくりとそれを動かした。黒い金属の手が隣室の奥の壁へ動いていくのが、ガラスごしに見えた。そこには、檻にはいった何びきかの実験動物が、それぞれ蝶番のついた気密ドアで部屋から隔離されて飼われていた。その壁は、ホールになんとなく自動販売機を連想させた。

マジック・ハンドがそのドアの一つを開け、一ぴきのネズミを檻のまま部屋のほうへひきだして、カプセルの隣りにおいた。

ネズミは部屋の中を見まわし、匂いを嗅ぎ、何度か首を伸ばすような動作をした。一瞬後、それはころりと横倒しになり、足を一度あがかせただけで動かなくなってしまった。

まったく、あっというまもなかった。ホールは、それが起こったのが信じられない気持だった。

「こりゃひどい」とストーン。「なんという時間経過だ」

「むずかしくなりそうだな」とレヴィット。

バートンがいった。「追跡子（トレイサー）を使ってみれば……」

「そうだ。トレイサーを使わなくちゃなるまい」とストーン。「走査はどのぐらいの速さでできる？」

「ミリセカンドだね。もし必要なら」

「必要になるだろうな」

「アカゲザルを使おう」とバートンがいった。「どのみち解剖もしなきゃならないし」

ストーンはマジック・ハンドを壁のほうに戻して、べつのドアをあけ、大きな褐色のおとなのアカゲザルがはいった檻をひきだした。檻が持ちあげられるのといっしょに、サルはきーっとうなりを上げ、檻の鉄棒にどすんと体当たりした。

それから、びっくりした表情で片手を胸にあてたと思うと、もうサルは死んでいた。

ストーンは首を小さくふった。「ふむ、とにかく相手がまだ生物学的に活性だということはわかった。ピードモントの全員を殺したなにものかは、まだあそこにいて、しかも前どおりの能力をたもっている」ため息をついて、「もし、能力という言葉が適切だとすればだが」

レヴィットがいった。「カプセルの走査をはじめたほうがいい」

「死んだ動物はわたしがひきうけるよ」とバートン。「ベクターの初期テストをしてみたい。そのあとで解剖しよう」

ストーンはもう一度マジック・ハンドを動かした。ネズミとサルのはいった檻を持ちあげ、それを部屋の隅にあるゴムのコンベヤー・ベルトにのせた。それから、コンソールの上で**解剖室**のキーを押した。コンベヤー・ベルトが動きはじめた。

バートンは部屋を出て、解剖室へと廊下を歩いた。実験室から実験室へ試料を運ぶために作られたコンベヤー・ベルトが、自動的に檻をそこへ届けているはずだった。

ストーンはホールをふりかえった。「この中では、きみがたったひとりの臨床医だ。これからの仕事はなかなか大変だぜ」

「小児科と老人病のかけもちかね？」

「そのとおりだ。あの患者たちにできるだけの手当をしてやってほしい。ふたりとも、いま補充室にはいっている。まさにこういう異常事態を見こして作っておいた部屋なんだ。コンピュータも直結してあるから、大いに利用してくれ。助手が使いかたを教えてくれるはずだ」

14 補充室

ホールは補充室と書かれたドアをひらきながら、おれの仕事はまさしく補充的だと思った。ひとりの老人とひとりの赤んぼうの生命をあずかる仕事。そのふたりともが、この計画の鍵をにぎる存在であり、そしておそらくふたりともが、おそろしく手のかかる患者にちがいない。

中は、いま出てきた制御室そっくりの小さな部屋だった。ここにもガラス窓があって、中央の部屋がのぞける。中央の部屋にはベッドが二つ、そして、ベッドには、ピーター・ジャクスンと赤んぼうがいた。しかし、なによりも目をひくのは隔離服だった。人のかたちをした四着の透明プラスチック服が、空気でふくらまされてその部屋の中に立っており、それぞれの服から出たトンネルが手前の壁まで伸びていた。

どうやら、そのトンネルの中にもぐりこんで、それから隔離服の中で立ち上がるという段どりらしい。その上で、室内の患者たちに手当をほどこすわけだ。

これから彼の助手をつとめる若い女が、制御卓（コンソール）の上にかがみこんで、なにかを操作していた。彼女はカレン・アンスンと自己紹介してから、コンピュータの仕組みを説明しはじめた。

「これは第一レベルにあるワイルドファイア・コンピュータの分局の一つです。この研究所ぜんたいに三十の分局があって、どれもがコンピュータに直結しています。三十人のちがった人間が、同時にべつべつの仕事をこなせるわけです」

ホールはうなずいた。タイム・シェアリングの概念は、彼にも理解できるものだった。二百人の人間が同時に一つのコンピュータを使った実例のあることも知っていた。その原理は、コンピュータが非常なスピード——一秒の何分の一か——で作業するのに反して、人間は数秒単位か数分単位の緩慢な操作しかできないところにある。コンピュータをひとりで使うのは、指示を打ちこむのに何分かをついやすあいだ、コンピュータがぼんやり時間待ちをすることになり、いたって非能率的なのだ。いったん命令が与えられれば、コンピュータは瞬時に答を出す。これではコンピュータが〝ときたま〟にしか働いていない理屈で、同時に何人かの人間がコンピュータに質問すれば、機械をもっと有効に活用できるわけだ。

「もし、コンピュータが手いっぱいになった場合には」とカレン・アンスンがいった。「答が出るまでに一、二秒のずれがあるかもしれません。でも、たいていの場合は即座に出ます。ここで使っているのはメドコム・プログラムです。ごぞんじでしょうか？」

ホールは首を横にふった。

「医学的データの分析プログラムです」と彼女はいった。「情報を送りこむと、機械が患者を診断して、つぎはどんな療法をとるべきだとか、この診断を確認せよとか、答が返ってきます」

「便利なものらしいね」

「すごく速いですよ。ここでの実験作業はぜんぶオートメーションです。複雑な診断も数分以内でくだせるように」

ホールはガラスごしに二人の患者を見つめた。「あのふたりには、これまでどんな処置をした？」

「なにも。第一レベルで輸液を開始しただけです。ピーター・ジャクスンには血漿。赤んぼうにはブドウ糖液。ふたりとも脱水症状は改善されて、苦痛はないようです。ジャクスンはまだ意識がもどりません。瞳孔散大は認められませんが、無反応で貧血症状が見られます」

ホールはうなずいた。「ここの実験室はなんでもできるんだね？」

「なんでも。副腎ホルモンの分析から、部分トロンボプラスチン時間の測定まで。既知の医学的検査なら、どんなものでもできます」

「よし。じゃ、さっそくはじめよう」

アンスンはコンピュータのスイッチを入れた。「実験室テストの指示には、このライト・ペンを使って、ご希望のテストだけをチェックしてください。ペンをスクリーンに触れるだけでけっこうです」

彼女はホールに小さなライト・ペンを渡し、**スタート**のボタンを押した。

スクリーンが明るくなった。

メドコム・プログラム
検査室／分析
CK／JGG／1223098

血液
血算　赤血球
網赤血球
血小板
白血球
百分率
ヘマトクリット
ヘモグロビン
指数　平均赤血球容積
平均血赤素濃度
プロトロンビン時間
部分トロンボプラスチン時間
赤沈

血液化学
臭素
カルシウム
塩素
マグネシウム
燐酸
カリウム
ナトリウム
炭酸ガス

血清蛋白
アルブミン
グロブリン
フィブリン

総蛋白
　蛋白分画
診断学的検査
コレステロール
クレアチニン
糖
蛋白結合ヨウ素
ブタノール抽出ヨウ素
ヨウ素
鉄結合能
非蛋白性窒素
尿素窒素
ビリルビン比
セファリン・コレステロール絮状試験
チモール混濁試験
BSP

酵素
　アミラーゼ
　コリン・エステラーゼ
　リパーゼ
　フォスファターゼ　酸性
　　　　　　　　　　アルカリ性
　LDH
　GOT
　GPT
ステロイド
　アルドステロン
　17-OH
　17-KS
　ACTH
ビタミン
　A

B群
C
E
K

肺機能検査
時限肺活量
一回換気量
最大吸気量
予備吸気量
予備呼気量
分時最大換気量

尿
比重
pH
蛋白
糖

ケトン
電解質類
ステロイド類
無機質類
カテコール
ポルフィリン
ウロビリン
5-HIAA

ホールはその表をじっとにらんだ。彼がライト・ペンで必要なテストをチェックすると、その項目が順々にスクリーンから消えていった。彼は十五か二十ほどのテストを指示して、一歩さがった。

スクリーンが一瞬空白になってから、つぎの文字が現われた——

指示されたテストには
各被験者についてつぎのものが必要です
20CC　全血
L0CC　蓚酸塩加血液
L2CC　クエン酸塩加血液
15CC　尿

アンスンがいった。「診察なさりたいようでしたら、採血はわたしがやります。これまで、こんな部屋にはいられたことはありますか？」

ホールはかぶりをふった。

「といっても、すごく簡単なんです。トンネルをくぐって、あの服の中にはいるだけ。トンネルはそのあと、わたしたちのうしろで密封されます」

「へえ？　どうして？」

「わたしたちのどちらかになにかが起きた場合のためです。隔離服が破れたとき——作業規定でいう、表面の一貫性が破壊されたときのために。その場合、細菌がトンネルから外にひろがる危険がありますから」

「そこで、われわれは隔離されるわけか」

「そうです。空気はべつのシステムから供給されます——あそこから下りている細い管がそうです。それをべつにすると、あの隔離服の中でほかのすべてから絶縁されるわけです。でも、心配なさらなくてもいいと思いますわ。服を破る危険性といえば、誤ってメスで切り裂くぐらいですが、そんな事故を防ぐために手袋だけは三重の厚さになっていますから」

アンスンはホールにトンネルのくぐりかたを教え、彼はそれを見習って隔離服の中に這いこんだ。まるでトンネルという重い尻尾をひきずって、ぎごちなく動きまわっている巨大な爬虫類になった気分だった。

まもなく、シューッという音がきこえた。隔離服ぜんたいが密封されつつあるのだ。やがて、二度目のシューッという音で、服の中の空気が冷えてきた。専用の供給管から空気が送られはじめたのだ。

カレン・アンスンが彼に診察器具を渡した。彼女が乳児の頭皮静脈から採血しているあいだに、ホールはピーター・ジャクスンに注意を移した。

老人、蒼い顔色——貧血症。痩せた体——最初の連想——ガン。第二の連想——結核、アルコール中毒、その他の慢性疾患。そして無意識状態——てんかんからインシュリン・ショック、そして脳卒中にいたるまでの類症を、ホールは頭の中で再生した。

のちになってホールは、コンピュータが疑診の確率まで完全に揃えて鑑別診断を示したとき、自分がまぬけに感じられたと告白している。だが、このときの彼は、コンピュータの能力やプログラムの性質をまだ認識していなかった。

彼はジャクスンの血圧を測定した。八五／五〇と低い。脈搏は速く、一一〇。体温は三六・六度。呼吸は三〇、そして深い。

ホールは頭から下にむかって、順序よく診察を進めていった。眉の下の上眼窩の縁から神経を圧迫して痛みの刺激を与えると、患者は顔をしかめ、ホールを押しのけようと腕を動かした。

たぶん、意識喪失ではないのだろう。たぶん、ただの昏迷状態なのだ。ホールは患者の体をゆすった。

「ジャクスンさん。ジャクスンさん」

相手はなんの反応も示さなかった。そのうち、じょじょに意識のもどる気配が見えた。ホールは耳もとで相手の名を呼びながら、あらあらしくその体をゆすった。

ピーター・ジャクスンはつかのま目をひらき、そしていった。

「あっち へ……行け……」

ホールは相手をゆさぶりつづけたが、ジャクスンの体はぐんなりと力が抜けて、もとの無反応状態にもどってしまった。ホールはあきらめて、また診察をはじめた。肺には異常がなく、心臓も正常に思えた。腹部にはすこしこわばりがあり、ジャクスンは一度嘔吐して、血の混じったような粘液を出した。すばやく、ホールは潜血反応のテストを行なった——陽性。つぎに直腸診を行ない、便をテストした。これも陽性だった。

ホールはアンスンに向きなおった。彼女は採血を終わって、片隅のコンピュータ分析装置へ試験管を送りこんでいた。

「消化器系に出血がある」とホールはいった。「さっきの結果はいつごろわかるかな?」

彼女は天井の近くに設けられたスクリーンを指さした。「検査の結果は出てくるはしからあそこへ映ります。あのスクリーンと、隣りの部屋のコンソールに表示されるんです。簡単なものから先に返ってくるでしょう。ヘマトクリット(赤血球容積率)なら、二分以内にわかるはずです」

ホールは待った。スクリーンがともり、文字がプリントされた。

ジャクスン、ピーター

検査室分析

テスト名　　　　　　正常値　　実測値
ヘマトクリット　　38－54　　21

「正常値の半分か」とホールはいった。ジャクスンの顔に酸素吸入マスクをかぶせ、ストラップをはめてからいった。「すくなくとも、四単位は必要だ。それに血漿が二単位」

「すぐ請求します」

「できるだけ早くはじめたい」

彼女は第二レベルの血液銀行に電話して、請求品をすぐ届けるようにたのんだ。そのあいだに、ホールは赤んぼうの診察にかかった。

赤んぼうを診察するのはずいぶんひさしぶりで、ホールはそれがどんなにやりにくいものかをすっかり忘れていた。目を調べようとすると、赤んぼうは目をつむってしまう。のどを調べようとすると、赤んぼうは口を閉じてしまう。胸に聴診器をあてると、赤んぼうは大声で泣きだして、心臓音をかき消してしまう。

しかし、彼はストーンの言葉を思いだして、がんばりつづけた。このふたりの患者は、似ても似つかぬ取り合わせではあるが、ピードモントの生存者の代表なのだ。どういうわけでか、このふたりはあの病気にうち勝つことができた。吐血している痩せさらばえた老人と、泣きわめいているピンク色の乳児——このふたりにはなにかのつながりがあるにちがいない。一見したかぎり、このふたりはおよそかけ離れた存在だ。スペクトルの両端に位置して、なんの共通点もない。

しかし、なにか共通点があるはずなのだ。

ホールは半時間かかって、ようやく赤んぼうの診察をすませた。結局、彼の見るかぎり、この赤んぼうは完全に正常だ、と結論せざるをえなかった。まったく正常。なに一つ異常な点は認められない。

この赤んぼうが、なぜかあの病気を生きのびた、という点を除いては。

15　中央制御室

ストーンは中央制御室の中でレヴィットといっしょにすわって、カプセルのおかれた内側の部屋をのぞきこんでいた。中央制御室は、窮屈だが複雑で精巧にできた部屋だった。二百万ドルの経費をかけたこの部屋は、ワイルドファイア地下施設の中でもいちばん高くついたのだ。しかし、研究所ぜんたいの機能には欠くことのできない部屋でもある。

中央制御室は、カプセルの科学的調査の第一段階を受け持っていた。その主要機能は探知である——部屋そのものが、微生物の探知と分離を目的として作られている。〈生物分析方式規定〉によると、ワイルドファイア計画には三つの段階がある——探知、特性判定、そして制御。まず、微生物を発見しなければならない。つぎに、それを研究し、理解しなければならない。そこではじめて、それを制御する方法を考えることになる。

中央制御室の目的は、その微生物の発見だった。

レヴィットとストーンは、ボタンとつまみと計器の並んだパネルの前に、隣りあってすわっていた。ストーンがマジック・ハンドを操作し、レヴィットが顕微鏡関係を操作する。もちろん、カプセルがおかれた部屋にはいって、直接それを調べることは不可能だ。中央制御室の観察スクリーンと直結したロボット操作の顕微鏡が、ふたりに代わってその仕事をやってくれる。

プロジェクトの初期に議論された問題の一つは、テレビを使うか、それともなにか直接的な映像伝達装置を使うかだった。テレビは安価で、簡単に設置できる。テレビの映像強化装置は、すでに電子顕微鏡やレントゲン透視などに実用化されている。しかし、ワイルドファイア・グループは、テレビ・スクリーンではあまりにも不正確で要求にこたえられないと、結論をくだした。ふつうのテレビの二倍の走査線を使ってすぐれた解像力が得られるダブルスキャン・カメラでも、まだ充分とはいえない。最後にワイルドファイア・グループがえらんだのは、ファイバー・スコープ——柔軟なガラス繊維の束をつうじて、光像を直接に送りこみ、観察スクリーンに投射する方式だった。これだと、明瞭でシャープな映像が得られる。

ストーンはカプセルの位置を修正してから、しかるべきキーを押した。黒い箱が天井からおりてきて、カプセルの表面を走査しはじめた。ふたりは観察スクリーンに目をこらした。

「五倍からはじめてくれ」とストーンがいった。レヴィットはつまみをセットした。ふたりは、金属表面に焦点を結んだ画面が、自動的にカプセルの周囲を回転していくのをながめた。一回の完全走査が終わったところで、拡大度を二十倍に上げた。二十倍の走査は、視野がそれだけ小さくなるため、はるかに長くかかった。依然として、表面にはなにも認められなかった。小点、くぼみ、そのほか小さな生長物らしいものもなにひとつない。

「百倍にしよう」とストーンがいった。レヴィットはつまみを調節して、ふたたび椅子の背にもたれた。長い退屈な捜索が予想されるが、それはまだはじまったばかりなのだ。おそらく、なにも見つからないだろう。まもなく、カプセル内部を調べることになる。そこでなにかが見つかるかもしれない。見つからないかもしれない。いずれにせよ、その表面から掻きとったものを培地の上において、分析用標本を作らなければならない。

レヴィットは観察スクリーンから目を離して、隣りの部屋をのぞきこんだ。複雑に入り組んだアームとワイヤで天井から吊るされたビューアーが、カプセルのまわりで自動的にゆっくり円を描いている。彼はスクリーンに視線をもどした。

中央制御室には三つのスクリーンがあり、どれにもまったくおなじ視野が映っていた。もしそうする気なら、三個のビューアーを使って三つのスクリーンに投射し、三分の一の時間でカプセルを検査することもできる。しかし、ふたりはそうしたくなかった——すくなくとも、いまのところは。ふたりともが、時間の経つにつれて、自分の興味と注意力が衰えていくことをわきまえていた。いくら努力したところで、つねに集中力をたもちつづけることはできない。だが、もしふたりの人間がおなじ映像を観察していれば、なにかを見逃す確率がそれだけ減る理屈だ。

長さ九十四センチ、基部の直径三十センチの円錐形カプセルの表面積は、四千二百平方センチをやや上まわる。五倍、二十倍、そして百倍と、ぜんぶで三回の走査には、二時間あまりを要した。三回目の走査の終わりに、ストーンがいった。「四四〇倍での走査もやってみるべきなのはわかっているんだが、しかし……」

「しかし？」

「その前に、内部の走査へ進みたい気がするんだ。もし、それでなにも見つからなければ、もう一度外側にもどって四四〇倍をやればいい」

「賛成だ」

「よし」とストーン。「じゃ、五倍からはじめよう。内側を」

レヴィットは操作盤をいじった。こんどは自動というわけにいかない。ビューアーは、立方体とか球とか円錐といった、規則的な形の物体の輪郭をたどるようにプログラムされている。しかし、カプセルの内側となると、指示なしには探測できない。レヴィットはレンズを五倍の倍率にセットし、リモコンのビューアーを手動に切りかえた。それから、ビューアーをカプセルの開口部へ誘導した。

スクリーンを見ていたストーンがいった。「もっと照明を」

レヴィットは調節を加えた。五個のリモコンの補助ライトが天井からおりてきてパッと点灯し、開口部を照らしだした。

「どうだ？」

「いいね」

レヴィットは自分のスクリーンを見ながら、リモコンのビューアーを動かしはじめた。思うような操作ができるようになるまでには、しばらくかかった。鏡を見ながら字を書くのとおなじで、調子を合わせるのがむずかしい。だが、まもなく走査は順調に進みはじめた。

五倍の走査は二十分かかった。ふたりが発見したものは、鉛筆の先でつついたぐらいの小さな一つのくぼみだけだった。ストーンの提案で、二十倍の走査をそのくぼみからはじめることにした。

とたんにそれが見えた——ぎざぎざした、砂粒ぐらいの大きさの黒い微片。黒の中に緑も混じっているようだ。

ふたりとも反応をおもてに出さなかったが、あとになってレヴィットはこう述懐している。

「わたしは興奮で身ぶるいしていた。一つのことしか考えられなかった。もしこれがそうなら、もしこれがなにか未知のもの、いままでにない新しい生物なら……」

しかし、そのとき彼がつぶやいたのは一言だった。「おもしろい」

「二十倍の走査を先にすませてしまおう」とストーンがいった。声を平静にたもとうとつとめているようすだが、彼もやはり興奮していることは明らかだった。

レヴィットはその微片をすぐにも高倍率で調べてみたかったが、ストーンのいう意味も理解できた。いまの立場では、結論に飛躍することは許されない——どんな結論にもだ。ただ一つの望みは、無限の忍耐で徹底を期することにある。あくまでも綿密に作業を進めて、どの段階でもなに一つ見落としのないことを確認していかなければならない。

でなければ、何時間かの、あるいは何日間かの調査を進めたあとで袋小路に突き当たり、自分たちがまちがっていたこと、証拠を誤認したこと、時間をむだにしたことを認識させられる羽目におちいるだろう。

そう考えて、レヴィットは二十倍での内部の完全な走査をつづけることにした。一、二度、べつの緑の斑点が見えたように思え、ビューアーをとめて、座標を記録した。こうしておけば、あとで高倍率走査のとき、すぐその場所がわかる。ストーンが二十倍走査の完了を告げたときには、半時間が経っていた。

ふたりは小休止をとり、カフェインの錠剤を二粒、水でのみくだした。チームの全員が、非常の場合でないかぎり、アンフェタミンを使わないことをすでに申し合わせていた。第五レベルの薬局にはアンフェタミンも用意されているが、日常の使用にはカフェインがえらばれていた。

カフェイン錠の苦い後味を口の中に残したまま、レヴィットは百倍のレンズに交換して、三度目の走査をはじめた。前とおなじように、スタートは例のくぼみ、小さな黒点からだった。

期待は裏切られた。高倍率でも、ただ大きくなっただけで、見たところは前二回の走査とべつに変わらなかったからである。しかし、それが不規則なかたちをした、光沢のない、岩石の細片らしいことは見わけられた。そして、ぎざぎざの表面の上に、まぎれもない緑色の斑点が散らばっていることも。

「あれをどう思う？」とストーンがきいた。

「もしあれがカプセルと衝突した物体なら」とレヴィットがいった。「非常なスピードで運動していたか、それとも非常に重いかだ。でなければ、あの程度の大きさでは――」

「衛星を軌道からつきとばせない。同感だね。だが、それにしてはあまり深い圧痕がついていない」

「ということは?」

ストーンは肩をすくめた。「ということは、それが軌道変化の原因でなかったか、でなければ、未知の伸縮性を持っているかだ」

「あの緑色をどう解釈する?」

ストーンはにやっと笑った。「そう簡単にはきみの罠にかからんよ。好奇心は感じるが、それ以上の段階じゃない」

レヴィットはくっくっと笑って、走査をつづけた。いまや、ふたりともが意気の上がるのを感じ、内心でその発見に確信をいだいていた。さっき緑色を認めたほかの個所をチェックし、そして高倍率のもとで斑点の存在をふたたび確認した。

しかし、こちらの斑点は、岩石の上の緑の斑点とちがうように見えた。第一に、こちらのほうが大きく、なんとなく明るい感じに思える。第二に、斑点の境界線が非常に規則的で、円味を帯びている。

「まるで、カプセルの内側へ、緑色のペンキの小さなしぶきが飛び散ったみたいだ」とストーンがいった。

「そうでないことを祈りたいね」

「探測してみるか」

「先に四四〇倍をやろう」

ストーンは同意した。すでに四時間近くカプセルを走査しているのだが、ふたりとも疲労を感じていなかった。レンズ交換のあいだ、ふたりの見まもる前で、観察スクリーンはつかのまぼやけた。スクリーンの焦点が合って、例のくぼみと、緑色を散りばめた黒い細片が認められた。この倍率では、岩石の表面の不規則性が印象的だった——まるで鋸歯のような山脈と鋭い峡谷を持った小型の惑星のように見える。ふとレヴィットの頭に、それこそいま自分たちが見ているものではなかろうか、という考えがうかんだ。土着生物までをそっくりそのまま残した、微小だが完全な惑星。しかし、小さくかぶりをふって、その考えを頭から追いはらった。ありえない。

ストーンがいった。「もしあれが隕石だとすると、えらく奇妙だな」

「どこが気になる？」

「ほら、あの左側の輪郭線」とストーンはスクリーンを指さした。「あの岩石の——もしあれが岩石ならだが——表面はどこもごつごつしているのに、左側の輪郭線だけは、なめらかでまっすぐじゃないか」

「人工的な表面のようにかね？」

ストーンはため息をついた。「じっと見ていると、そんな気にもなりそうだな。ほかの緑色の斑点を調べてみよう」

レヴィットはべつの座標にセットして、ビューアーの焦点を合わせた。新しい映像がスクリーンに現われた。こんどのそれは、緑色の斑点のクローズアップだった。高倍率の下で、輪郭線がはっきりと見わけられた。なめらかではなく、小さなぎざぎざになっていた。ちょうど、時計の中にある歯車のように。

「こんなことってあるか」とレヴィット。

「ペンキじゃない。あのぎざぎざは規則的すぎる」

ふたりが見まもっているうちに、それは起こった——緑の斑点が、ほんの一瞬、まばたきよりも短い時間、むらさきに変わったのだ。そして、ふたたび緑にもどった。

「いまのを見たか？」

「見た。照明を変えたわけじゃないね？」

「いや、さわりもしない」

一瞬後、ふたたびそれは起こった——緑、むらさきの閃き、そしてまた緑。

「おどろいたな」

「ひょっとすると——」

その瞬間、ふたりの目の前で斑点がむらさきに変わり、そのままむらさき色をたもった。ぎざぎざが消えた。斑点はV型の刻み目を埋めて、すこし大きくなった。いまや完全な円形だった。そして、ふたたび緑色にもどった。

「生長しているんだ」とストーンがいった。

ふたりはすばやく作業した。映画カメラが天井からおろされ、五つの角度から毎秒九十六コマで撮影した。べつの微速度カメラは、半秒に一コマのスピードで動きだした。レヴィットはもう二台のリモコンカメラをおろし、最初のカメラとちがったアングルに配置した。中央制御室では、三つのスクリーンが、問題の緑の斑点をそれぞれちがった視野でとらえた。

「もっと倍率を上げられないか？　これ以上に？」とストーンがいった。

「だめだ。忘れたのかね、最高を四四〇倍に決めたのを」

ストーンは悪態をついた。より高い倍率を得るためには、べつの部屋へ行くか、それとも電子顕微鏡を使うしかない。どちらにしろ、ひまがかかる。

レヴィットがいった。「培養と分離をはじめようか」

「ああ、そうしよう」

レヴィットはビューアーを二十倍にもどした。いまやふたりの関心は四カ所に限定されていた——三つの孤立した緑の斑点と、そして圧痕をともなった岩石の細片である。レヴィットは**培養**と記されたコンソールのキーを押した。部屋の側面からトレイが一つすべりだし、プラスチックの蓋のついた円いペトリ皿を幾山も運びだした。どの皿にも、薄い培地の層がはいっていた。

ワイルドファイア研究所には、既知の培地がほとんどすべてそろっている。細菌がそれを吸収して増殖するように、いろいろの栄養素を含ませたゼリー状の混合物——それが培地である。一般の実験室の常備品——ウマとヒツジの血液寒天、チョコレート寒天、シンプレックス、サブロー培地——のほか、さまざまな糖とミネラルを含んだ診断学的培地、結核菌や特異な菌類などを対象にした四十三種の特殊培地、さらにME-九九七、ME-四二三、ME-A一二などの番号で呼ばれるきわめて実験的な培地も、準備されていた。

培地をのせたトレイには、滅菌した白金耳が何本かおかれていた。ストーンはマジック・ハンドで一本の白金耳をとりあげ、その先でカプセルの表面をこすってから、培地の表面に接触させた。レヴィットのほうは、どの塗抹標本がカプセルのどの部分のものであるかが、あとですぐわかるように、コンピュータへデータを入力していた。この方法で、ふたりはカプセルの外側の全表面を終わり、つぎに内側へと移った。ストーンは高倍率のビューアーを使って、きわめて慎重に緑色の斑点の表面を掻きとり、それを各種の培地に植えていった。最後に、彼は小ピンセットで岩石片をつまみあげ、それを清潔なガラス皿の中に移しかえた。

この作業はぜんぶで二時間あまりかかった。それがすむと、レヴィットはMAXCULTコンピュータ・プログラムを起動した。このプログラムは、ふたりの植えた数百個のペトリ皿の自動処理を機械に指示するものである。あるものは、標準大気と常温常気圧のもとで貯蔵される。ほかのものは、高熱と低温、高圧と真空、高酸素と低酸素、光と暗黒——それぞれの環境に分割される。ペトリ皿をいろいろな培養箱に分類する仕事をひとりでやれば、何日もかかるだろう。コンピュータはそれを数秒でやってのける。

プログラムが立ちあがると、ストーンはペトリ皿を順々にコンベヤー・ベルトにのせた。ふたりはペトリ皿が培養箱のほうへ去っていくのを見送った。

もうこれでふたりの仕事はない。二十四時間ないし四十八時間待って、そこからなにが生長してくるかを見とどける以外には。

「そのあいだに」とストーンがいった。「この岩石片の分析をはじめようか——もし、それがほんとうに岩石ならだが。きみはEMの扱いに慣れてるかい？」

「ちとあやしいね」とレヴィット。彼はこの一年近くEM（電子顕微鏡）を使っていなかった。

「では、ぼくが標本を準備する。それに質量分析もやらなくちゃなるまい。そっちはぜんぶコンピュータがやってくれる。しかし、それにかかる前に、もっと高倍率で調べてみるべきだろう。形態学実験室で利用できる一番高い光学的倍率は？」

「千倍だ」

「じゃ、それを先にやろう。岩石片を形態学実験室にまわすから、キーをたのむ」

レヴィットはコンソールに目を移して、**形態学実験室**のキーを押した。ストーンのマジック・ハンドが、岩石片の入ったガラス皿をコンベヤー・ベルトにのせた。

ふたりは背後の壁時計に目をやった。一一〇〇時。十一時間もぶっとおしに作業していたわけだ。

「すべりだしは順調だな」とストーンがいった。

レヴィットはにやりと笑って、指で厄払いのしるしを作った。

16 解剖

バートンは解剖室で作業していた。彼はいまもピードモントの思い出に悩まされ、不安とストレスから逃れられなかった。それから何週間か後に、第五レベルでの作業と思考のあとをふりかえったバートンは、自分の集中力の欠如に悔恨を感じることになる。

なぜなら、最初の一連の実験で、バートンはいくつかのミスをおかしたからだ。

分析方式規定によって、彼には死亡動物の検死解剖が割り当てられたが、同時に最初のベクターの実験も彼の担当だった。公平にいって、バートンはこの仕事をするべき人間ではなかった。レヴィットのほうが、はるかに適任だったろう。しかし、おおかたの意見では、レヴィットには最初の分離と同定の仕事をまかせるほうが有利だとされたのだ。

そこで、ベクターの実験は、バートンにまかされた。

それは疫病がいかにして伝播するかという疑問に答えるための、わりあい単純明快な実験だった。まずバートンはいくつかの箱をずらりと並べた。どの箱にも独立した空気供給管がついていた。この空気供給管はいろいろな組み合わせで相互連結できる。

バートンは死んだダイコクネズミのはいった気密式の箱を、生きたネズミのはいった箱の横においた。それからキーを押した。これで、二つの箱のあいだに空気が通いあう。生きたネズミはころんと倒れて死んでしまった。

やはりそうか、と彼は思った。空気伝染だ。つぎに彼は、第二の生きたネズミの入った箱を連結し、こんどは生きたネズミと死んだネズミとのあいだにミリポア・フィルターを挿入した。このフィルターには直径百オングストローム——小さめのウイルスのサイズ——の孔がいちめんにあいている。

バートンは二つの箱のあいだの空気流通路を開いた。ネズミは死ななかった。

彼はなっとくのいくまでしばらくそれをながめた。この病気を伝播するものがなんであるにしろ、それはウイルスよりも大きいのだ。彼はフィルターをもっと大きい孔のものに替え、つぎにもう一段大きいものに変えた。ネズミが死ぬまで、その手順を進めていった。

最後のフィルターが病原体の通過を許したわけだ。彼はフィルターの孔のサイズをチェックした——直径二ミクロン、ほぼ小さな細胞のサイズだ。これできわめて貴重な事実が一つわかったぞ、と彼は思った。つまり、伝染性病原体の大きさである。

これは重要な発見だった。バートンはたった一つの簡単な実験で、ある種の蛋白質または化学的分子が病変を起こすのではないかという可能性を除外することができたのだ。ピードモントでは、彼もストーンも、なにかのガス——おそらく異生物から老廃物として排出されるガス——に嫌疑をかけていたのだった。

しかし、ガスが原因でないことは、これで明らかになった。この病気は、分子やガスの小滴よりもはるかに大きい、細胞程度のサイズを持つなにものかによって伝播されるのだ。

つぎの段階も、おなじように簡単だった。死亡した動物が潜在感染力を持つかどうかの判定である。

バートンは死んだネズミの箱の一つから、ポンプで空気を抜いていった。空気が完全に排出されるのを待った。気圧の降下で、ネズミの体はふくらみ、破裂した。バートンはそれにかまっていなかった。

空気がすっかり排出されたことを確認してから、彼は箱の中へ新しい、清浄な、濾過された空気を送りこんだ。それから、その箱を生きたネズミのいる箱に連結した。

なにごとも起こらない。

おもしろい、と彼は思った。リモコンのメスを使って、死んだ動物の体をさらに大きく切開した。死骸内部の微生物が、大気中に放出されるかどうかを確かめるためだった。

なにごとも起こらなかった。生きたネズミは、箱の中をうれしそうに走りまわっていた。

結果はいたって明白だ。死んだ動物には感染性がない。ピードモントで、ハゲタカが犠牲者たちの肉をついばんでも死ななかった理由はそれだ、と彼は思った。死体は病気を伝播できない。空気で運ばれたバイキンだけが病気を伝播できる。

空気中のバイキンは猛毒。

死体内のバイキンは無害。

ある意味では、予想できなくもない。それは細菌と人間の順応と相互適応の理論に関係がある。バートンは以前からこの問題に興味を持っており、ベイラー大学医学部でその講座を受け持ったこともあった。

たいていの人びとは、細菌というとまず病気を連想する。しかし、実をいうと、ヒトを病気にするのは、細菌類のわずか三パーセントにすぎない。ほかのものは、無害かそれとも有益なのだ。たとえば、ヒトの腸には消化過程に役立ついろいろの細菌が存在している。人間はそれらを必要とし、それらに依存している。

事実、人間は細菌の海の中で暮らしているともいえる。細菌はどこにも存在する——皮膚表面、耳や口の中、そして肺臓や胃の中にまで。人間が所有するもの、手を触れるもの、呼吸する空気——それらはすべて細菌でいっぱいである。細菌はあまねく満ちあふれている。そしてたいていの場合、だれもがそれを意識していない。

それには理由がある。ヒトと細菌の両方がおたがいになじんで、一種の相互免疫を作りだしたのだ。それぞれが相手に適応したのだ。

そして、これにもまたりっぱな理由がある。進化が潜在的生殖能力の増加を目ざしていることは、生物学の一つの原則なのだ。細菌にあっさり殺される人間は、適応力がたりないといえる。生殖できるまで生きながらえないのだから。

同時に、宿主を殺してしまう細菌も、適応不足である。宿主を殺すような寄生体は、それだけで失格だからだ。宿主が死ねば自分も死ぬ。宿主を殺さずに、それに依存して生きていくのが、利口な寄生体のやることである。

そして、宿主としても、その寄生体に耐性を持ち、あわよくばそれを逆に利用して宿主のために働かせるのが、いちばん利口なやりかたといえる。

「最高に適応した細菌は、軽い病気しかひき起こさないものか、あるいはまったく無害なものだ」と、バートンはよくいったものである。「緑色連鎖球菌を例にとれば、きみたちはその細菌を六、七十年も体内に住まわせておくことができる。その間、きみたちはなにごともなく生長し、子供をもうける。連鎖球菌のほうもおなじだ。また、黄色ブドウ球菌を持ち歩いても、ニキビか吹き出物程度の代償しか払わずにすむ。結核を何十年もかかえていることもできるし、梅毒を一生かかえていることもできる。あとの二つは軽い病気とはいえないが、どちらもむかしほど猛烈なものではなくなった。それは、ヒトと微生物がおたがいに適応しあったからだ」

たとえば、梅毒が四百年前には悪性の病気で、全身に大きな膿瘍を作りだし、数週間で死を招いたことはよく知られている。しかし、何世紀ものあいだに、ヒトもスピロヘータも、おたがいに耐性を持つことを学んだのだ。

こうした考察は、最初の印象ほど抽象的でアカデミックなものではない。ワイルドファイアの初期企画段階で、ストーンは人間の病気の全種類の四十パーセントが微生物によって起こると、指摘したことがあった。そのときバートンは、全微生物のわずか三パーセントが病気をひき起こすにすぎないという事実をあげて、反論したのだ。人間の病苦の多くが細菌のせいにされているにもかかわらず、ある特定の細菌が人間に危険をもたらす確率は、明らかにきわめて小さい。これは適応——細菌に対する人間の適応——の過程が複雑だからだ。

「大半の細菌は、ヒトに害を与えるほど長く人体内に生きていられない」とバートンは指摘した。「条件がなにかと不利だからだ。人体は熱すぎたり冷たすぎたり、酸性かアルカリ性が強すぎたり酸素が多すぎたり、たりなかったりする。ヒトの体は、大半の細菌にとって南極のように苛酷な環境なのだ」

これは、大気圏外空間からやってきた微生物が人間に有害な可能性はきわめて少ないことを意味する。企画者たちはそれを認めた上で、なおかつワイルドファイア施設を建設すべきだと考えた。バートンもそれにはたしかに同感だったが、ここへきて、自分の予言が現実になったという奇妙な気持を味わっていた。

いま発見したバイキンがヒトを殺せることは明らかだ。しかし、それはまだほんとうにヒトに適応していない。なぜなら、自分が殺した生物の体内で、いっしょに死にたえてしまうからだ。死体から死体へ伝播していくことができない。宿主の体内で一、二秒生存したあと、宿主とともに死んでしまう。

理論的にはなっとくできる、と彼は思った。

しかし、実際問題としては、まだこれからその微生物を分離し、その性質を理解し、そして治療法を見つけなければならないのだ。

バートンはすでに感染経路についてある程度のことを知ったし、死のメカニズムについてもある程度のことを知った——血液の凝固である。残された疑問は——いかにして、その微生物は体内へ侵入するのか？

感染経路が空気であると思われる以上、皮膚と肺からの接触という可能性がもっとも濃い。ひょっとすると、この微生物は皮膚から体内へもぐりこむのかもしれない。それとも、呼吸といっしょに吸いこまれるのかもしれない。それとも、その両方。

どうすれば、それは判定できるだろう？

バートンは、実験動物の口だけを残して、全身を保護衣で覆うことを考えてみた。できなくはないが、ひまがかかる。彼は腰をすえて、一時間その問題にとりくんだ。

そして、もっと実用的な方法を思いついた。

その微生物が血液の凝固で死を招くことは、すでにわかっている。おそらく、血液の凝固が、はじまるのは、体内への侵入点からだろう。もし皮膚からの侵入なら、凝固は体表面の近くからはじまる。もし肺からの侵入なら、凝血は胸からはじまり、周囲へひろがっていくはずだ。

このテストならやれそうだった。放射能を帯びた血液蛋白を使い、実験動物をシンチスキャナーで追跡すれば、血液が最初に体内のどこで凝固するかを判定できる。

バートンは適当な実験動物として、一ぴきのアカゲザルをえらんだ。解剖学的構造が、ネズミよりも人間のそれに近いからである。彼は放射性物質——マグネシウムの同位元素——をサルの血管に注入し、スキャナーを調節した。平衡状態を得たところで、サルを縛りつけ、その真上にスキャナーを位置させた。

これで準備はととのった。

スキャナーは、人体を型どった一連の輪郭図の上に、刻々の経過をプリントしていく。彼はコンピュータの印字プログラムを起動してから、アカゲザルを致死性微生物が含まれた空気にさらした。

とたんに、コンピュータから、印字された出力用紙が吐きだされはじめた。

三秒間でいっさいは終わった。プリントされた図表が、彼の知りたかったことを告げていた。凝固は肺の中からはじまり、しだいに全身へひろがっていったのだ。

それだけでなく、付加的な情報がもう一つ手にはいった。バートンは、のちにこう述べている。「最初は、たぶん死と凝血が同時ではない――あるいは、すくなくとも正確に同時ではないだろうと考えていた。死が三秒以内に起こることも不可能に思えたが、体内の全血液量――五リットル――が、そんな短時間で凝固することは、それ以上に不可能に思えた。そこで、ただ一個の致命的な血塊が、おそらく脳の内部あたりに生じて、全身の凝血はもっとゆっくりしたペースで進行するのではないかと、そのあたりを確かめたかった」

バートンは調査の初期段階でも、すでに脳のことを考えていたのである。いまかえりみて、彼がこの方向の探究を論理的帰結まで押しすすめなかったのは、なんとしても残念だった。彼をそうすることから妨げたのは、シンチスキャンの証拠である。それは凝血が肺の内部からはじまり、頸動脈を上に進行して、一、二秒後に脳へ到達することを示していたのだ。

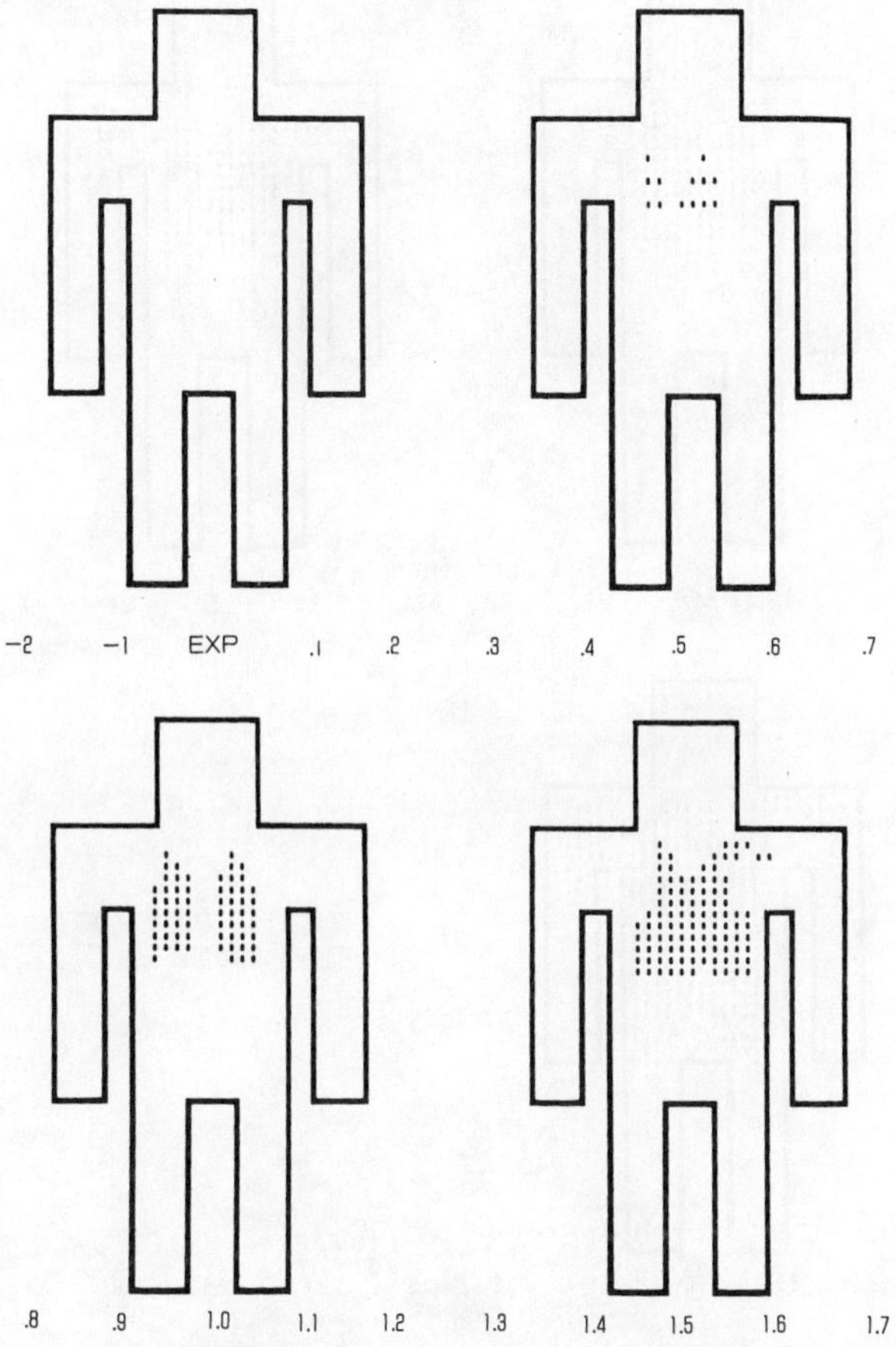

−2
−1
EXP
.1
.2
.3
.4
.5
.6
.7
.8
.9
1.0
1.1
1.2
1.3
1.4
1.5
1.6
1.7

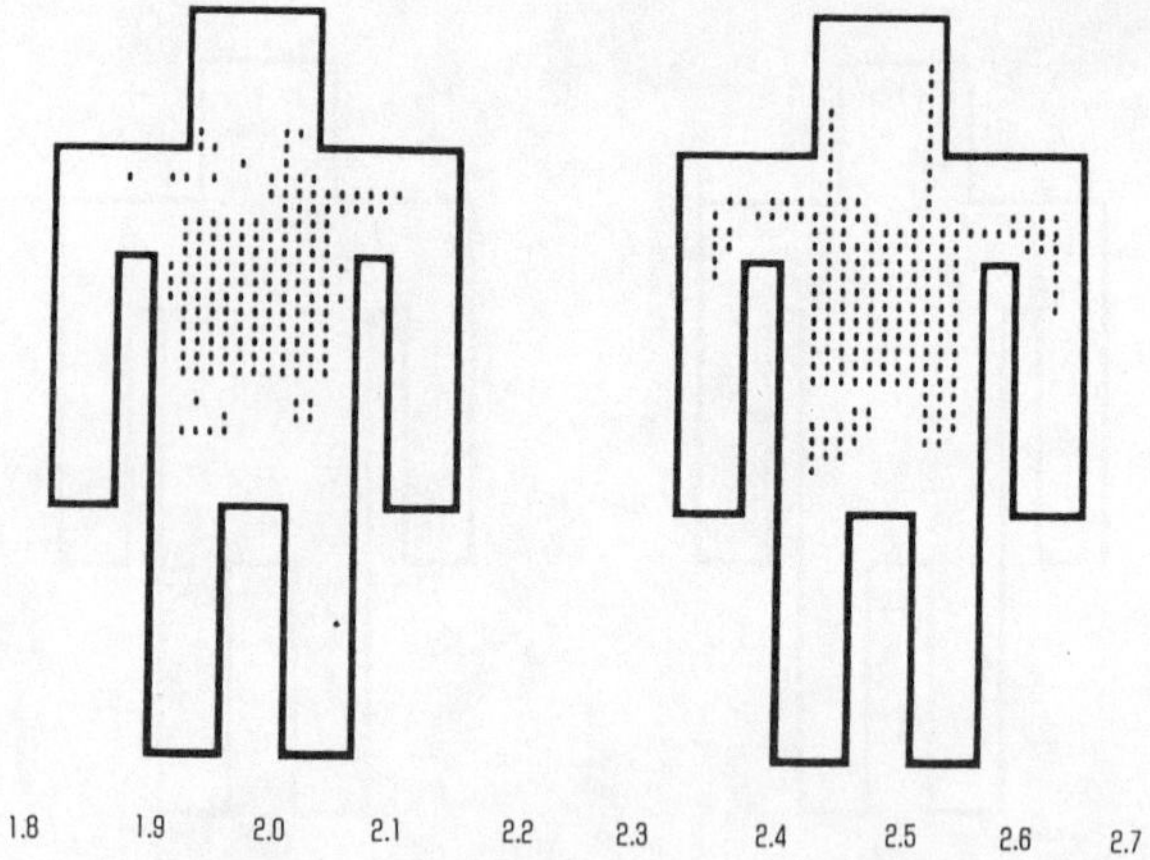

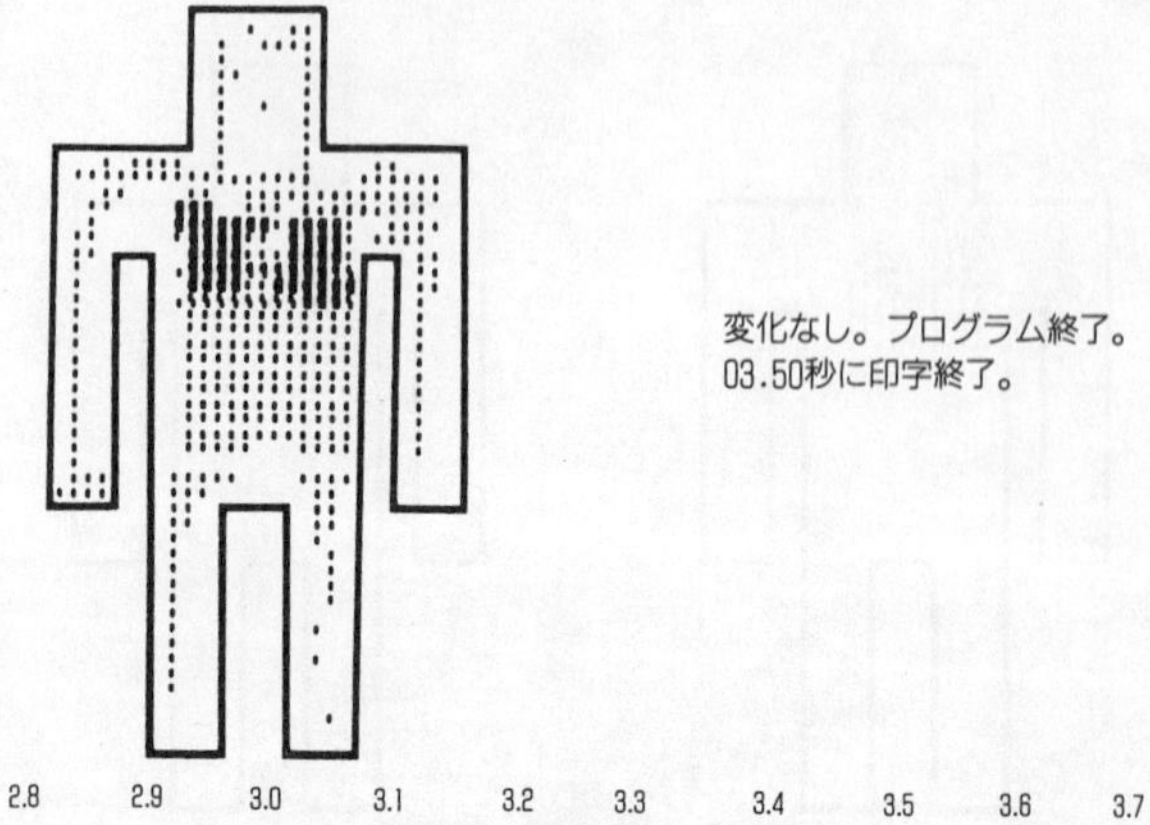

変化なし。プログラム終了。
03.50秒に印字終了。

　こうしてバートンは、さしあたり脳への関心を失ってしまった。そして、つぎの実験で、彼はふたたび失策を重ねることになった。

　それは、正式のワイルドファイア分析方式規定に含まれていない、簡単なテストだった。死が血液の凝固と同時に起こることは、すでにわかっている。では、もし血液の凝固を防ぐことができれば、死を避けることができるのか？

　バートンは数ひきのネズミをひきだして、彼らに抗凝血剤——血餅(けっぺい)の形成を防ぐ物質——のヘパリンを注射した。ヘパリンは医療に広く使われている速効薬で、その作用は完全に究明されている。バートンは低目の標準量から著しい超過量までさまざまな分量の薬剤を静脈内に注射した。

　それから、そのネズミたちを、致死性微生物を含んだ空気にさらした。

　用量の少ない最初のネズミは、五秒後に死んだ。ほかのものは、一分以内にそのあとを追った。大量を注射された一ぴきのネズミだけが三分近く生きながらえたが、最後には死んでしまった。

　バートンはこの結果に落胆した。死を遅らせることはできるが、それを防ぐことはできない。対症療法は成功しなかった。

　彼は死んだネズミをかたわらに押しやり、そしてそこで重大な失敗を演じた。

　バートンは、抗凝固剤を与えたネズミを解剖しなかったのである。

その代わりに、彼は最初の解剖標本、カプセルにさらした最初のダイコクネズミと最初のアカゲザルに、注意を移してしまった。彼はこれらの動物に完全な剖検をほどこしたが、抗凝血剤を与えたネズミはそのまま放置した。

四十八時間後に、バートンはそのミスに気づくことになる。バートンの行なった解剖じたいは、綿密でりっぱなものだった。彼はなにものも見逃すまいと心にいいきかせながら、ゆっくり作業を進めていった。ネズミとサルから内臓をとりだし、それぞれを調べたのち、光学顕微鏡と電子顕微鏡のための標本を切りとった。

肉眼検査で見ても、動物たちは全面的な血管内の凝固現象で死んでいた。動脈、心臓、肺、腎臓、肝臓、脾臓——血液を含む内臓のすべて——が石のように堅くなっていた。これは予想どおりだった。

彼は顕微鏡検査用の冷凍標本を準備するために、組織薄片を部屋の片側へ運んだ。それぞれの切片が技術者たちの手で処理されるのを待って、つぎつぎに顕微鏡の下に挿入して、それを観察し、撮影した。

組織は正常だった。血液の凝固以外には、なんの異常も認められなかった。それとおなじ組織切片がいま顕微鏡検査室にも送られており、そこではべつの技術者たちが、ヘマトキシリン・エオシンや、シッフ試薬、ツェンカー・フォルマリン液を使って染色標本を作りつつあることを、バートンは知っていた。神経切片はニッスル試薬で染色されているだろう。これらの処理には、たっぷり十二時間から十五時間かかる。もちろん、染色標本がなにかの新事実を示してくれるという希望を持つのは自由だが、そうすべき理由はなにもない。

バートンは電子顕微鏡検査にも、おなじくあまり期待を持っていなかった。電子顕微鏡は貴重な道具だが、ときとして仕事を逆にむずかしくするきらいがある。電子顕微鏡は、巨大な倍率と明瞭なディテールを提供してくれる——だが、それは観察者がどこを見るべきかを心得ている場合にかぎられる。一つの細胞や、その細胞の一部分を調べるのにはうってつけの器具だ。しかし、まず観察者はどの細胞を調べるべきかを知っていなければならない。ところが、人体にはぜんぶで何十億もの細胞があるのだ。

十時間の作業が終わったところで、バートンは椅子の背にもたれ、これまでにわかったことをもう一度おさらいしてみた。そして、それを簡単な一覧表にした——

1　病原体はほぼ二ミクロンの大きさである。したがって、それはガスでも分子でもなく、また巨大蛋白質やウイルスでもない。それは細胞のサイズであり、事実ある種の細胞かもしれない。

2　病原体は空気によって伝播される。死体から感染はしない。

3　病原体は呼吸によって犠牲者の肺に吸入される。そこから病原体は血流内に侵入し、そして血液凝固を開始させるものと思われる。

4　病原体は血液凝固によって、死をひきおこす。これは数秒以内に起こり、全血管系の完全な凝固と時期が一致する。

5　抗凝血剤でも、この過程は防げない。

6　死亡動物には、それ以外の病理的異常が認められない。

バートンはこのリストをながめて、しきりにかぶりをふった。抗凝血剤は無効かもしれないが、なにものかがその過程を防いだことは事実である。したがって、なにか方法はあるはずだ。それだけはわかっている。

なぜなら、げんにふたりの人間がそれを生きのびたからだ。

17　回　復

　一一四七時、マーク・ホールはコンピュータの上にかがみこみ、ピーター・ジャクスンと乳児の検査結果を示したディスプレイをにらんでいた。コンピュータは、自動検査装置が測定した結果をつぎつぎに送りこんでくる。すでにほとんどの検査が完了していた。
　赤んぼうは、ホールの見たところでも正常だった。
　コンピュータは遠まわしな表現はしなかった。

　　被験者コード――乳児――に関するすべての検査測定値は標準範囲内にあります

　しかし、ピーター・ジャクスンとなると、まったく話がべつだった。こちらの検査結果にはいくつか異常な点があった。

　　被験者コード　ジャクスン、ピーター
　標準範囲内にない検査測定値をつぎに示します

検査	正常値	実測値
ヘマトクリット	38-54	21 第一回
		25 反復
		29 反復
		33 反復
		37 反復
BUN	10-20	50
網赤血球数	1	6

血塗沫標本では多くの未熟型赤血球を認めます

検査	正常値	実測値
プロトロンビン時間	L2	13
血液pH	7.40	7.31

GOT	40	75
赤沈	9	29
アミラーゼ	70-200	450

検査結果の中には、すぐに理解できるものと、そうでないものとがあった。たとえばヘマトクリットが上昇しつつあるのは、いまジャクスンが輸血を受けているからだ。BUN、つまり血中尿素窒素は、腎臓機能のテストで、やや数字が高いのはたぶん血流の減少のせいだろう。

ほかの分析結果も、失血と一致している。網赤血球数は六パーセントと高い――ジャクスンはかなり前から貧血症だったのだ。網赤血球、つまり未熟な赤血球が認められるのは、肉体が失われた血液を補充しようと努力中で、若い未熟な赤血球を循環させなければならないことを意味する。

プロトロンビン時間（凝血に要する時間のテスト）は、ジャクスンが胃腸のどこかから出血していても、一次性の出血素因はないことを示している――彼の血液は正常に凝固する。

赤血球沈降速度と血清GOTは、組織破壊の指標である。ジャクスンの体内のどこかで組織が死につつあるのだ。

しかし、血液pHはちょっとした謎だった。七・三一というのは、極端ではないにしても、かなり高い酸性度である。ホールはその解釈に当惑した。コンピュータも当惑しているようだった。

疑診

被験者コード　ジャクスン、ピーター

1　急性および慢性の失血

消化器系病因の確率・884

ほかに統計上有意の病原は認められません

2　アシドーシス

病因不明

さらにデータが必要です

既往症はいかが

ホールはその回答を読んで、肩をすくめた。コンピュータは彼に患者と話しあえとすすめているようだが、これこそいうは易く行なうは難い。ジャクスンは昏睡状態であり、もし彼が血液を酸性にするような飲食物を摂取していたとしても、それは意識の回復を待たないと聞きだせないのだ。

しかし、血中ガスの検査ならできるかもしれない。ホールはコンピュータに向きなおって、血中ガス検査の請求を入力した。

コンピュータは、かたくなに回答してきた。

　検査室分析よりも既往症調査を優先すべきです

ホールは、「患者は昏睡状態」と入力した。

コンピュータはしばらく考えているようだったが、やがて回答を送りつけてきた。

　患者の電測結果は昏睡と一致しません
　脳波図のアルファ波は睡眠と診断されます

「まいったね」とホールはいった。ガラスごしにながめると、事実ジャクスンは眠そうに身じろぎしているようだった。彼はトンネルからプラスチック服の中にもぐりこみ、患者の上にかがみこんだ。

「ジャクスンさん、目をさまして……」

ゆっくりと患者は目をあけ、そしてホールを見つめた。信じられないようにまばたきした。

「こわがらなくていい」とホールは穏やかにいいきかせた。「あなたは病気で、われわれがずっと手当していたんです。気分はよくなりましたか？」

ジャクスンはごくんと唾をのみこんで、うなずいた。口をきくのをためらっているようすだった。しかし、皮膚の青白さはなくなっていた。頰にはかすかに血の気がもどり、爪はもう灰色でなかった。

「気分はよくなりましたか？」

「ああ……だれだ、あんたは？」

「ホールという医師です。ずっとあなたの手当をしてきました。ひどい吐血でしたよ。やむをえず輸血をしました」

ジャクスンはうなずいて、彼の言葉をしごく冷静に受けいれた。ホールはその態度に思いあたるものを感じ、こうたずねた。「前にもこんなことがあったんですね？」

「あった」と相手はいった。「二回」

「そのときは、どんなふうでした？」

「わしゃどこへきちまったんだ」とジャクスンは部屋を見まわしながらいった。「ここは病院かい？　なんでそんなけったいなものを着てるだね？」

「いや、ここは病院じゃない。ネヴァダ州の特別な研究所です」

「ネヴァダ州？」ジャクスンは目をつむり、首を左右にふった。「しかし、わしがいたのはアリゾナ……」

「いまはちがう。あなたを助けるために、ここへ運んだんですよ」

「その服は、またどういうこった？」

「ピードモントから、あなたをここへ移したんです。ピードモントに病気がひろがったので。ここは隔離室です」

「すると、わしは伝染病かい？」

「さあ、それはまだわかりませんが、とにかく――」

「なあ」ジャクスンはとつぜん起きあがろうとした。「ここは薄気味わるくてかなわん。わしゃ出ていく。こんなとこはまっぴらだ」

老人は拘束バンドにさからって、ベッドの上で身をもがいた。ホールはその体をやさしく押しもどした。

「らくにしてなさい、ジャクスンさん。のんびり休まないと、よくなりませんよ。あなたは病人なんだから」

ゆっくりとジャクスンはベッドに横たわった。それから――「タバコをくれ」

「タバコはだめです」

「ばかこけ、一服だけじゃ」

「お気のどくですが、喫煙は禁じられて――」

「なあ、お若いの、わしぐれえ長生きすると、してええこととわるいことの区別はつくもんだ。連中もいいよった。メキシコ料理はいかん、酒はいかん、タバコもいかん。しばらくいうとおりにしてみたよ。そしたら、ちっとでも体のぐあいがよくなったか？　とんでもねえ、めちゃくちゃだわ」

「だれがそういったんです？」

「医者ども」

「どこの医者です？」

「フェニックスの医者どもよ。大きな、気どった病院でな、ピカピカの機械に、ピカピカの白衣。えらく気どった病院だわ。ほんとなら入院なんぞするもんかね。でもな、妹のやつが口をすっぱくしてすすめよる。わしの妹はフェニックスで、亭主のジョージと暮らしとるんじゃ。あの抜け作と。わしゃ気どった病院なんぞ虫が好かん、のんびり寝てるほうがええ。そういってやった。それでも妹のやつがまだうるさくいいよるもんで、根負けしてな」

「それはいつのことです？」

「去年の六月、いや七月かな」

「なぜ入院したんですか？」

「なぜ入院したかだと？　病気にきまっとるわい」

「いや。どこがわるかったんですか」

「このくそいまいましい胃袋だわ。いつものこった」

「出血ですか？」

「ああ、出血さ。しゃっくりするたんびに血が出よる。自分の体にあれだけ血があるとは知らなんだ」

「胃からの出血ですね？」

「そうさ。前にもやったといったろうが。こういう針を体じゅうに刺されてな」——と輸液管のほうへあごをしゃくって——「血を注射された。去年はフェニックス。おとしはツースン。そういえば、ツースンの病院はええ病院だったで。あそこはよかったのう。看護婦もべっぴんのかわいい子がおって——」だしぬけに彼は口をつぐんだ。「それより、おまえさんはいくつじゃ？　医者にしちゃ若すぎるようだが」

「外科医ですよ、これでも」とホール。

「外科医？　おい、たのむで勘弁してくれや。連中は手術させろとうるさくすすめよったが、わしゃまっぴらごめんとことわった。いやなこった。腹を切られてたまるかい」

「胃潰瘍を二年も？」

「もうちょっと前からじゃ。やぶから棒に腹がきりきり痛みだしてな。はじめは食あたりかと思うとった。血を吐くまで」

二年前からか、とホールは思った。明らかに胃潰瘍だ。ガンではない。

「それで入院したんですな？」

「うん。いっぺんはきれいに治ったんじゃ。医者は刺激物と固い食べものとタバコをやめろといいよった。わしゃいうこと聞いて節制した、嘘じゃない。しかし、結局はだめだわ。人間にはたのしみちゅうもんがいる」

「それで、一年後にまた病院へ逆もどりですか?」

「そうとも。フェニックスの大きな病院へ入れられて、ジョージの抜け作と妹のやつが、毎日見舞いにきた。やつは本の虫でな。弁護士だわ。口じゃでかいことといいよるが、なに、バッタのけつほどの分別もありゃせん」

「で、フェニックスでは手術をすすめられた?」

「そうとも。おまえさんにあてつけるわけじゃねえが、医者ちゅうやつは人の顔見れば手術したがるもんだ。連中の頭がそんなふうにできとる。わしゃいってやった。長年仲ようしてきた胃袋じゃ、どうせなら、わしが最後までめんどうみる、とな」

「退院したのはいつ?」

「八月の初めだったな。第一週かそこらあたり」

「それで、いつからまた酒やタバコや体にわるい食物にもどったんです?」

「おい、説教ならやめとくれ」とジャクスンはいった。「わしゃ六十九年間、体にわるいもんを食い、体にわるいことをしてきた。好きでそうしてきたんじゃ。それができんとなったら、生きとる甲斐がないわい」

「しかし、苦痛はあったでしょう?」ホールは顔をしかめながらいった。

「ああ、むろんあったとも。なにも食わんときはとくにな。だが、そいつを止める法がわかったで」

「どんな方法が?」

「アスピリン」とジャクスンはいった。

「アスピリン？」

「そう。あれはよう効く」

「どのぐらいのアスピリンを」

「しまいごろには相当のんだわな。日に一びんぐらい。びんの大きさは知っとるじゃろ？」

ホールはうなずいた。血液が酸性だったのもふしぎはない。アスピリンはアセチルサリチル酸だから、もし大量にのめば、血液はまちがいなく酸性化する。しかも、アスピリンは胃の刺激剤で、出血を悪化させる可能性もある。

「アスピリンなんかのめばよけいに出血がひどくなると、だれも注意しなかったんですか？」

「したとも」とジャクスン。「連中もそういいよった。だが、わしは平気じゃ。げんに痛みがとまる。それに、あとはスクイーズを少々」

「スクイーズ？」

「赤目だわ。知らんかい？」

ホールはかぶりをふった。さっぱりわからない。

「ステルノ（ゼリー状の缶入り携帯燃料）。ピンク・レディ。ほら、布に包んで、しぼりだす（スクイーズ）やつよ……」

ホールはため息をついた。「ステルノをのんでいたんですか？」

「ま、ほかになにも手にはいらんときだがな。アスピリンとスクイーズで、痛みはぴっしゃりとまった」

「ステルノはアルコールというだけじゃない。メチルですよ、あれは」

「べつに害にはなりゃせんじゃろ？」ジャクスンは急に不安そうな声になった。

「はっきりいって、なりますね。目がつぶれるかもしれない。死ぬかもしれない」

「くそ、まあええわ。気分がよくなるもんで飲んだんじゃ」とジャクスン。

「アスピリンとそのスクイーズとやらで、なにか影響は出なかったですか？　呼吸のほうに？」

「うん、そういえば、ちょいと息切れがする。それがどうした。この年じゃ、もうたいして息を使うこともない」

ジャクスンはあくびして目を閉じた。

「おまえさんはまた、えらく根ほり葉ほり物をきく男だな。わしゃもう眠とうなった」

ホールは老人を見て、そのとおりだと思った。すくなくともしばらくは、ぼつぼつやるほうがいい。ホールはトンネルをくぐって制御室へもどり、アンスンにいった。

「わがジャクスン氏は、二年前からの胃潰瘍をわずらっていらっしゃる。もう二単位だけ輸血してから、いったん中断してようすを見よう。胃管を入れて冷水で胃洗滌をはじめてくれ」

ゴングの音が部屋の中に柔らかくこだました。

「なんだい、あれは？」

「十二時間目の合図です。あれが鳴ると、着衣を交換するんです。それと会議がはじまりますから、先生も出席されないと」

「ぼくが？　どこで？」

「食堂のとなりの会議室です」

ホールはうなずいて、部屋を出た。

デルタ扇区（セクター）では、コンピュータの柔らかなハムと開閉音の中で、アーサー・モリス大尉がコンソールに新しいプログラムを入力していた。モリス大尉はプログラマーだった。彼が第一レベルの司令室からデルタ・セクターへ派遣されたのは、九時間にわたってMCNメッセージが一度も受信されなかったからである。もちろん、緊急通信がまったく送られなかったということはありうる。しかし、それはちょっと考えられない。

そして、もし受信洩れのMCN通信があるとすれば、それはコンピュータ群が正常に機能していないことを意味する。モリス大尉は、コンピュータがいつもの内部点検プログラムを進めるのを見つめた。結果は全回路の機能異常なしと出た。

それでも満足できずに、彼はCHECKLIMプログラムを走らせた。回路バンクのより厳重な検査である。機械がその回答に要する時間は、〇・〇三秒。コンソールの上で、一列に並んだ五個の緑のライトがまたたいた。彼はテレプリンターに歩みより、回答が印字されるのを見まもった。

全回路の機械機能は正常です

彼はそれをながめ、満足してうなずいた。しかし、テレプリンターの前に立った彼には知るよしもなかったが、実際にはある異常が存在していた。ただ、それが電子工学的異常でなく機械的異常であったために、この点検プログラムでは検知されなかったのだ。異常は、テレプリンターそのものの中にあった。そのボックスの中で、ロール紙の縁で細く裂けた用紙が上向きにくるまり、ベルと槌のあいだに挟まって、ベルが鳴るのをじゃましていた。そのために、MCN通信文が記録されなかったのだ。

機械も人間も、ともにこの故障を発見できなかった。

18　正午の会議

分析方式規定によって、チームは十二時間ごとに集合して短い会議を開き、そこで経過報告を聞き、つぎの行動の計画を進めることになっていた。時間節約のために、会議はカフェテリアの隣りの小部屋で行なわれた。食べながら話しあおうというのである。

ホールが到着のしんがりだった。彼が昼食――コップ二杯の液体と、ちがった色の錠剤が三粒――の前にすわるのを待って、ストーンがいった。「最初にバートンの話を聞こう」

バートンはもぞもぞと立ちあがり、ゆっくりした歯切れのわるい口調で、彼の実験とその結果の説明にはいった。まず彼は、病原体のサイズを二ミクロンと判定したことを述べた。

ストーンとレヴィットは顔を見合わせた。彼らの見た緑の斑点は、それよりはるかに大きかったのだ。明らかに、伝染は緑の斑点のほんの一部分によってもひろがるらしい。

バートンはつぎに空気伝染の実験を説明し、凝血が肺からはじまることを述べた。そして、抗凝血剤を試みたことを話してしめくくった。

「解剖はどうだった？」とストーンがきいた。「なにか新しいものは出たか？」

「すでにわかっていることばかりだよ。血液は完全に凝固している。光学顕微鏡レベルでは、ほかにこれといった異常はない」

「で、凝血は肺からはじまるんだね？」

「そう。おそらくそこで病原体が血流にはいりこむんだろう——それとも、病原体の出す毒素がはいりこむのか。染色標本が完成すれば、答が出るかもしれない。とくに調べてみたいと思うのは、血管の損傷だね。それが組織細胞のトロンボプラスチンを解放して、損傷部位の血液凝固を刺激するんだから」

ストーンはうなずいて、ホールに向きなおった。ホールはふたりの患者に行なった検査のことを話した。乳児のほうはどの検査でも正常であること、ジャクスンのほうは胃潰瘍で出血しており、そのために現在輪血を受けていることを説明した。

「彼の意識はもどったよ」とホールはいった。「短時間だが、話が聞けた」

全員が膝を乗りだした。

「ジャクスン氏は六十九歳の偏屈おやじで、二年前からの胃潰瘍をわずらっている。前にも二回、大出血をしたことがある。二年前と、それから去年。二回とも、彼は節制するように注意された。二回とも、もとのもくあみで、また出血するようになった。ピードモントの接触事件当時、彼は我流の養生法で持病を手当していた——毎日一びんのアスピリンと、おまけにステルノを少々。彼はそのせいですこし息切れがするという」

「同時に、ひどい酸血症を起こしているわけだ」とバートン。

「そのとおり」

メチル・アルコールは、体内で分解されてフォルムアルデヒドと蟻酸に変化する。これにアスピリンが加わるから、ジャクスンはきわめて大量の酸を摂取していたわけである。人体は酸塩基平衡をかなりせまい範囲内で維持する必要があり、さもないと死が起こる。平衡を維持する一つの方法は、呼吸を早くして炭酸ガスを吐きだし、体内の炭酸を減らすことなのだ。

ストーンがいった。「その酸性が、彼を病原体から保護したと考えられるかね？」

ホールは肩をすくめた。「なんともいえない」

レヴィットがいった。「赤んぼうは？　あの子も貧血症か？」

「いや」とホール。「しかし、べつな考え方をすれば、赤んぼうがおなじメカニズムで保護されていたとは断言できないわけだ。ぜんぜんべつの因子かもしれない」

「赤んぼうの酸塩基平衡は？」

「正常」とホールはいった。「完全に正常だよ。すくなくとも、いまのところは」

しばらく沈黙がおりた。やがてストーンが口をきった。「とにかく、有望な手がかりはいくつか出たわけだ。残された問題は、あの子供とあの老人とのあいだに、どんな共通点があるかを見いだすことだ。たぶん、きみのいうように、なにも共通点はないかもしれない。だが、いちおうは、あのふたりがおなじ因子、おなじメカニズムで保護されていたという前提で進むしかないと思う」

ホールはうなずいた。

バートンがストーンにいった。「ところで、カプセルの中にはなにが見つかった？」

「それは見てもらったほうがいいな」とストーン。

「なにを？」

「われわれが病原体ではないかと考えているものをだよ」とストーンはいった。

ドアには**形態学実験室**と記されていた。内部は実験者たちの立つ場所と、その奥のガラスで仕切られた隔離室に分かれていた。隔壁には手袋がついており、実験者たちは隔離室の中へ手を入れて、器具を操作することができる。

ストーンが、ガラス皿とその中の小さな黒点を指さした。

「これが、われわれの〝隕石〟らしいんだ。その表面に、明らかに生命を持つと思われるものが見つかった。また、カプセルの内側には、ほかにも生物らしいものが付着していた。そこで、隕石を光学顕微鏡で調べるために、ここへ運んだんだ」

手袋を使って、ストーンはガラス皿を大きなステンレスの箱の開口部におき、そして手をひっこめた。

「この箱は、ごくふつうの映像増幅器と分解能スキャナーのついた光学顕微鏡だ。倍率は千倍までで、このスクリーンの上に投射される」

レヴィットがダイアルを調節するあいだ、ホールたちは観察スクリーンをのぞきこんだ。

「十倍」とレヴィットがいった。

ホールの見まもる前で、スクリーンにぎざぎざした黒っぽい岩石片が現われた。ストーンが緑の斑点を指さした。

「百倍」

緑色の斑点はずっと大きくなり、非常にはっきりと見えた。

「これが問題の生物だと思う。われわれはこれの生長を観察した──有糸分裂と思われる時点で、むらさき色に変わるんだ」

「スペクトル変移かな？」

「だろうね」

「千倍」とレヴィット。

スクリーンは、たった一つの緑の斑点で占領された。それは岩石片のぎざぎざしたくぼみにいだかれていた。ホールは緑色の表面を見つめた。なめらかで、油のような光沢がある。

「あれが一つの細菌のコロニーだろうか？」

「慣行的な意味で、コロニーといえるかどうかはわからないな」とストーンがいった。「バートンの実験の結果を聞くまで、われわれはこれがコロニーだとはまったく思わなかった。これが一つの生物じゃないかと思っていた。しかし、一単位が二ミクロンないしそれ以下のサイズであることが明らかになった。これはそれよりはるかに大きい。したがって、これはおそらくもっと大きな構造──コロニーかもしれないし、なにかべつのものかもしれない」

一同の目の前で、斑点はむらさき色になり、また緑色にもどった。

「分裂してるぞ」とストーン。「うまいぐあいだ」

レヴィットがカメラのスイッチを入れた。

「さあ、よく見て」

斑点はむらさき色に変わり、こんどはその色をたもった。ほんのすこしひろがったように見え、一瞬、表面がまるでタイル張りの床のように、六角形の断片に分かれた。

「いまのを見たか？」

「ばらばらに割れたように見えた」

「小さな六角形に」

「ひょっとすると」とストーン。「あの六角形が一つの単位なのかな」

「そういえば、こいつはいつも正多面形をたもっているのか、それとも分裂のときだけか？」

「EM（電子顕微鏡）をやれば、まだいろいろわかるだろう」ストーンはいって、バートンに向きなおった。「きみのほうの解剖はかたづいたかい？」

「ああ」

「分光計の操作はできるか？」

「できると思う」

「じゃ、そっちをたのむ。どのみち、コンピュータ化されているがね。岩石と緑の生物と、両方の標本を分析してほしい」

「標本はきみが作ってくれるんだね？」

「作る」ストーンはレヴィットにむきなおった。「きみはＡＡ（アミノ酸分析器）を操作できるか？」

「ああ」

「そっちもおなじテストを」

「それと分別も？」

「そう」とストーン。「しかし、そいつは手でやらなくちゃならない」

レヴィットはうなずいた。ストーンは隔離室に向きなおって、光学顕微鏡の下からガラス皿を抜きとった。つぎに、それをかたわらの、小さな組立てやぐらに似た装置の下においた。これが顕微解剖器だった。

顕微解剖は、生物学の中では比較的新しい技術——一つの細胞に繊細な手術を行なう方法である。顕微解剖技術を使えば、一つの細胞、また細胞質の一部から、ちょうど外科医の切断手術のように鮮やかな手際で、細胞核をとりのぞくこともできる。

この装置は、人間の手の動きを、そのまま微細で正確な動きに縮小するよう作られている。一連の歯車とサーボ機構がその伝達を演じる。親指の動きが、ナイフの刃の百万分の一インチの移動に翻訳される。

高倍率のビューアーを使って、ストーンは黒い岩石片をそっとつつきはじめ、やがて二個の小さな断片を手に入れた。彼はそれをべつべつのガラス皿にとりのけ、こんどは緑色の部分から小片を二つ削りとりはじめた。

とたんに緑色がむらさきに変わり、そして膨脹した。

「きみは嫌われたな」レヴィットはいって、笑いだした。

ストーンは眉をひそめた。「ふしぎだ。いまのをどう思う？　不特定の生長反応か、それとも損傷と照射という栄養的刺激への反応か？」

「たぶん」とレヴィット。「つつかれるのがいやなんだろう」

「こいつはもっと調べてみる必要があるぞ」とストーンはいった。

19　墜　落

アーサー・マンチェックにとって、その電話連絡にはある種の恐怖がひそんでいた。その電話がかかってきたのは、ちょうど自宅で夕食をすませて、新聞を読もうと居間に腰をおちつけたときだった。彼はこの二日間、一度も新聞を見ていなかった。それほどピードモント事件で多忙だったのだ。

電話が鳴ったとき、たぶん妻にかかってきたのだろうと考えたが、まもなく彼女が居間にやってきた。「あなたに。基地からよ」

受話器をとりながらも、彼は不安な予感におそわれていた。「マンチェック少佐です」

「少佐、わたしは第八部隊のバーンズ大佐だ」第八部隊は、基地の訓練および審査機関だった。人員の出入りは第八部隊でチェックされ、電話もそこを経由される。

「それで、大佐どの、ご用は？」

「ある偶発事件を通知しておきたい」相手の口調は用心深かった。一般回線なので、慎重に言葉をえらんでいるのだ。「四十二分前にユタ州ビッグヘッドで起こった、RTM（定期訓練機）の墜落事故だ」

マンチェックは顔をしかめた。ＲＴＭの墜落事故が、なぜまた自分のところへ報告されてくるのだろう？　べつに管轄でもないのに。

「事故機は？」

「ファントム。サンフランシスコからトピーカへのルートで」

「なるほど」とマンチェックはいったが、依然としてわけがわからなかった。

「ゴダードから貴官にこの事件を連絡して、事故調査班に参加してもらうようにとのことだった」

「ゴダード？　どうしてゴダードが？」

居間にすわってぼんやりと新聞の見出し——**ベルリンに新しい危機か？**——をながめたマンチェックは、一瞬、相手がヴァンデンバーグ基地暗号課のルイス・ゴダードのことをいったのかと、勘ちがいしたのだった。それからやっと、相手のいうのはワシントン郊外にあるゴダード宇宙飛行センターのことだと気づいた。ゴダード基地は、ヒューストン基地とワシントンの各政府機関の管轄範囲内にある特殊計画の照合センターの役を果たしている。

「ファントム機は」とバーンズ大佐がいった。「サンフランシスコを出発四十分後に、予定飛行ルートをそれてＷＦ地区上空を通過した」

マンチェックは、自分の動きがにわかにのろくなるのを感じた。一種の眠気がおそってきた。「ＷＦ地区ですか？」

「そう」

「それはいつです？」

「墜落二十分前」

「高度は？」

「七千メートル」

「事故調査班の出発は？」

「半時間後。当基地から」

「わかりました」とマンチェックはいった。「すぐまいります」

彼は通話を切って、ぼんやりと電話機をながめた。疲れきった気分だった。できることなら、ベッドにもぐりこみたい。WF地区は、アリゾナ州ピードモントの周囲の防疫遮断地区の名称なのだ。

だから早く爆弾を落とすべきだったんだ、と彼は心の中でのろった。二日前に爆弾を投下しておけばよかったんだ。

指令7‐12号延期の決定がくだったときから、マンチェックはある不安をいだいていた。しかし、公式にそんな意見を表明するわけにもいかないので、すでに地下研究所へ集結したワイルドファイア・チームがワシントンへ抗議してくれることを、ひたすら待ちわびていたのである。ワイルドファイア本部にその決定が通知されていることはたしかだった。あらゆる機密部隊に宛てて発信された電文を、彼はこの目で見た。文面は明瞭そのものだった。

しかし、なぜかワイルドファイアは、いまにいたるまで抗議していない。というより、完全にそれを無視している。

どうもおかしい。

そこへもってきて、こんどは墜落か。マンチェックはパイプに火をつけ、せわしなく吸いつけながら可能性を検討した。十中八、九考えられるのは、新米の訓練生がぼんやり白昼夢にふけっていて予定コースをはずれ、狼狽して機の制御力を失ってしまうというやつ。前例はこれまで何百回も起こっている。事故調査班――つまり、あらゆる墜落原因を調査するために事故現場へ出向く専門家グループは、ふつう〝不可知因の系統的故障〟という判断をくだすことが多い。原因不明の墜落を、軍隊式にまわりくどくいうとそうなる。これには機械の故障とパイロットの失策の区別がなされていないが、系統的故障の大半がパイロットの失策なのは既知の事実である。だいたい、時速二千キロで複雑な機械を飛行させている人間が白昼夢にふけって、ただですむ道理がない。証拠は統計の中にもちゃんとひそんでいる。パイロットが賜暇や週末外出をした直後の飛行は、全体の九パーセントにすぎないにもかかわらず、これらの飛行の全事故に対する比率は、二十七パーセントを占めているのだ。

マンチェックのパイプは、いつのまにか火が消えていた。彼は立ちあがり、新聞をほうりだして、台所の妻にいまからでかけると知らせにいった。

「ここは映画の舞台だな」空の深まりゆく青を背景に、燃えるような赤に染まった砂岩の絶壁をながめながら、だれかがそうつぶやいた。たしかにそのとおりで、ユタ州のこのあたりでは、これまでにたくさんの映画が撮影された。しかし、いまのマンチェックは、映画どころではなかった。ユタ空港から走りだした乗用車のバックシートにもたれて、これまでに知らされたことにもう一度検討を加えていた。

事故調査班は、ヴァンデンバーグ基地からユタ州南部までの飛行のあいだに、ファントム機とトピーカの交信の録音を聞かされた。録音の大半は退屈だった。墜落直前の最後の瞬間をのぞいては。

パイロットはこういったのだ。「なにかがおかしい」

それから一瞬のち――「ゴムの空気ホースが溶けかかっている。きっと振動のせいだ。どんどん粉になっていく」

それから約十秒ほどして、弱々しい、薄れかかった声がいった。「コックピットの中のゴム製のものがぜんぶ溶けていく」

それっきり、交信はとだえてしまったのだ。

マンチェックの頭の中で、その短い報告が何度も何度もくりかえされた。くりかえされるたびに、それはしだいに怪奇で恐ろしいひびきを持ってきた。

彼は窓の外の岩山に目をやった。太陽は沈みかかり、絶壁の頂きだけが赤い残照に浮きだしていた。峡谷は闇の中に横たわっている。行く手には、墜落現場へ事故調査班を運ぶもう一台の車が、小さな砂煙を上げて走っていた。

「西部劇は好きだったなあ」とだれかがいった。「みんなここでロケするんだよ。いい景色だ」

マンチェックは苦い顔になった。こんなときに、無関係なものに夢中になれる連中の神経が、よくわからなかった。いや、ひょっとするとそれはただの否認、現実に直面したくない気持の現われかもしれない。

現実は冷厳そのものである。ファントム機がWF地区に迷いこみ、六分ほど奥へはいったところでパイロットが誤りに気づいて、ふたたび機首を北に立てなおした。しかし、WF地区にはいったときから、すでに機は安定性を失っていた。そして、最後に墜落が起きたのだ。

マンチェックはいった。「ワイルドファイアは、このことを知っているのかね？」

調査班の一員であるクルー・カットの精神科医——どの事故調査班にも最低ひとりの精神科医が加わっている——がいった。「細菌研究チームですか？」

「そうだ」

「連絡はいってますよ」と別の男がいった。「一時間前にスクランブラーで発信されました」

では、こんどこそワイルドファイアからなにかの反応があるはずだ、とマンチェックは思った。まさか、これにも知らん顔はできまい。

ただし、連中が電報を読んでいないとすれば、話はべつだ。いまはじめてそんな考えがうかんだのだが、ひょっとするとありうることかもしれない。むこうが電報を読んでないということ、忙しさにとりまぎれて、そこまで手がまわらないということが。

「あれが残骸だ」とだれかがいった。「ほら、あのむこう」

墜落機の残骸を見るたびに、マンチェックは新しい驚きを感じる。どういうわけか、人間はそのひろがり、その惨状――大きな金属物体が時速数千キロで大地に激突するさいの破壊力――になかなかなじめないものらしい。いつもマンチェックはこぢんまりした金属塊を予想するのだが、現実がそうであったことは一度もない。

ファントム機の残骸は、砂漠の五平方キロあまりにわたって散乱していた。焼け焦げた左翼のそばに立つと、右翼のわきにいる地平線上の人影がほとんど見えないぐらいだった。どちらを見ても、黒焦げで塗料のぼろぼろに剝がれた、ねじ曲がった破片が目についた。中の一つにはまだ標識の一部が残っていて、刷りこみ文字がはっきり見わけられた――**禁ず**。あとはふっとんでしまっている。

残骸からなにかを結論することは不可能だった。主翼も、操縦士席も、キャノピーも、ぜんぶこっぱみじんに砕け、火炎がすべてを変形させていた。

日が沈むころ、マンチェックは尾部の残骸のわきに立った。破片はまだ火災の余熱を放散していた。砂になかば埋まった骨の一片が目をひいた。マンチェックはそれを拾いあげ、人骨であることに気づいてぞっとした。一端が焦げているだけで、折れもせずに長くそっくり残ったそれは、たぶん四肢のどれかなのだろう。しかし、奇妙に清潔な感じだった――すべすべした骨だけで、肉片はぜんぜん残っていない。

夜のとばりがおり、事故調査班は思い思いにフラッシュ・ライトをとりだした。半ダースほどの人びとが、黄色い光線をかざしながら、まだくすぶっている金属片のそばを歩きまわった。

かなり時間がたったあと、名前を知らない生化学者が、マンチェックに話しかけてきた。「しかし、どうもおかしいですな。操縦室内部のゴムが溶けていくという、あの交信は」

「どうしてだね？」

「つまり、この飛行機にゴムは使われてないんですよ。ぜんぶ合成プラスチック。アンクロ社の開発した、連中が大いに自慢している新製品です。人間の体組織とおなじ特性を持った重合体(ポリマー)でしてね。非常に柔軟で、利用範囲が広いんですよ」

マンチェックはたずねた。「振動でポリマーの分解が起きたということは、ありうるだろうか？」

「いや」と相手はいった。「世界中でファントムは何千機も飛んでます。みんな、このプラスチックをつけてね。これまで、こんな事故は一度もありません」

「とすると？」

「とすると、すべては謎だというわけですな」と生化学者は答えた。

20　ルーチン

じょじょにワイルドファイア施設は、一つのルーチンに――つまり、昼も夜もなく、朝も午後もない地下研究所での一つの作業リズムに――おちついてきた。だれもが疲れると眠り、元気をとりもどして起き、そしておのおのの分野で、仕事を進めていった。

この作業の大半はむだ骨だろう。彼らはそれをわきまえており、あらかじめそれを受け入れていた。ストーンがつねに好んでいうように、科学の研究は探鉱とひどくよく似たところがある――地図や道具をしこたまかかえ、足を棒にして歩きまわっても、最後にものをいうのは準備でもなければ、直感でさえもない。必要なのは運であり、そして最後の勝利は、こつこつと働きつづけた努力家に訪れる。

バートンがいま立っている部屋には、分光器のほかに、放射能分析、濃度比測光、熱電対分析、X線結晶構造解析の準備、などのための器具が並んでいた。

第五レベルで使われている分光器はホイッティントンK－5標準型だった。それは大きくいって、気化器と、プリズムと、記録スクリーンから成っている。試料はまず気化器で燃焼される。その燃焼で生じた光がプリズムを通過して、スペクトルに分解され、記録スクリーンに投射される。各元素は燃焼のさいに、固有の波長の光を放出するので、その光のスペクトルを分析することによって、物質の化学的組成がつかめる。

理論的には簡単だが、実際に分光器を読みとる技術は、複雑でむずかしい。ワイルドファイア研究所には、その熟練者がいなかった。そこで、結果は直接コンピュータへ送られて、分析されることになっていた。コンピュータの感度がいいので、大ざっぱな組成率も同時に判定できる。

バートンは黒い岩石片からの第一標本を気化器に入れ、キーを押した。まぶしい強烈な炎がぱっと上がった。その輝きから目をそむけて第二の標本をランプの上においた。すでに、コンピュータは第一標本から出た光の分析にはいっているはずだ。

緑色の斑点にもおなじ手順をくりかえし、そこで時間をチェックした。コンピュータは数秒で写真原板の自動現像を終わり、いまは走査中だろう。しかし、走査そのものは二時間もかかる――光電アイはスピードが遅い。

いったん走査が完成すると、コンピュータは結果の分析とデータの印字を五秒間ですませてしまう。

壁時計は一五〇〇時を指していた――午後三時だ。バートンはにわかに疲労を感じた。彼はコンピュータに、分析が終わったら起こせと、命令を入力した。それから、ベッドに向かった。

べつの部屋では、レヴィットがおなじような標本をちがった機械——アミノ酸分析器——へ、慎重に送りこんでいた。その途中で、彼はふっとひとり笑いをうかべた。アミノ酸分析器がまだ自動化されない時代の、旧式なやりかたを思いだしたのだ。

五〇年代初期には、蛋白質中のアミノ酸分析は何週間も、いや何ヵ月もかかる仕事だった。ときには何年もかかることさえあった。いまでは、それが数時間——長くても一日——ですみ、しかも完全に自動化されている。

アミノ酸は蛋白質の構成ブロックである。既知のアミノ酸は二十四種類あり、炭素、水素、酸素、窒素の結合した半ダースほどの分子から成り立っている。蛋白質は、これらのアミノ酸が貨物列車のように数珠つなぎになってできたものである。その配列の順序が蛋白質の性質を決定する——これは、インシュリンでも、ヘモグロビンでも、成長ホルモンでも、おなじことだ。あらゆる蛋白質は、おなじ貨車、つまりおなじ単位で構成されている。ある蛋白質は、ほかの蛋白質に比べて、ある種の貨車を数多く持っていたり、ちがう順序でつないでいたりする。しかし、ちがいはそれだけである。おなじアミノ酸、おなじ貨車が、人体の蛋白質にも、シラミの体の蛋白質にも存在するのだ。

その事実が発見されるまでには、約二十年もかかった。

しかし、なにが蛋白質の中のアミノ酸の配列順序を決定するのか？　その答はＤＮＡ、つまり遺伝暗号物質で、それが貨物操車場の操車主任のような働きをするのだ。

この事実が発見されるまでに、また二十年かかった。

さて、アミノ酸がいったん数珠つなぎになると、それはひとりでにねじれ、とぐろを巻きはじめる――貨物列車のたとえよりは、むしろ蛇に近くなる。このらせんの巻きかたはアミノ酸の配列順序で決定され、きわめて特徴的である。蛋白質はある特定の形にしからせんを巻かず、そうでない場合は機能を失う。

そしてまた十年。

奇妙といえば奇妙だ、とレヴィットは思った。全世界の何百という研究所、何千人という研究者がその発見にやっきになっていたのは、本質的にはこういう単純な事実だったのだ。にもかかわらず、それには数十年もの歳月としんぼう強い努力が要求された。

そして、いまこの機械が現われたというわけである。もちろん、この機械でも、アミノ酸の正確な配列順序まではわからない。しかし、およその組成率――バリンがいくら、アルギニンがいくら、シスチンとプロリンとロイシンがいくらいくら――ということはわかる。そして、そこからまた多くの情報がつかめる。

しかし、この機械も、やはり闇夜の鉄砲でしかない。なぜなら、あの岩石片と緑色の生物が、部分的にでも蛋白質で構成されていると思われる理由は、どこにもないからだ。たしかに、地球上のあらゆる生物は、多少とも蛋白質を持っている――しかし、それだからといって、地球外の生物も蛋白質を持つとはかぎらない。

つかのま、レヴィットは蛋白質を持たない生物を想像しようと試みた。それは不可能に近い――地球上では、蛋白質は細胞膜の一部であり、また既知のあらゆる酵素を作りあげている。酵素のない生命？　そんなものがありうるだろうか？

彼はイギリスの生化学者ジョージ・トムスンの言葉を思いだした。トムスンは酵素を、〝生命の媒介者〟と呼んだのだ。まさにそのとおり――酵素は、二つの分子の表面を接触させ、相互反応させることによって、あらゆる化学反応の触媒作用をする。地球上には数十万、いや、数百万種類の酵素が、それぞれただ一つの化学反応を補助するためにだけ存在する。酵素がなければ、どんな化学反応も起こりえない。化学反応がなければ、生命は存在できない。

それとも、できるのだろうか？

それは久しい以前からの問題だった。ワイルドファイアの企画の初期にも、その疑問は提出された――既知の生物とまったく似たところのない生物を、どうやって研究するか？　そもそもそれが生きていることすら、わかるかどうか。

これはただの空理空論ではなかった。生物学は、かつてジョージ・ウォルドがいったように、その主題をはっきり定義できない特異な科学である。だれにも生物の定義はできない。だれも生物が実はなんであるかを知らない。摂食、排出、物質代謝、増殖などを示す個体、という古い定義は無価値である。例外はいくらでも見つかる。

ワイルドファイア・グループは、とうとうエネルギー変換が生物としての品質証明だと結論をくだした。すべての生物はなにかの方法でエネルギー――食物や日光――を吸収し、それをほかの形態のエネルギーに変えた上で利用する（ウイルスはこの法則にあてはまらないが、ワイルドファイア・グループは、ウイルスを無生物と規定する考えだった）。

そのつぎの企画会議に先だって、レヴィットはこの定義に対する反証を提出するように依頼された。彼は一週間の検討ののち、三つの品物——黒い小さな布切れと、腕時計と、花崗岩のかけら——をたずさえて出席した。そして、それをグループの一同の前において、こういいはなった。「諸君、ここに三つの生物がある」

レヴィットは、それが生きていないことを証明できるか、と一同に挑んだ。まず彼は、黒い布切れを日光に当てた。布切れはしだいに温かくなった。これは放射エネルギーから熱への変化、つまり、エネルギー変換の一例だ、とレヴィットはいった。

これに対して、その現象は単なる受動的エネルギー吸収で、変換ではないという反論が生まれた。また、かりにそれを変換と呼べるにしても、無目的である、なんの機能も果たしていない、という反論も出た。

「どうしてそれが無目的だとわかる？」とレヴィットは逆襲した。

つぎに、問題は腕時計に移った。レヴィットはラジウム塗料の夜光文字盤を指さした。放射性崩壊で光が生みだされているのだ。

一同は、それが不安定な電子レベルに蓄積された潜在エネルギーのたんなる放出にすぎないと反駁した。しかし、彼らは自信のぐらつきを感じはじめていた。レヴィットは着々と得点を稼ぎつつあった。

最後はいよいよ花崗岩だった。「これは生きている」とレヴィットはいった。「これは生き、呼吸し、歩き、話をしている。ただ、そのスピードがあまりにもゆるやかで、われわれの目に見えないだけだ。岩石は三十億年の寿命がある。われわれの寿命は六、七十年だ。一世紀に一回転するレコードの曲が聞きとれないのとおなじ理由で、われわれの目はこの岩になにが起こっているかを見わけられない。いっぽう、この岩のほうは、その寿命から見ればほんの一瞬を生きるにすぎない人間の存在など、認識してもいないだろう。岩にとって、われわれは闇の中の閃光のようなものだ」

そういって、彼は時計を上にかざした。

レヴィットの主張には明らかに一理があるため、グループはそこで一つの重要点について考え方をあらためた。ある種の生物については分析不可能ということもありうる、と認めたのだ。在来の方法による分析では、わずかな前進はおろか、端緒さえつかめないかもしれない、と。

だが、レヴィットの関心は、さらにその先まで伸びていた——それは不確定性の中での行動に関する一般的問題である。彼は前にタルバート・グレグスンの『計画されないものを計画する』を熱心に読み、著者が問題分析のため考案した複雑な数学的模型に頭をしぼったことを思いだした。グレグスンはこう説いていたのだ——

不確定性と関連したすべての決定は、二つの明白なカテゴリーに分かれる——付随結果を伴うものと、それを伴わないもの。後者のほうが明らかに処理が困難である。決定の大部分、そして人間の相互作用のほとんどすべては、一つの継起性模型にまとめることができる。たとえば、大統領が戦争をはじめるとか、ある男が事業の権利を売るとか、妻と離婚するとか。こうした行動は、一つの反作用を生みだす。反作用の数は無限であっても、蓋然的な反作用の数は処理できる程度に少ない。ある決定をくだすまえに、当人はさまざまな反作用を予測できるし、また、その原決定あるいは一次的決定をより効果的に査定することができる。

しかし、ここにもう一つ、付随結果からでは分析できないカテゴリーがある。このカテゴリーにはいるものは、絶対に予測できない事件や状況である。これにはあらゆる種類の天災だけでなく、稀有の発見や洞察の瞬間——たとえば、レーザーやペニシリンを生みだしたそれ——も含まれる。なぜならば、これらの瞬間は予測不可能であり、いかなる論理的方法でも計画できないからである。この場合、数学はまったく役に立たない。われわれは、こうした状況が、よかれあしかれ、きわめて稀有であるという事実に、慰めを見いだすしかない。

ジェレミー・ストーンは、かぎりない忍耐で、緑色の物質から小片をつまみとり、それをどろどろのプラスチックの中へ浸した。プラスチックは、内服薬のカプセルのような大きさと形をしていた。彼は小片がしっかりそこに埋まったのを確かめて、プラスチックを上からそそぎこんだ。それから、このプラスチックのはいったカプセルを、処理室へと移動させた。

ストーンは、ほかの連中の機械化された手順をうらやましく思った。電子顕微鏡用の標本作成は、いまなお熟練した人間の手を要するデリケートな作業なのだ。よい標本を作る技術は、一流の職人なみの手仕事であり、おなじぐらいの年季を要する。ストーンも五年間の経験を積んで、やっと一人前になったのだ。

プラスチックは特殊な高速処理加工機で硬化されるが、それでも適当な密度に固まるまでには五時間かかる。処理貯蔵室は、つねに摂氏六十一度の室温と十パーセントの相対湿度に維持されている。

いったんプラスチックが固まると、それを削りとっていったあと、ミクロトームで緑の薄片を切断する。これが電子顕微鏡にはいるわけだ。薄片は正しい厚みとサイズ、かっきり千五百オングストロームの厚みの小円板でなければならない。

こうしてはじめて、その正体不明の緑色のしろものを、六万倍の倍率で見ることができる。たのしみだぞ、と彼は思った。

調査はおおむね順調に進んでいる、とストーンは見ていた。作業は着々と進行しており、いくつかの有望な方向にむかって前進中だ。しかし、なによりもありがたいのは、時間があることだ。あわてることも、うろたえることも、恐れることもない。

すでにピードモントには爆弾が投下されている。それが空気中の微生物を破壊し、そして感染源を消滅させたはずだ。これから伝染が発生しうる場所は、いまやワイルドファイア研究所だけだが、この研究所はもともとそれを防ぐことに主眼をおいて、特別な設計をほどこされた場所である。万一、実験室内の隔離が破れることがあっても、汚染区域は自動的に遮断される。半秒後には、スライド式の気密ドアが閉ざされて、新しい実験室の配列を作りだす。

こうした設備が必要と考えられたのは、過去の経験から見て、いわゆる無菌状態、つまり細菌のない大気中での作業をした実験室で、全体の十五パーセントに汚染が起きているからだった。その原因はおもに構造上の欠陥——シールが破れるとか、手袋が裂けるとか、接着部分がはずれるとか——であるが、とにかく、汚染が起きたのだ。

ワイルドファイアには、こうした偶発事故への防備がととのっている。だが、もし事故が起こらなければ、そして、起こらない可能性のほうが強いのだが、ここで無期限に、安全な作業をつづけることができる。この生物の研究に一カ月かかろうが、一年かかろうがかまわない。そこにはなんの問題もない、まったくなんの問題もない。

ホールは、核爆発装置の副ステーションをさがして、廊下を歩いていた。それぞれの場所を記憶しておくためだった。副ステーションはこの階に五カ所あり、一定の間隔で中央廊下に位置している。どれもおなじ外観——タバコの箱ぐらいのサイズの小さな銀色のボックスだ。どれにも鍵穴が一つあり、点灯した緑色のライトと、現在は消えている濃赤色のライトが付属している。

前にバートンがその機構をこう説明してくれた。「ぜんぶのダクト系統とぜんぶの実験室にセンサーがついてるんだよ。そのセンサーが各部屋の空気を、いろいろな化学とエレクトロニクスの手段、それにストレートな生物検定法で監視している。生物検定法、じつは心搏をモニターされた一ぴきのネズミさ。もし、センサーになにかの異常が認められると、その実験室は自動的に閉鎖される。もし、この階ぜんたいが汚染されれば、やはり自動的に閉鎖されて、核爆発装置のスイッチがはいる。そうすると、緑のライトが消え、赤のライトが点滅をはじめる。それが三分間の猶予期間の開始を告げるシグナルだ。きみが例の鍵を鍵穴にさしこまないかぎり、爆弾は三分後に爆発する」

「で、それをぼくが自分の手でやらなければならない?」

バートンはうなずいた。「鍵はスチール製だ。伝導性がある。ロックのほうは、鍵を持った人間の静電容量を測定するシステムを持っている。そのシステムは肉体のサイズと、ある特定の体重と、それから汗の含有塩分に反応する。つまり、早くいえば、きみという特定の人間を対象にしてるんだ」

「すると、たよりはこのぼくだけということか?」

「たよりはきみひとりだよ。しかも、きみはただ一つの鍵しか持っていない。だがそこで、ちょっと厄介な問題がある。青写真が正確に履行されなかったんだ。われわれがそのミスに気づいたのは、研究所が完成し、自爆装置が設置されたあとだった。だが、ミスはミスだ——つまり、自爆装置の副ステーションが三カ所不足なんだよ。八つあるべきところが五つしかない」

「ということは？」

「ということは、もしこの階で汚染がはじまった場合、きみは急いでどれかの副ステーションに駆けつけなければならない。でないと、きみが副ステーションのないセクターに閉じこめられてしまうおそれがある。それがもし細菌検知装置の機能不良によるまちがった警報であった場合、この研究所が不必要に爆破されることになる」

「企画の重大なミスという感じだね」

「もっとも」とバートンがいった。「来月には、新しく三つの副ステーションが設置されることになっていたんだ。しかし、いまはもう間にあわない。とにかく、それだけをよく頭に刻みつけておいてくれれば、べつに問題はないと思うよ」


レヴィットはハッと目ざめると、すばやくベッドから出て着替えはじめた。彼は興奮していた。いましがた、あるアイデアがうかんだのだ。ぞくぞくするようなアイデアだった。とっぴで奇想天外だが、おそろしく魅惑的だ。

それが生まれたのは夢からだった。

夢の中でレヴィットは一軒の家と都市をながめていた——その家をとりまく、巨大で複雑な、相互連結された都市。その家には、ひとりの男が家族と住んでいた。男は生活し、働き、都市へ通勤し、歩きまわり、行動し、反応した。

と、夢の中でとつぜんその都市が消失し、その家だけがあとに残された。すべてがどんなにちがって見えたことだろう！　必要なすべて――水道、下水、電気、道路――を奪われて、ぽつんと残った一軒の家。そして、スーパーマーケットや学校や薬局から切り離された家族。そして、市内の勤め先、都市の人間関係から、とつぜん切り離されてしまった夫。

その家は、まったくちがった有機体に変化した。そして、そこからワイルドファイアの微生物までは、ほんの一歩、想像力を一つ飛躍させるだけですむ……。

とにかく、ストーンにそのことを話してみなければならない。ストーンはまた笑いだすだろうが――ストーンはいつも笑う――しかし、同時に耳をかたむけてもくれるはずだ。レヴィットは、ある意味で自分がこのチームのアイデア・マンであることを心得ていた。つねに、もっとも奔放で、想像たくましい仮説を提供する役なのだ。

そう、ストーンなら、すくなくとも興味は示してくれるだろう。

彼は時計に目をやった。二三〇〇時。もうすぐ真夜中である。彼は急いで着替えることにした。

新しい紙のスーツをとりだし、それに足をつっこんだ。紙が素肌に冷たく感じられた。とつぜん、それが暖かくなった。奇妙な感覚。彼は服を着おわり、立ちあがって、上下続きのスーツのジッパーを引きあげた。部屋を出る前に、もう一度時計を見た。

二三一〇時。

ああ、神さま、と彼は思った。

また、あれが起こったのだ。こんどは十分間も。なにがあったのだろう？　思いだせない。しかし、服を着替えているあいだに——三十秒以上はかかるはずのない動作のあいだに——どこかで十分間が消えてしまったのだ。

彼はもう一度ベッドの上にすわって思いだそうとしたが、できなかった。

失われた十分。

おそろしい。なぜなら、二度と起こるなと願っていたことが、また起こりはじめたからだ。ここ何カ月間かはとだえていたのに、最近の興奮と、睡眠不足と、病院の正常なスケジュールの中断で、またそれがぶりかえしはじめたらしい。

一瞬、レヴィットはみんなにそれを打ち明けようかと考えてから、首を横にふった。いや、心配はない。もう二度と起こりはすまい。だいじょうぶだ。

彼は立ちあがった。そう、ストーンに会いにいくところだった。ストーンとなにかを話しあうために。ある重要で魅惑的なアイデアを話しあうために。

彼は立ちどまった。

思いだせない。

アイデアも、イメージも、興奮も、すでに去っていた。拭いとられたように頭の中から消えていた。

その瞬間、彼はストーンにこのことを話して、すべてを告白するべきだとさとった。しかし、もしストーンがそれを知ったとき、なにをいい、なにをするかはわかっていた。そして、ワイルドファイア計画が完了したあと、それが自分の未来、残りの生涯に、なにを意味するかもわかっていた。もし、みんながそれを知れば、すべてが変わってしまう。自分は二度と正常にもどれなくなる——職を辞し、ほかの生きかたを見つけ、かぎりない調整をしなければならない。自動車の運転さえできなくなる。

よそう、と彼は思った。なにもいうまい。それでべつに心配はないのだ——回転灯さえ見ないでいるかぎりは。

ジェレミー・ストーンは疲れていたが、このままでは寝つけないこともわかっていた。研究所の廊下を往復しながら、ピードモントの鳥たちのことを考えた。そして、自分たちがやった行動のすべてを、もう一度思いだしてみた——どんなふうにして鳥の群れを見つけたか、どんなふうにクロラジンのガスを撒布したか、どんなふうに鳥たちが死んでいったか。その光景を何度も何度も頭の中へ描きだしてみた。

なぜなら、そこのなにかを見落としているように思えるからだった。そのなにかが気になってしかたがなかった。

ピードモントの町にいたあのときにも、それは気になっていた。そのあと一度はきれいに忘れてしまったのだが、正午の会議でホールが患者の容体を報告しているときに、またもや執拗な疑惑が復活したのだ。

ホールのいったなにごとか、ホールの述べたある事実が、なにか思いもよらないところで、鳥たちとつながっているのだ。だが、それはなんだろう？　正確にどういう考え、どういう言葉が、そんな連想をひきおこしたのだろう？

ストーンはかぶりをふった。どうしても、それを掘りおこせない。手がかりも、つながりも、鍵も、ぜんぶそろっているのに、それを表面へとりだすことができない。

彼は両手で頭をかかえ、力まかせに締めつけながら、自分の脳の強情さをのろった。

多くの聡明な人間とおなじように、ストーンも自分の脳に対してやや懐疑的な態度をいだいており、それを正確で熟練した、だがお天気屋の機械だと見なしていた。その機械が作動を怠ってもべつに驚きはしなかったが、そんな瞬間を恐れ、そして憎んでいた。憂鬱が高じると、ストーンはあらゆる思考とあらゆる知能の有用性に疑いを持った。ときには、実験室のネズミたちに妬ましさを感じることもあった――ネズミの頭脳はなんと単純なことか。ネズミが自分たちを滅ぼすような知能を持っていないのはたしかだ。それは人類だけの奇妙な発明物だ。

人間の知能は役に立つときよりも不都合なときのほうが多い、というのがストーンの口癖である。人間の知能は創造的であるよりもむしろ破壊的であり、啓示よりもむしろ混乱を、満足よりもむしろ失望を、愛情よりもむしろ憎しみを、もたらすことのほうが多い。

ストーンは、巨大な脳を持った人類を、ときおり恐竜になぞらえてみる。恐竜が異常に生長したため、大きく鈍重になりすぎて生存できなくなったことは、小学生でも知っている。だが、既知の宇宙でもっとも複雑な構造物であり、栄養と血液に関して肉体にとほうもない要求をしている人脳が恐竜に似ているとは、だれも考えたことがない。ひょっとすると、人間の脳は、人間にとって一種の恐竜となっており、最後にはその滅亡をもたらすのかもしれない。

すでに、脳は人体の血液供給の四分の一を消費している。全血液の四分の一が肉体の質量のわずかなパーセンテージをしか占めない脳という器官に、心臓から送りこまれる。もし、脳がより大きく、よりすぐれたものになれば、おそらくそれはより多くの血液——ひょっとすると伝染病のようにその宿主を消耗させて、かんじんの肉体を滅ぼすほど大量の血液——を消費するかもしれない。

それとも、人間の脳はそのかぎりない知能によって、自分たちを破壊する方法を発見するかもしれない。国務省や国防省の会議に出席してテーブルを見まわしたとき、ストーンはそこに並んでいるのが、一ダースほどの灰色でしわだらけな脳髄だとしか思えないことがあった。血も肉もなく、手もなく、目もなく、指もない。口もなく、性器もない——それらはすべて余剰物なのだ。

ただの脳髄だけ。それがテーブルのまわりにすわって、ほかの会議テーブルをとりまくほかの脳髄を、どうしたら出しぬけるか、と話しあっている。

ばかばかしい。

ストーンはかぶりをふり、とっぴで、ありそうもないアイデアを考えつくあたりは、だんだんおれもレヴィットに似てきたな、と考えた。

しかし、ストーンのアイデアには、一種の論理的な一貫性があった。もし、人間がほんとうに自分たちの脳を恐れ、憎んだとすれば、おそらくそれを破壊しようとするだろう。自分の脳を破壊し、そして他人の脳をも破壊しようとするだろう。

「おれは疲れている」と彼は声に出していってから、壁の時計を眺めた。二三四〇時──もうすぐ深夜会議の時間だった。

21 深夜の会議

四人はおなじ部屋へ、おなじように集合した。ストーンは一同を見まわして、だれもがくたびれていることを見てとった。彼を含めた全員が、充分な睡眠をとっていなかった。

「われわれは根をつめすぎている」とストーンはいった。「なにも昼夜ぶっとおしで働く必要はないし、またそうすべきでもない。疲れた人間はミスをおかす——思考のミス、行動のミスも。物を落っことし、へまをしでかし、だらけた仕事をするようになる。見当はずれの推測をひきだし、まちがった結論をくだすようになる。そうさせてはならない」

二十四時間に少なくとも六時間の睡眠をとろうということに、チームの意見は一致した。さしせまった問題がない以上、そこらが穏当に思われた——ピードモントの感染は、すでに核爆発で抑止されているのだから。

この確信は、もしレヴィットがコード・ネームの決定を提案しなければ、そのまま変わらずにいただろう。レヴィットは、新しい生物が発見されたとなれば、そのコードが必要だと述べた。ほかの三人もこれに賛成した。

部屋の一隅には、スクランブラーつきタイプライターがあった。それはこの一日じゅうカタカタと音を立てて、外部からの入信を打ちだしていた。機械は二方向兼用だった——送信のメッセージは細字でタイプされ、受信のほうは太字でタイプされる。

第五レベルへ到着してから、だれもその入力に目を通したものはなかった。みんなが超多忙だったのだ。おまけに、入力の大部分は、ワイルドファイアに無関係な軍通達ときている。それがいちおう送られてくるのは、ワイルドファイアが、冗談半分にベスト二十と呼ばれる、クーラー回路支局の一つだからだ。ホワイトハウスの地下室と直結したこれらの支局は、アメリカのもっとも重要な二十の戦略基地である。ほかの支局には、ヴァンデンバーグ、ケネディ、NORAD（北米防空司令部）、パターースン、デトリック、ヴァージニア・キーなどが含まれる。

ストーンはタイプライターに歩みよって、通信文を打ちはじめた。通信文はコンピュータからコード・センター——クーラー回路体系に属する全プロジェクトの暗号化を担当している基地——へと送られる。

交信はつぎのように進んだ——

送信したい

了解　発信者を入力してください

ワイルドファイア計画　ストーン

送信先を入力してください

コード・センター

コード・センター　了解

これより本文

送信してください

スクープ七号帰還に付随した地球外生物を分離　該生物のコード決定乞う

本文終わり

送信完了

それから長い間があった。スクランブラー・テレプリンターはブーンというなりと、カチッカチッという音をひびかせるだけで、なかなか印字しなかった。そのうち、だしぬけに、タイプライターが受信文の長いロール紙を吐きだしはじめた。

これよりコード・センターからの受信文

新生物分離　了解　特性の説明乞う

本文終わり

ストーンは顔をしかめた。「まだそこまでいかないんだ」

しかし、テレプリンターは短気だった。

コード・センターへの応答を送信してください

しばらく考えて、ストーンはタイプした――

　これよりコード・センターへの送信文
　現段階では特性不明なるも細菌の菌株（ストレイン）として仮分類されたい
　本文終わり

これよりコード・センターからの受信文
細菌として分類　了解
ＩＣＤＡ標準分類法による新カテゴリーを設けた
該生物のコードをアンドロメダとする
コード・ネームはアンドロメダ菌株（ストレイン）
ＩＣＤＡ分類番号は〇五三・九〔その他の微生物〕
ファイル分類はＥ八六六〔航空機事故〕
既存カテゴリーではこのファイルがもっとも適合に近い

ストーンはにやりとしていった。「われわれは既存カテゴリーにあてはまらないらしいな」彼は応答をタイプした――

コードネームはアンドロメダ菌株　了解

承諾した

本文終わり

送信完了

「というわけだ」とストーンがいった。

バートンはさっきから、テレプリンターのうしろに積もったロール紙をたぐっていた。テレプリンターが長いロール紙に打ちだした受信文は、順々に箱の中へ積み重なっていく。そこには、これまでだれも目を通さなかった通信文が、もう何十メートルかの長さにたまっていた。

ある受信文を黙読したバートンは、そこだけをちぎって、無言でストーンに手渡した。

１１３４／４４３／ＫＫ／Ｙ－Ｕ／９

情報級位

全基地に通達せよ

極秘
EXECおよびNSC－COBRAは本日指令7－12号の請求を受けた
発信者はヴァンデンバーグ基地／ワイルドファイア
認証者はNASA／AMC
最高責任者はマンチェック、アーサー陸軍少佐
秘密会議の結果この指令はまだ発動されていない
最終決定は二十四時間後を延期し四十八時間後となった
その時点で再検討を行なう
代案として指令7－11号を発動し
軍隊を展開した
作戦目的は告示しない
本文終わり
全基地に通達せよ
極秘
受信完了

一同は信じられないようにその通信文を見つめた。しばらくはだれも口をひらかなかった。ようやく、ストーンがテープの縁を指でなぞりながら、低い声でいった。「コード番号が四四三。するとMCN通信だ。ほんとうならベルが鳴るはずだが」

「このテレプリンターにはベルがない」とレヴィットが教えた。「ベルがあるのは第一レベルの第五セクターだけだ。しかし、それなら当然、むこうからこっちへ通知が──」

「インターホンで第五セクターを呼びだそう」とストーンがいった。

十分後、あわてふためいたモリス大尉は、ストーンの電話をロバートスンにつないだ。ロバートスンは大統領の科学諮問委員長で、ヒューストンにいる。

これまでワイルドファイアからなんの音沙汰もなかったことにまず驚きを表明した相手に、ストーンは数分間にわたって事情を説明した。それから、指令7-12号を発動しなかった大統領の決定をめぐって、激しいやりとりが交わされた。

「大統領は科学者を信用していない」とロバートスンがいった。「科学者といっしょだとおちつけないらしい」

「それをおちつかせるのがきみらの仕事じゃないか」とストーンはいった。「だらしがなさすぎるぞ」

「ジェレミー──」

「汚染源は二つしかない」とストーン。「ピードモントと、それからこの研究所だ。こっちのわれわれはいちおう防護されているが、ピードモントは――」

「ジェレミー、わたしも爆弾を投下すべきだったとは思う」

「じゃ、大統領を説きふせろ。しつこく粘るんだ。できるだけ早く、指令7-12号を発動させてくれ。ひょっとすると、もう手遅れかもしれん」

ロバートスンはそうしようと答え、あとで結果を知らせるといった。電話を切る前に、こうたずねた。

「ところで、例のファントムのことをどう思う？」

「例のなんだって？」

「ユタ州に墜落したファントム機だよ」

しばらくの混乱ののち、ワイルドファイア・グループがもう一つの重要なテレプリンター通信を見逃していたことが明らかになった。

「定期訓練飛行だった。ところが、そのジェット機が閉鎖空域へ迷いこんだ。そこが謎なんだが」

「ほかに情報は？」

「パイロットの報告では、空気ホースが溶けはじめたとかいっている。振動かなにかの原因で。最後の連絡はかなり奇妙なものだった」

「頭がおかしくなったように、かね？」とストーンがきいた。

「そんな感じだ」とロバートスン。

「墜落現場には調査班が行ってるのか？」

「ああ、いま報告を待っているところだ。もうおっつけはいるだろう」

「こっちへも知らせてくれ」とストーンはいってから、はっと気がついた。「もし、7－12号の代わりに7－11号が発令されたとすると、ピードモントの周囲の地区に軍隊をおいたわけだな」

「そう、州兵をね」

「なんてまぬけなことをしてくれたんだ」

「おい、ジェレミー、わたしはなにも――」

「最初の死者が出たら」とストーンはつづけた。「いつ、どんな状況でそうなったかを知りたい。それと、なによりもその場所を。あそこはつねに東風が吹いている。もし、ピードモントの西で死者が出はじめたら――」

「すぐに知らせるよ、ジェレミー」とロバートスンはいった。

電話が終わると、一同は重い足どりで会議室を出た。ホールだけはしばらくあとに残って、箱の中のロール紙をたぐり、通信文をあらためた。大部分は、まったく意味のとれない、奇妙なメッセージとコードの組み合わせだった。まもなく彼はあきらめてそれを切りあげたため、再録されたあるニュースにとうとう気がつかなかった。それはアリゾナ州ハイウェイ・パトロールに所属するマーティン・ウィリス巡査の奇妙な死を伝えたニュースだった。

第4日　拡　　大

22　分　析

新しい時間的圧力が生まれたことから、これまでは関心の周辺にしかなかった分光分析とアミノ酸分析の結果が、重大問題にがらりと一変した。これらの分析で、アンドロメダ菌株（ストレイン）が地球生物と比べてどの程度に異質であるかが大ざっぱにでもわかるのではないかと、期待が持たれたのである。

そんな期待のこもった目で、レヴィットとバートンは、コンピュータが緑色の用紙に出力してきた数字の列をながめた――

質量分析結果

印字開始

組成率　標本1――未確認源黒色物体――

水素	ヘリウム					
二・〇七	〇					
リチウム	ベリリウム	ホウ素	炭素	窒素	酸素	フッ素
〇	〇	〇	五四・九〇	〇	一八・〇〇	〇
ナトリウム	マグネシウム	アルミニウム	ケイ素	リン	イオウ	塩素
〇	〇	〇	〇〇・二〇	―	〇一・〇一	〇
カリウム	カルシウム	スカンジウム	チタン	バナジウム	クロム	マンガン
〇	〇	〇	―	―	―	―
鉄	コバルト	ニッケル				
―	―	―				
銅	亜鉛	ガリウム	ゲルマニウム	ヒ素	セレン	臭素
―	―	〇	〇	〇	〇〇・三四	〇

すべての重金属の含有率ゼロ

標本2――未確認源緑色物体――

水素	ヘリウム					
二七・〇〇	〇					
リチウム	ベリリウム	ホウ素	炭素	窒素	酸素	フッ素
〇	〇	〇	四五・〇〇	〇五・〇〇	二三・〇〇	〇

すべての重金属の含有率ゼロ

印字終わり
プログラム終わり
——ストップ——

この意味は簡単明瞭だった。黒い岩石片に含有されているものは、水素、炭素、酸素、ほかに微量のイオウ、ケイ素、セレンと、痕跡程度の元素数種類。

いっぽう、緑の斑点に含まれているのは、水素、炭素、窒素、および酸素。それ以外はゼロである。ふたりの男は、岩石と緑の斑点との化学的組成がここまで類似していることを奇妙に思った。緑の斑点が窒素を含んでいるのに、岩石がまったく窒素を含まないのも奇妙だった。

結論は明らかである――〝黒い岩石片〟は実際には岩石でなく、地球上の有機物に似た物質だ。プラスチックと近縁のなにかなのだ。

そして、生物であろうと考えられる緑の斑点は、地球生物とほぼ似かよった元素で成り立っている。地球生物においても、これら四つの元素――水素、炭素、窒素、酸素――が、その体内に含まれる全元素の九十九パーセントを占めているのだ。

緑の斑点と地球生物の類似性が示されたように思えるこの表を見て、レヴィットとバートンは大いに力づけられた。しかし、その希望も、つぎのアミノ酸分析結果を見せられたとたん、あえなくしぼんでいった――

アミノ酸分析結果

印字開始

標本1――未確認源黒色物体

標本2――未確認源緑色物体

	標本1	標本2
中性アミノ酸		
グリシン	○○・○○	○○・○○
アラニン	○○・○○	○○・○○

バリン　○○・○○　○○・○○
イソロイシン　○○・○○　○○・○○
セリン　○○・○○　○○・○○
トレオニン　○○・○○　○○・○○
ロイシン　○○・○○　○○・○○

芳香族アミノ酸
フェニルアラニン　○○・○○　○○・○○
チロシン　○○・○○　○○・○○
トリプトファン　○○・○○　○○・○○

含硫アミノ酸
シスチン　○○・○○　○○・○○
システイン　○○・○○　○○・○○
メチオニン　○○・○○　○○・○○

二次性アミノ酸
プロリン　○○・○○　○○・○○

ヒドロキシプロリン　○○・○○　○○・○○
酸性アミノ酸
アスパラギン酸　○○・○○　○○・○○
グルタミン酸　○○・○○　○○・○○
塩基性アミノ酸
ヒスチジン　○○・○○　○○・○○
アルギニン　○○・○○　○○・○○
リジン　○○・○○　○○・○○
ヒドロキシリジン　○○・○○　○○・○○
アミノ酸含有率合計　○○・○○　○○・○○
印字終わり
プログラム終わり
――ストップ――

「おどろいたな」レヴィットは一覧表にまじまじと目をこらした。「おい、これを見ろよ」

「アミノ酸ゼロか」とバートン。「すると蛋白質もゼロだ」

「蛋白質のない生物」とレヴィットは小さくかぶりをふった。どうやら、彼の最悪の予想が現実になったように思えたのだ。

地球上の生物は、蛋白質酵素の助力のもとに、小さいスペースで生化学反応を行なう方法を身につけて、進化してきた。生化学者たちも、ようやくそれらの反応を再現できるまでになってはいるが、それはほかのすべてから一つの反応を切り離したときだけである。

生きた細胞の場合はちがう。そこでは小さい場の中で、さまざまな反応が同時に進行し、エネルギーと生長と運動を供給している。それはばらばらではなく、人間にはとうていそれを再現するすべがない。前菜からデザートまで揃ったディナー・コースを準備するのに、それらの材料をぜんぶ一つの皿に混ぜあわせて火にかけてから、あとでアップル・パイをチーズ・ソースの中からとりだそうとしてもむりなのと、おなじことである。

細胞は酵素を使って、何百種類もの反応を同時にやってのける。おのおのの酵素は、調理場でただ一つの仕事をしているコックのようなものだ。パン焼き係がステーキを作ることはできないし、ステーキ係がその道具を使って前菜をこしらえることもできない。

だが、酵素にはそれ以上の役目がある。酵素は、ほかの方法では起こりえない化学反応を可能にする。生化学者も、非常な高温や高圧、あるいは強い酸を使えば、その反応を再現することはできる。しかし、人体も、個々の細胞も、そういう極端な環境には耐えられない。

酵素は、生命の媒介者として、体温と大気圧のもとで化学反応の進行を助けるのだ。

地球上の生物にとって酵素は絶対に必要である。だが、もしある地球外生物が、酵素の力をかりずに生存しているとすれば、その進化はまったくちがうコースをたどってきたはずだ。

つまり、ワイルドファイア・チームが相手どっているのは、これまでに例のない生物なのだ。

したがって、その分析にも、対策の発見にも、当然、長い時間がかかるにちがいなかった。

形態学実験室と記された部屋では、ジェレミー・ストーンが、緑の斑点を埋めこんでおいた小カプセルをとりだした。いまやすっかり硬化したカプセルを万力で固定し、緑色の物質が露出するまで歯科用ドリルでプラスチックを削りとっていった。

忍耐と集中力の必要な、細かい作業だった。ようやくストーンは、ピラミッドの頂点へ緑の斑点をのせた形にプラスチックを削りおわった。

彼は万力をゆるめ、プラスチックをつまみあげた。つぎにそれをミクロトームへ運び、回転刃を使って、プラスチックとそこに埋められた緑色の物質を極薄の切片に刻みはじめた。プラスチックの塊から円形の切片が、水を入れた皿の中へつぎつぎに落ちた。切片の厚みは、反射光のぐあいから目測できる。かすかに銀色に見えるときは、厚すぎる。虹色に見えるときが、適当な厚み——つまり、分子が数個、層になった程度の厚みである。

電子顕微鏡の観察には、それぐらい薄い切片が必要なのだ。

適当な組織切片ができあがると、ストーンはそれをピンセットでつまんで、小さな銅の円形グリッドにのせた。これだけのものが、さらにボタン型の金属容器に挿入された。最後に、その容器が電子顕微鏡の中におかれ、そして顕微鏡が密封された。

ワイルドファイア研究所で使用される電子顕微鏡は、BVJ社製のJJ42型――解像アタッチメントのついた高性能タイプだった。電子顕微鏡の原理はきわめて簡単である。光学顕微鏡とまったくおなじように作動するのだが、ただちがうのは、光線の焦点を結ばせる代わりに、電子線の焦点を結ばせるところだ。光は湾曲したガラスのレンズを通って焦点を結ぶ。電子は磁場の中を通って焦点を結ぶ。

電子顕微鏡はいろいろの点でテレビジョンともよく似ており、そして、事実その映像はテレビ・スクリーン――電子の衝突によって発光する蛍光面――に示される。電子顕微鏡の大きな長所は、光学顕微鏡とは桁はずれの高倍率で物体を観察できることにある。その理由には、量子力学と光の波動性が関係してくる。もっとも簡にして要を得た説明は、電子顕微鏡学者であり、また自動車レース狂でもあった、シドニー・ポルトンによるそれだろう。

「ここに」とポルトンはいう。「鋭角のカーブのある一本の道路を仮定しよう。この道路に二台の車――スポーツ・カーと大型トラックを走らせる。トラックはカーブで曲がりきれずに、スリップして道路をとびだすだろう。だが、スポーツ・カーはらくに曲がりきれる。なぜだろうか？　スポーツ・カーは軽量で小型で敏捷だからだ。鋭角のカーブにはあつらえむきにできている。大きいゆるやかなカーブなら大型トラックでも遜色はないが、急カーブでは、断然スポーツ・カーが強い。

それとおなじで、電子顕微鏡は光学顕微鏡よりも、よく〝コースに食いつく〟のだ。すべての物体は角と縁とでできている。電子の波長は光量子より小さい。そのために、コーナーぎりぎりに曲がり、コースにくっつき、そしてその輪郭線をより忠実に伝えることができる。光学顕微鏡はトラックとおなじで、広い道しか走れない。つまり、顕微鏡的表現に直すと、大きな縁とゆるやかな曲線を持つ大きな物体——細胞や核——にしか使えない。だが、電子顕微鏡はどんな曲がりくねった細い道でもそれをたどって、細胞内の極微構造——ミトコンドリア、リボソーム、膜、小胞体——の輪郭を示すことができるのだ」

しかし、いざ実用面になると、電子顕微鏡はすぐれた拡大力を割引きされるほどの欠点をいくつか持っている。たとえば、光の代わりに電子を利用するため、顕微鏡内部を真空にする必要がある点だ。このために、生きているものを調べることは不可能である。

だが、最大の欠点は、標本の切片に関係している。切片が極端に薄いため、観察対象の立体的概念がつかみにくくなるのだ。

これについて、もう一度ポルトンのたとえをひこう。「たとえば一台の自動車を縦にまっぷたつに切ったとする。この場合は、完全な〝全体〟構造の見当がつく。しかし、おなじ自動車でも、もっと薄切りに、しかも奇妙な角度からそれを切った場合、見当がつきにくくなる。その切片はバンパーやタイヤやガラスのごく一部かもしれない。そういう切片から全体のかたちや機能を想像するのは至難のわざだ」

ストーンはこれらの欠点をすべて知りつくした上で、金属ボタンを電子顕微鏡の中に入れ、それを密閉してから、真空ポンプを作動させた。欠点を知りながらそれを無視したのは、ほかに方法がないからである。いろいろな制約はあっても、電子顕微鏡は利用可能な唯一の高性能器具なのだ。

彼は室内灯を消し、ビームをつけた。それから、いくつかのダイアルを調節して、ビームの焦点を合わせた。まもなく、スクリーンの上で緑と黒の映像のピントが合った。

信じられない映像。

ジェレミー・ストーンは、自分が微生物の一単位を凝視していることに気づいた。それは完全な正六角形で、ほかの正六角形と各辺で結合していた。正六角形の内側は、くさび形に分割されて中心に集まっていた。全体的な外見には、地球上の生物とは似ても似つかぬ、一種の数学的な精密さがあった。

結晶そっくりなのだ。

彼は微笑をうかべた。レヴィットがきっとうれしがるだろう。レヴィットは、はなはだしい、奇想天外なものが好きだ。それにレヴィットは、いままでにもある種の結晶を基礎にした生命、ある種の規則的な形態に秩序づけられた生命の可能性をよく論じたことがある。

彼はレヴィットを呼ぶことにした。

部屋に入ってくるなり、レヴィットはいった。「なるほど、これが答か」

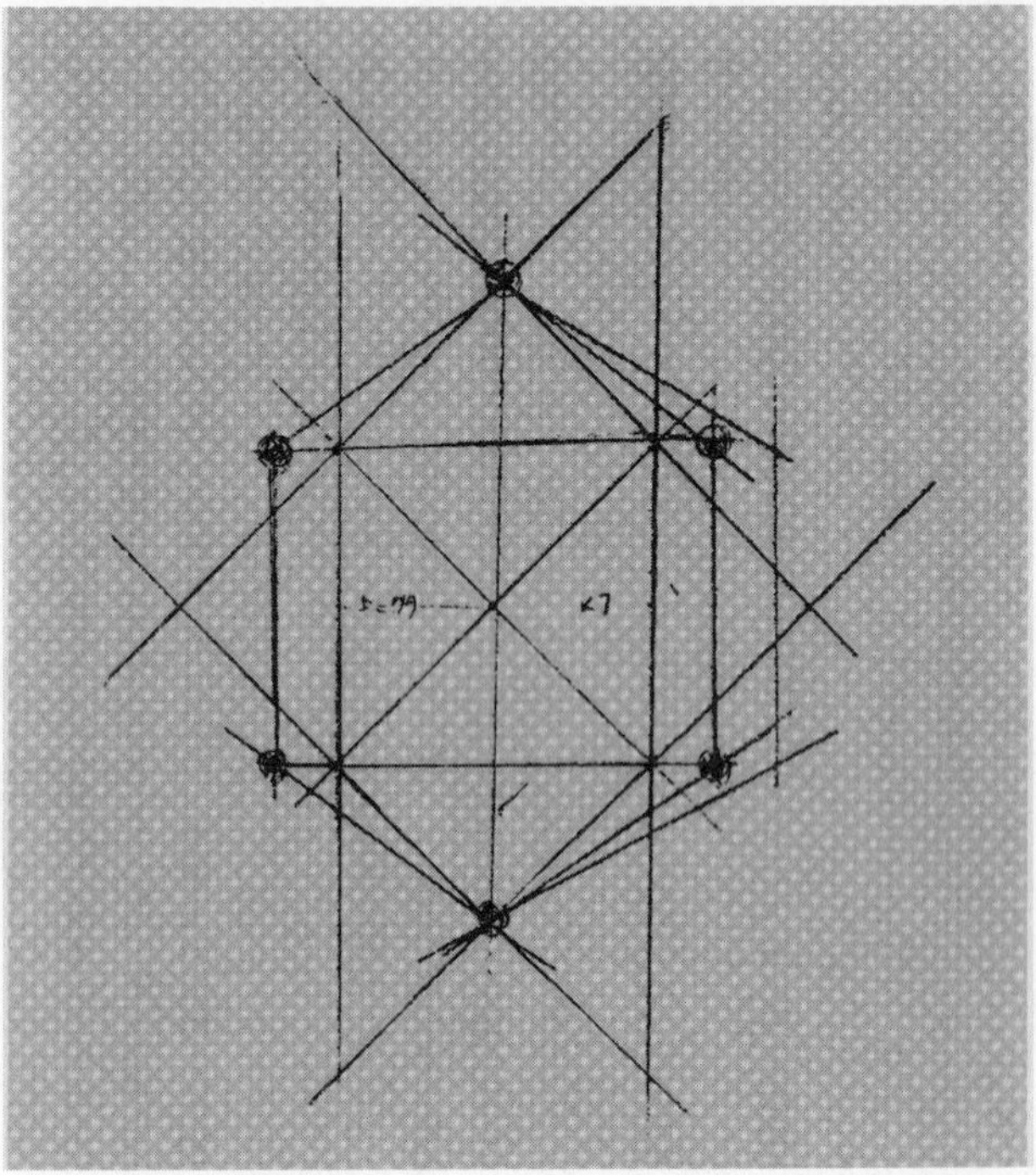

アンドロメダ正六角形構造のジェレミー・ストーンによる初期スケッチ。（写真はワイルドファイア計画提供）

「なんの答？」

「この生物がどう機能するかの答さ。分光分析とアミノ酸分析の結果がわかった」

「それで？」

「この生物は水素、炭素、酸素、それに窒素からできている。だが、アミノ酸はない。まったくゼロだ。ということは、既知の蛋白質も酵素も、なに一つないということになる。実は、どうして蛋白質ベースの有機構成を持たずに生存できるのかと、ふしぎに思っていたんだ。これでわかった」

「結晶構造か」

「そうらしい」レヴィットはスクリーンに目をこらしながらいった。「三次元的には、たぶんタイル片のような六角形の板だろう。表裏とも正六角形の八面体だ。そして内部は、ああいうくさび形の小房が中心までつづいている」

「それがおのおの生化学的機能を充分に果たすわけだな」

「そう」とレヴィットはいって、眉をしかめた。

「どうかしたのか？」

　レヴィットはさっき度忘れしたなにかを思いだそうとしていた。夢——一軒の家と都市が出てきた夢。しばらく考えるうちに、記憶がもどりはじめた。一軒の家と都市。一軒だけの働きと、都市の中での働き。

　記憶がそっくりよみがえった。

がりかたは」

「ところで」と彼はいった。「おもしろいじゃないか、この一単位とまわりの仲間とのつながりかたは」

「われわれの見ているのが、より高次の生物の一部かもしれないというわけか？」

「そうなんだ。この単位は細菌の個体のように独立しているのか、それとも、より大きい器官、あるいはより大きい生物の一部なのか？　たとえばだね、肝細胞を一つだけ見せられて、それがどの器官からきたものかを、われわれはいいあてられるだろうか？　ノーだ。もう一つ、まわりの脳をすっかり取り去られたとき、たった一つの脳細胞がなんの役に立つ？」

ストーンはしばらくスクリーンに目をこらした。「やや異様なアナロジーの一対というわけだな。肝臓には再生機能があるが、脳にはないからね」

レヴィットはにっこり笑った。「メッセンジャー理論か」

「いちおう考えられるな」とストーンは応じた。

メッセンジャー理論は、通信工学者のジョン・R・サミュエルズによって唱えられたものである。第五回宇宙通信工学年次会議で、サミュエルズは、異星の種族が他の文明と接触を試みるさいに選ぶであろう方法について、いくつかの仮説に検討を加えた。その上で、地球テクノロジーの最も進歩した通信の概念でさえまだ不充分であり、より高度な文明はもっとすぐれた方法をとるにちがいない、と論じたのだ。

「かりに、ある星間文明種族が宇宙の走査を企てたとしましょう。かりに、彼らが宇宙規模の披露パーティーを——つまり、自分たちの存在の正式宣言を——計画したとするのです。

その情報を、つまり、自分たちの存在を知らせる手がかりを、あらゆる方向に送りたい。それにはどんな方法がいちばんいいか？　無線？　だめです——無線ではあまりにも速度が遅く、高価につき、そして減衰が大きすぎます。強力な信号でも、数十億キロいかないうちに弱ってしまう。テレビはなおわるい。光線を発生させるには、たいへんな経費がかかるからです。もし、恒星をそっくり破壊する方法を見つけたとしても、つまり、一種の信号として一つの太陽を爆発させるとしても、とほうもなく高価につくでしょう。

経費の問題はさておいても、これらの方法では、どんな放射にもつきまとう欠陥、つまり、距離に反比例した力の弱まりから逃れられません。たとえば、三メートルの距離なら正視できないほどまぶしい電球があるとします。三百メートル離れても、それはまだ明るいかもしれない。十キロ離れても、まだ見えるかもしれない。しかし、百万キロも離れると、完全にかすんでしまう。なぜなら、放射エネルギーは半径の二乗に反比例して弱まるからです。単純な、だが打ち破れない物理学の法則です。

だから、彼らは信号を送るのに物理学を使わない。むしろ、生物学を利用するでしょう。距離に反比例して弱まるような通信手段でなく、百万キロ離れても、発信源とおなじ強さをたもちつづける方法を使うでしょう。

早くいえば、それはメッセージを運ぶ生物です。自己再生能力を持つ、安価で、大量に培養できる生物。これならほんのわずかな費用で、とほうもない数を生みだし、そして宇宙空間のあらゆる方向へ送りだすことができます。宇宙空間の酷烈さに耐えうるこの頑健な生物は、そこで生長し、増殖し、分裂していくでしょう。数年のうちに、その島宇宙には、無数のそうした生物が、他の生命と接触する日を待ちながらあらゆる方向へと進んでいくことでしょう。

そして、その生物が接触をとげたあかつきには？　彼らのそれぞれが、一つの器官、一つの完全な生物に発達するポテンシャルを持っています。異種の生命と接触した瞬間から、彼らは完全なコミュニケーション機構へと成長をはじめるのです。たとえてみれば、それは適当な環境下で完全な脳に再生長できるような脳細胞を何兆個となく送りだしたようなものです。新しい生長をとげた脳は、そこで新しい文明に話しかけるでしょう——他の種族の存在と、接触に要する手段について」

サミュエルズの理論は、現実的な科学者たちからは滑稽に思われていたのだが、いまとなっては無視できないものになった。

「きみはどう思う？」とストーンがきいた。「これはすでに、ある種のコミュニケーション器官に生長しはじめたのだろうか？」

「たぶん、培養の結果を見れば、もっとはっきりするだろう」とレヴィット。「すぐはじめさせよう」

「それとも、X線結晶学だな」とストーンはいった。

第五レベルにはX線結晶学の設備がととのっていたが、ワイルドファイアの企画段階では、そうした設備までが必要かどうかについて、激論の応酬があったのだ。X線結晶学は、近代生物学の中でも、最先端をいく、複雑で高価な構造解析の方法である。それは電子顕微鏡測定にやや似ているが、その方向をさらに一歩進めたものだ。いっそう感度が高く、いっそう深くまでさぐれる——だがそれには、設備、時間、人員の面で、より大きい代償を払わなければならない。

生物学者R・A・ジャネックは、「視野の増大は経費の累乗的な増大だ」といったことがある。つまり、より微細なディテールを人間の目に見せてくれる機械の場合、分解能の増加よりも経費の増加のスピードのほうが速い、というのだ。このきびしい研究上の事実を最初に発見したのは天文学者たちだった。望遠鏡用の二百インチの反射鏡を作るのが、百インチのそれを作るよりもはるかに困難で高価につくことを、彼らは身をもって体験したのだ。

生物学でも、これはやはり真理だった。たとえば、光学顕微鏡は片手でらくに持ち運べるような小さな器具である。それは一つの細胞を判別する能力を持ち、科学者はそれに約一千ドルを支払う。電子顕微鏡は細胞内の小さな構造まで判別することができる。それは大型のコンソールで、価格は十万ドル近い。

いっぽう、X線結晶構造解析は分子の一つずつを判別することができる。科学のなしうるかぎりで、原子の写真撮影にもっとも近づいた方法である。しかし、この装置は大型乗用車なみのサイズで、一部屋ぜんぶを占領し、特殊訓練を受けた操作者と、結果の解釈のためのコンピュータを必要とする。

それは、X線結晶構造解析装置が、観測される物体の直接的な視覚像を作りださないからだ。その点で顕微鏡といえないし、また、光学顕微鏡や電子顕微鏡とは原理も仕組みもちがう。

この装置は、映像の代わりに回折像を作りだすのだ。それは写真乾板の上に、一見謎めいた、幾何学的な斑点の模様となって現われる。そしてコンピュータを使えば、その斑点のパターンを解析して、対象物の構造を知ることができる。

古風な名前を持ってはいるが、これはわりあい新しく生まれた科学である。いまでは、結晶はめったに使われない。〝X線結晶学〟という名は、その試料に結晶が選ばれていた時代の遺物なのだ。結晶は規則的構造を持っているため、X線ビームを結晶に投射して得た斑点のパターンも簡単に分析できる。しかし、最近では、不規則な形をした物体にもこの方法が応用されるようになった。この場合、投射したX線はまちまちな角度に跳ねかえされる。しかし、コンピュータでその写真原板を〝解読〟し、反射角を測定すれば、そういう反射を生じた物体の形状を再現できる。

ワイルドファイア研究所のコンピュータは、この果てしなく長い演算をなしとげる。これらのすべてを、もし人間の手で行なったとすれば、何十年も何百年もかかるだろう。しかし、コンピュータは数秒間でそれをやってのけるのだ。

「気分はどうですか、ジャクスンさん?」とホールはたずねた。

老人は目をぱちくりさせて、プラスチック服の中のホールを見つめた。

「気分はええ。とびきりとまではいかんがな」

ホールは苦笑した。「すこし話しませんか?」

「なにを?」

「ピードモントのことを」

「あの町のなにを?」

「あの晩のことですよ」とホールはいった。「あれのあった晩」

「ふん、じゃ話そうかい。わしはな、生まれてからずうっと、ピードモントに住んどった。むろん、ちょっくら旅はしたて――ロスからフリスコ、東はセントルイスまで行ったかな。しかし、ピードモントはわしのふるさとじゃ、もう一ついっとくが――」

「あれの起こった晩のことを」とホールはくりかえした。

老人は話しやめ、そっぽを向いた。「あのことは考えとうない」

「そういわずに思いだしてください」

「いやだ」

老人はしばらく顔をそむけていたがやがてホールに向きなおった。「みんな死んじまったんだろうな?」

「いや、みんなじゃない。もうひとり生き残りましたよ」彼はジャクスンのとなりのベビーベッドに、あごをしゃくってみせた。

ジャクスンは毛布のへりからそっちをのぞいた。「だれだい?」

「赤んぼうです」

「赤んぼう？ そんなら、リッターの伜か。ジェミー・リッター。まだ小さかろう？」

「生後約二カ月」

「ふん、それにちがいない。まったく癇の強いぼうずでな。おやじに生き写しよ。リッターのやつもかんしゃく持ちじゃが、伜もおんなじだて。朝、昼、晩、泣きつづけじゃ。あんまりやかましいんで、やっこさんの家じゃ窓もあけられなんだ」

「そのほかには、ジェミーの異常は？」

「ない。ぎゃあつく泣くだけで、水牛みてえに丈夫だわ。そういえば、あの晩も派手に大泣きしとった」

「あの晩というと？」

「チャーリイ・トーマスが、あの罰当たりなしろものを持ちこんできた晩よ。むろん、わしらもそいつは見たて。まるで流れ星みてえに光りながら、町のすぐ北へ落ちたのをな。みんながわいわいいいだして、チャーリイ・トーマスがそいつをとりにでかけた。二十分ほどして、やっこさんはそいつをフォードのステーション・ワゴンに乗せて帰ってきた。買いたてのワゴンでな。見せびらかしとうてたまらんのさ」

「それからどうしたんです？」

「そうさな、わしらはそのまわりにたかって見物した。ほれ、宇宙船たらいう、あれじゃなかろうかとな。アニーが火星からきたもんかもしれんといいよったが、なんせあんな女じゃ、とっぴょうしもねえことをいいだす。火星人のもんだなんて思う連中は、ほかにゃひとりもおらなんだよ。たぶんケープ・カナベラルから上がったもんだろう、とわしらは見当をつけた。ほれ、おまえさんも知っとろう？　フロリダにあるロケットの打ち上げ場所」

「知ってますよ。それから？」

「そこまで見当はつけたもんの、その先どうしてええやらとんとわからん。なにしろ、ピードモントでこんなことはいっぺんもなかったでな。むかし、鉄砲持ったよそもんがコマンチ・チーフ・モーテルであばれたことがあるが、それも四八年ごろで、やつのほうにも事情があった。やっこさんがドイツかどこぞへ戦争でやられているうちに、いいかわした仲の娘がほかの男とくっつきよったんじゃ。だもんで、だれもそいつを悪ういわなんだ。気持がようわかったでな。しかし、それからちゅうもんは、なにひとつ起こったためしがない。静かな町じゃった。おおかた、わしらもそこが気にいったんじゃろう」

「で、カプセルをどうしたんですか？」

「それがさ、どうしたらええかさっぱりわからん。アルのやつが中をあけちまおうかといいよったが、おおかた科学の機械もはいっとるだろうし、そいつはまずかろうと思って、しばらくみんなで首をひねった。そこへチャーリイが——ほれ、そもそもあれを持ってきた男さ——そのチャーリイが、ドックに見てもらおうかといいだした。つまり、ベネディクト先生によ。あの町のたったひとりの医者で、近在じゃインディアンまでがあの先生に診てもろとった。りっぱな男で、学校もちゃんと出とる。壁にかけてある証書を、おまえさん見なんだかい？　まあ、ドックなら、どうすりゃええか知っとるだろう。そこでわしらは、あれをドックの家へ持ってった」

「それから？」

「ドックは、あれを患者かなんぞみてえに、くそていねいに調べたわな。そのあげく、これは宇宙からきたもんかもしれんし、アメリカのかもしれんし、ロシアのかもしれん、とにかくここへ預かって、電話でほうぼう問い合わせてから、なるべく早くに返事を知らせてやると、こういうてくれた。月曜の晩、ドックはいつもハーブ・ジョンスンとこで、チャーリィとアルとハーブあいてにポーカーをやるもんだで、わしらもそれまでにゃあ返事がわかると思ってよ。そろそろ晩めしの時間で腹もへっとったことだし、そんなわけでドックに預けてきたんだわ」

「それは何時ごろ？」

「七時半過ぎとったかな」

「ベネディクトは、衛星をどうしました？」

「家んなかへ持ってはいったよ。それからあとは見たもんがない。あれがおっぱじまったのは、八時か八時半ぐれえかな。ちょうど、ガソリン・スタンドでアルと話しこんでたときだ。あの晩は、やっこさんがポンプの当番でな。えらく冷える晩だったけど、わしは痛みをまぎらすのに、話し相手がほしかったのさ。それに、あそこだとソーダ水の機械があって、アスピリンをのむのに便利なんじゃ。そういえば、のどもからからでな。スクイーズちゅうやつは、のどがかわく」

「あの日もステルノを飲んでいたんですか？」

「六時ごろにすこし飲んだ」

「気分はどうでした？」

「そうさな、アルとしゃべくってたときは、ええ気分だった。ちぃと頭はくらくらするし、胃も痛いにゃ痛いが、わるい気分じゃない。そんなわけで、アルとわしが事務所ん中へ腰かけてあれこれ話してると、やっこさん、やぶから棒に、『ああ、ちくしょう、頭が！』ってどなるじゃねえか。そういったかと思うと、急に表へとびだしてばったり倒れた。道のまんなかでだ。それっきり口もきかん。

わしはぽかんとしちまった。心臓の発作かなと思ったが、やっこさんそんな年でもねえし、それでそばへ寄ってみた。そしたら、もう死んどるんだわ。そのうちに……こんどはみんなが家んなかからとびだしてきた。二番目は、ラングドンの後家さんだったかな。それから先は、あんまりおおぜいなもんでおぼえとらん。とにかく、つぎからつぎへぞろぞろ出てくる。そこで胸を押さえて、まるでつまずいたみてえに地べたへ倒れる。もう、それっきりで起き上がらねえ。だまりこくったままでよ」

「そのとき、どう思いました？」

「どう思うもくそもねえさ、あんまりふしぎなことだでな。正直いって、肝っ玉が縮みあがった。おちつこうたって、おちつけるもんじゃねえ。心臓はどきどき、咳は出るし、息ははずむ。背中がぞーっとした。だれもかも死んじまったにちがいねえと思った。そんとき、赤んぼうの泣き声がきこえたもんで、ああ、それじゃみんな死んだわけでもねえな、と思った。そしたら、将軍にでくわしたんだ」

「将軍？」

「やっこさんのあだ名だわ。将軍でもなんでもねえ、むかし戦争へいっただけだが、そういってやると喜ぶんだわ。わしより年かさでな、名まえはピーター・アーノルド、ええ男だった。いつも岩みてえにどっしり構えとった。それが、軍服着こんでポーチのそばに立っとるのさ。もう暗かったが、月があるもんだで、わしが通りにいるのが見えたらしい。『そこにいるのはきみかな、ピーター？』と声をかけてきた。ほれ、わしらはふたりとも、おなじピーターなんだわ。わしが『おう』というと、やつは、『いったいなにが起こったんだ？　ジャップが攻めてきたのか？』といいよる。こいつはおかしなことをいう、と思った。そしたら、また――『きっとジャップにちがいない。われわれをみな殺しにきたんだろう』そこで、わしはいってやった。『ピーター、おめえ気でもふれたかよ？』そしたら、やつはどうも気分がわるいとぶつぶついって、家んなかへひっこんじまった。いま考えても、やつは気がふれたにちがいねえ。自分で自分の頭をぶち抜くだなんて、気がふれたといえば、ほかの連中もそうだわ。あの病気でそうなっちまったんだ」

「どうしてそうだとわかるんです？」

「まともな人間が、自分の体に火をつけたり、風呂桶へ頭をつっこんだりするわけがねえよ、そうだろうが？　あの町の衆は、みんなまともでちゃんとした人間ばっかりだった。あの晩まではな。一晩で、みんな頭がどうかしちまったんだ」

「それから、あなたはどうしたんですか？」

「わしゃあこう考えた——ピーター、おめえは夢を見てる、飲みすぎだぞ。そこで、うちへ帰って寝ることにした。朝になりゃ頭もはっきりすると思うて。ところが、十時ごろに音がきこえる。どうも自動車らしいんで、だれがきたかと表へ出てみた。なんとかバンたらいうあの型でよ。中にはふたり乗ってた。わしがそっちへ歩いていったら、なんちゅうこった、ふたりともばったりそこで死んじまった。あんな薄気味のわるいこたあ、わしゃはじめてだ。だが、どうもふしぎでならん」

「なにがふしぎなんです？」

「あの晩、町を通った車は、あれもいれてたったの二台じゃ。いつもはたくさん通るによ」

「じゃ、ほかにもう一台の車が通ったんですな？」

「そうとも。ハイウェイ・パトロールのウィリスさ。あれがおっぱじまる十五秒か三十秒前にやってきた。だが、とまらんでそのまま行っちまった。ときには、とまらんこともあるんだわ。時間に遅れとると。パトロールの時間がきまってて、そいつを守らにゃいかんのさ」

ジャクスンはため息をついて、枕の上に頭を休めた。

「わるいが、わしゃちいと寝かしてもらう。しゃべってくたびれた」

老人はそういって目を閉じた。トンネルを這いもどって隔離ユニットの外に出たホールは、部屋の椅子に腰をおろし、ジャクスンとその横のベッドにいる赤んぼうをガラスごしにじっと見つめた。その姿勢のまま、いつまでもふたりを凝視しつづけた。

23 トピーカ

フットボール競技場ほどもある巨大な部屋。備品はまばらで、テーブルがいくつか散らばっているにすぎない。部屋の中では、残骸の一片一片の位置を決めている技術者たちの声がこだましている。事故調査班が、ファントム機からのねじくれた金属の破片を、それが砂漠の上で発見されたのとおなじ位置で、この部屋に再現しているのだ。

それがすんでから、はじめて徹底的な調査が開始される。

疲れて腫れぼったい目をしたマンチェック少佐が、コーヒーカップを手に、部屋の一隅でそれをながめていた。彼にとって、この光景にはなにか超現実的なものがあった。トピーカの細長い白塗りの部屋で、墜落の跡を再現している十人あまりの男。

生化学者のひとりが、透明なプラスチック・バッグを持って近づいてきた。彼はマンチェックの鼻先でその中身をかざしてみせた。

「いま実験室からもどってきました」

「なんだね、そりゃ？」

「見当もつかんでしょうな」男の目は興奮に輝いていた。

勝手にしろ、とマンチェックは不機嫌に考えた。どうせおれには見当もつかん。「いったいなんだね？」

「解重合された重合体（ポリマー）ですよ」生化学者は得意そうに舌なめずりした。「いま、実験室から届いたんです」

「なんのポリマー？」

　ポリマーは、並んだドミノの駒のように何千というおなじ単位で作りあげられた、分子の結合体である。プラスチックの大半、ナイロン、レーヨン、植物繊維素、そして人体内のグリコーゲンも、このポリマーだ。

「ファントム機の空気ホースに使われていたプラスチックのポリマーですよ。パイロットの吸入マスクの。われわれもあれだとは思いましたがね」

　マンチェックは顔をしかめた。バッグの中のぼろぼろに砕けた黒い粉をじっと見つめた。

「プラスチック？」

「そう。ポリマーが解重合されてるんです。分解しちまったんですよ。これは振動の効果なんかじゃない。純粋に有機的な、生化学的効果です」

　ゆっくりと、マンチェックにも理解が生まれた。「すると、なにかがプラスチックをばらばらにしたわけか？」

「ええ、そうともいえますね」と生化学者は答えた。「もちろん、単純すぎる表現ですが――
――」

「なにがそれをばらばらにしたんだ？」

生化学者は肩をすくめた。「ある種の化学反応です。酸でも起こりうるし、高熱でも起こりうるし、それとも……」

「それとも？」

「微生物ですかな。もし、プラスチックを食う微生物があるとすればね。この意味はおわかりでしょう」

「きみのいう意味はわかるようだ」とマンチェックはいった。

彼はその部屋を出て、おなじ建物の中の電信室へ向かった。そこで、ワイルドファイア研究所宛ての電文を書き、技術員に送信を命じた。それを待ちながら、彼はいった。「まだ返事はきていないか？」

「なんの返事ですか？」と技術員はききかえした。

「ワイルドファイアからの返事だ」とマンチェックは答えた。ファントム機墜落のニュースに対してまだなんの反応もないのは、信じられないことに思えた。つながりがあるのは明らかなのに……。

「ワイルドファイア、ですか？」と技術員がたずねた。

マンチェックは目をこすった。おれは疲れている。よけいなことをしゃべらないように気をつけなくては。

「いや、もういいんだ」と彼はいった。

ピーター・ジャクスンとの会話のあとで、ホールはバートンをたずねた。バートンは解剖室で前日のスライドを調べているところだった。

ホールは声をかけた。「なにか見つかったかね？」「いや、なにも」

バートンは顕微鏡から離れて、ため息をついた。

「どうも気になるんだ」とホールはいった。「例の発狂の件。いまジャクスンと話をしていて、またあれを思いだした。あの町では、あの晩、おおぜいの人びとが発狂――とまではいえなくても、奇怪で自殺的な行動をとった。その大半は老人だった」

バートンは眉根を寄せた。「それで？」

「老人たちには」とホールはいった。「ジャクスンと共通点がある。つまり、体の故障が多い。肉体がいろいろな点で衰えている。肺もわるい。心臓もわるい。肝臓もぼろぼろ。血管も硬化している」

「それがあの病気のプロセスを変えるというのかね？」

「かもしれない。そこが気になるんだ。なにが彼らをあんなに短時間で発狂させたんだろうか」

バートンはかぶりをふるばかりだった。

「それにもう一つ」とホール。「ジャクスンの話だと、犠牲者のひとりは死の直前に、『ああ、ちくしょう、頭が！』といったそうだ」

バートンは虚空に目をすえた。「死の直前に？」

「直前に」

「きみの考えているのは出血だな？」

ホールはうなずいた。「それならつじつまは合うと思う。とにかく、チェックしてみて損はない」

もし、アンドロメダ菌株（ストレイン）が、なんらかの理由で脳内出血を起こすとすれば、急激で異様な精神異常をもたらす可能性はある。

「しかし、いままでにわかったところでも、あの微生物は血液の凝固によって――」

「そう、大半の人間にはね」とホール。「しかし、全部がぜんぶじゃない。生き残るものもあり、発狂するものもある」

バートンはうなずき、そしてにわかに興奮を感じた。かりに、あの生物のもたらす作用が血管の損壊だとしよう。その損壊で血液の凝固がはじまる。血管壁が破れたり、切れたり、焼け焦げたりした場合には、つねに血液凝固の機序（シークエンス）がはじまるのだ。まず、血小板が傷口のまわりに集まり、そこを保護して失血を防ぐ。つぎに、赤血球がそこに集積する。それから繊維素（フィブリン）の網がこれらをひとまとめに結合させる。そして最後に、血餅が固くしっかりしたものになる。

それがふつうの場合である。

だが、もし損壊が広範囲であり、しかも肺からはじまってしだいに進行していくとすれば……。

「こう考えてみたんだよ」とホールはいった。

「ひょっとすると、あの生物は血管壁をおそうんじゃないか、とね。もしそうなら、ふつうは凝血がはじまる。だが、もし特殊な体質の人間の場合に凝血が妨げられると、あの生物は血管壁をさらに侵食して出血をもたらすのかもしれない」

「それと発狂をな」バートンはスライドを物色しながらいった。彼は脳のスライドを三枚見つけ、それらをチェックした。

疑いはない。

病的変化は明らかだった。脳血管の内皮に小さい緑色の付着物がある。高倍率のもとではそれが正六角形に見えるだろうことを、バートンは疑わなかった。

ほかのスライドで、バートンは肺と肝臓と脾臓の血管を手早くチェックした。中には血管壁に緑の斑点が認められるものもあったが、脳血管で見たおびただしい量とは比較にならなかった。

明らかに、アンドロメダ菌株は脳血管への偏好を示している。その理由は不明だが、脳血管にいくつか特異な点があることは、すでに知られている。たとえば、ふつうの体血管が拡張したり収縮したりする状況――厳しい寒さとか、運動とか――でも、脳の血管はまったく変化を見せず、脳への血液供給を一定不変にたもちつづけるのだ。

運動したとき、筋肉への血液供給は五倍から二十倍にもはねあがる。しかし、脳はつねに安定した血流をたもっている——脳の持ちぬしが試験を受けていても、昼寝をしていても、また薪を割っていても、テレビを見ていても。毎分、毎時間、毎日、脳はおなじ量の血液を受けとっている。

なぜこういう現象が生まれるのか、あるいは、どのようにして脳の血管がこうした自律性をたもつのか、科学者たちも正確には知らない。しかし、こういう現象が存在することだけはわかっており、そして脳血管は、体内の動脈や静脈の中でも特殊なケースと見なされている。たしかに、そこにはなにかちがった点がある。

そして、その脳血管を優先的に破壊する微生物がここに出現したのである。

しかし、バートンとしては、アンドロメダ菌株の作用がそれほど異常とは思えなかった。たとえば、梅毒は大動脈の炎症をおこすが、これもきわめて特異な反応といえる。寄生虫感染の一つである住血吸虫病は、その種類によって膀胱や小腸や結腸の血管に選好性を示す。だから、そういう特殊な嗜好もありえないことではない。

「だが、もう一つ問題があるね」とバートンはいった。「大部分の人びとの場合、あの生物による凝血は肺からはじまった。それはすでにわかっている。おそらく、血管の損壊はそこからはじまったんだろう。どうしてそういう個人差が——」

彼は言葉を切った。

抗凝血剤を与えたネズミのことを思いだしたのである。結局死んでしまったが、解剖を受けなかったネズミたちのことを。

「そうだったのか」とバートンはいった。

彼は冷凍室からそのネズミを一ぴきとりだし、その腹を切開した。血が流れだした。つぎにすばやく頭部を切開し、脳を露出させた。はたして、脳の灰色の表面に大きな出血が認められた。

「これでわかった」とホール。

「もしその動物が正常なら、肺からはじまった凝血で死ぬ。だが、もし凝血が妨げられると、そこであの微生物は脳の血管を侵し、出血を起こさせる」

「そして発狂させる」

「そうだ」バートンはいまや興奮の極にあった。「それに、凝血はいろいろな血液異常で妨げられる可能性がある。また、ビタミンKの欠乏でもだ。そのほか、吸収不良症候群。肝機能衰弱。蛋白合成不全。原因は一ダースもある」

「老人に起こりがちのものばかりだ」とホール。

「ジャクスンには、この中のどれかが認められたかね？」

ホールは答える前に長い間をおいてから、ようやくいった。「いや。肝臓病はあるが、意味を持つほどの症状じゃない」

バートンは嘆息した。「じゃ、出発点に逆もどりか」

「そうともいえない。なぜなら、ジャクスンも赤んぼうも生き残ったからだよ。あのふたりは——われわれの知るかぎりでは——出血もしなかったし、無傷で生き残った。まったく無傷で」

「ということは？」

「ということは、あのふたりが一次的過程、つまり、あの微生物の血管壁への侵入を、なんらかのかたちで防いだということだ。アンドロメダ菌株は、彼らの肺へも脳へもとりつかなかった。どこにも手が出せなかったんだ」

「しかし、なぜだろう？」

「それがわかるのは」とホールはいった。「六十九歳の胃潰瘍をわずらったステルノ愛飲家と、生後二カ月の赤んぼうとの共通項が見つかったときだろうね」

「あのふたりは、まったく正反対のように思えるが」とバートン。

「そう思うだろう？」とホールはいった。それから何時間かたって、ようやく彼は、このときすでに自分が謎の解答をバートンから与えられていたことに気づくのだ——ただし、それは無価値な解答でもあった。

24 評価

かつて、ウィンストン・チャーチル卿はいった――「真の天才は、不確実で偶発的で矛盾した情報を判定する才能の中に宿っている」しかし、ワイルドファイア・チームでふしぎなのは、個々の顔ぶれが優秀であるにもかかわらず、集団としてはいくつかの点で情報をまちがって判断したことである。

ここで、モンテーニュの警句が思いだされる――「緊急のときの人間は愚者となり、自己をあざむく」たしかにワイルドファイア・チームはきびしいストレスのもとにおかれていたが、彼らは自分たちが誤りをおかすことを覚悟していた。それが起こるだろうことを予測してさえいた。

ただ、彼らが予測しなかったのは、その誤りの大きさ、仰天するほどの巨大さだった。一ダースばかりの小さな手がかりを見逃し、重大な事実をあえていくつか無視したことがあいまって、究極的な過失となるとは、まったく予想もしていなかったのだ。

このチームに一つの盲点があったことを、のちにストーンはこう述懐している。「われわれは問題に対して方向づけられていた。われわれのすべての行動と思考は、解決法、つまりアンドロメダの治療法の発見に向けられていた。そして、いうまでもなく、ピードモントで起きた事件のことで、頭がこりかたまっていた。もしわれわれが解答を見つけなければ、ほかに解答が生まれる望みはなく、最後には全世界がピードモントの二の舞いになるだろう、と考えていた。その考えかたをあらためるのが、非常に遅れたのだ」

この過失が大きくその形をとりはじめたのは、培養試験からだった。

ストーンとレヴィットは、カプセルから何千もの培養標本を採取した。これらの標本は、いろいろの大気、温度、気圧条件に分類して培養される。その結果は、コンピュータでなければとうてい分析できない。

ところで、GROWTH／MATRIXプログラムを使ったコンピュータは、すべての培養条件の結果をいちいち回答してはこない。回答されるのは、統計的に有意な、陽性または陰性の結果だけである。コンピュータは、まずペトリ皿の一つ一つを検査し、光電アイで生長の認められるものをチェックしたのちに、結果を算出する。

ストーンとレヴィットは結果の検討に入って、いくつかの著しい傾向に気づいた。第一の結論は、培地の種類は無関係ということだった――この生物は、糖、血液、チョコレート、寒天、あるいはただのガラスの上でも、おなじようによく生長するのだ。

しかし培地がさらされた気体の種類は、そのさいの光の与えかたとともに、大きな影響を持っていた。

紫外線は、どんな条件下でも生長を促進した。完全な暗闇は生長を抑制し、それより程度

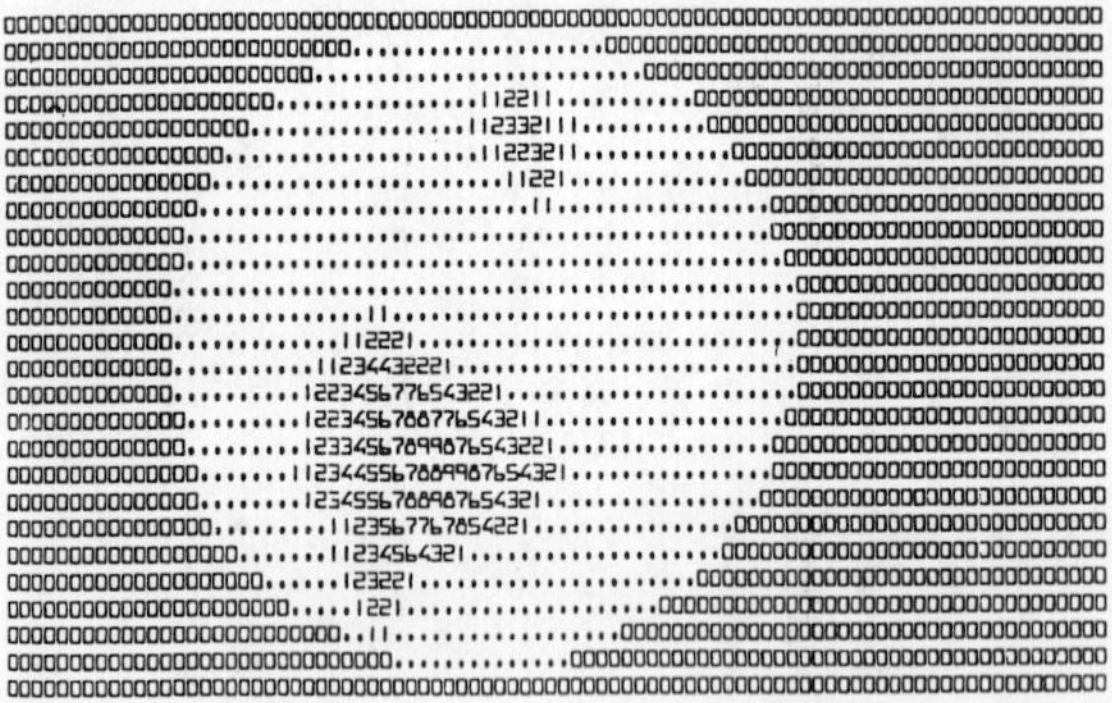

培養コードー779, 223, 187,
アンドロメダ
培地コードー779
空気コードー223
照明コードー187 UV/HI
最終走査結果

全培地を検査した光電アイからの走査プリントの一例。円形のペトリ皿の中に、コンピュータは二つの独立したコロニーの存在を認めた。コロニーは2ミリ方眼に区分されて、濃度により1から9までの数字で等級づけられる。

は少ないが、赤外線も抑制的に働いた。

酸素はどんな条件でも生長を抑制したが、炭酸ガスは生長を促進した。窒素はなんの影響もなかった。

したがって、最大の生長は、百パーセントの炭酸ガスの中で、紫外線照射を行なったものに見られた。もっとも生長の貧弱なのは、暗闇の中で純酸素で培養されたものだった。

「きみはどう思う、これを？」とストーンはいった。

「純粋な転化システムに思えるが」とレヴィット。

「どうかな」

ストーンは、閉鎖生長システムのコードを入力した。閉鎖生長システムは、気体と栄養素の摂取量と老廃物の排出量の測定によって、細菌の代謝作用を調べる方法である。装置は完全に密封され、自足している。たとえば、一株の植物をその装置に入れたとすると、それは炭酸ガスを消費し、水と酸素を排出するだろう。

しかし、アンドロメダ菌株（ストレイン）のテストでは、おどろくべき事実が発見された。この生物は排出をまったく行なわないのだ。たとえば炭酸ガスと紫外線で培養された場合は、炭酸ガスがぜんぶ消費されるまで着実に生長をつづける。そして、そこで生長はストップする。いかなる種類のガスや老廃物もまったく排出されない。

むだがないのである。

「じつに能率的だ」とストーンはいった。

「予想どおりだよ」とレヴィット。

これは高度に環境に適応した生物といえる。あらゆるものを消費し、なにひとつむだにしない。荒涼とした宇宙空間での生存にはもってこいだ。

そこまで考えたとき、はっと彼はあることに思いあたった。同時に、レヴィットもおなじ考えにうたれた。

「たいへんだ」

レヴィットはすでに電話へとりついていた。「ロバートスンを」と彼はいった。「すぐにつないでくれ」

「信じられん」とストーンがつぶやいた。「老廃物ゼロ。培地も不必要。炭素と酸素と日光さえあれば生長できるなんて」

「手遅れでなきゃいいが」レヴィットが、コンピュータのスクリーンをいらいらと見まもりながらいった。

ストーンはうなずいた。「もし、この生物がほんとうに物質をエネルギーに変え、そしてエネルギーを物質に——じかに——変えるとすると、こいつは超小型原子炉に似た機能をするわけだ」

「そこへ核爆発が起これば……」

「信じられん」とストーン。「まったく信じられん」

スクリーンがぱっとともった。タバコをくわえた、くたびれた顔のロバートスンがそこに映った。

「ジェレミー、もうすこし時間をくれよ。まだむこうと連絡もついていない――」

「いいか」とストーンはいった。「絶対に指令7‐12号を実行させないよう、手を打ってくれ。絶対にだ。あの生物の周囲で核爆発を起こさせてはならない。それをやったがさいご、文字どおりこの世界は最後なんだ」

彼は簡潔に新しい発見のことを説明した。

ロバートスンはひゅーっと口笛を鳴らした。「するとわれわれは、とほうもなく豊かな培地を、あやうく提供してやるところだったのか」

「そのとおりだ」とストーンはいった。

豊かな培地の問題は、ワイルドファイア・チームにとって、とくに悩みの多いものだった。正常な環境には抑制と均衡が存在することは知られている。それが細菌の猛烈な生長を鈍らせるのだ。

抑制のなくなった生長は、数学的に見ておそるべきものになる。大腸菌の一つの細胞は、理想的な条件下におくと、二十分に一回の割りで分裂する。もしこれが騒ぐにあたらないように思えたとしたら、それは細菌が幾何級数的に増殖することを考えていないからである――一個は二個、二個は四個、四個は八個と倍々にふえていくのだ。この率で計算すると、一個の大腸菌はたった一日のあいだに、地球とおなじぐらいの大きさと重さを持つ超集落（スーパー・コロニー）を生みだすことになる。

それが現実に起こらないのは、きわめて単純な一つの理由があるからだ。たとえ〝理想的環境〟のもとでも、生長を無限につづけることはできない。食物がなくなる。酸素がなくなる。コロニーの中の局部的条件が変わり、生物の発育を抑制する。

だが、もしここに、物質を直接エネルギーに転化できる生物があり、それに対して核爆発のような巨大で潤沢なエネルギー源を与えたとすれば……。

「きみの勧告をすぐ大統領に伝えよう」とロバートスンがいった。「大統領は指令7‐12号についての自分の決定が正しかったことを知って、きっとよろこばれるだろう」

「大統領の科学的洞察力を絶賛しておきたまえ」とストーンはいった。「ぼくに代わって」

ロバートスンは頭を掻きながらいった。「ファントム機の墜落に関して、もうすこしデータがはいった。ピードモントの西にあたる地域の上空を高度七千メートルで飛行していたらしい。事故調査班は、パイロットの報告した崩壊現象の証拠を見つけたが、破壊された材料はプラスチックの一種だそうだ。それが解重合されていた」

「事故調査班はなんといってる？」

「かいもく見当がつかないらしい」とロバートスンは告白した。「それからもう一つ。調査班は、人間のそれと認められる骨片を発見した。上腕骨と脛骨の一部を。ただ、奇妙なのはどれも実にきれいなことなんだ――まるで磨かれたように」

「肉が焼け落ちて？」

「そんなふうには見えない」とロバートスン。

ストーンはレヴィットに顔をしかめてみせた。

「じゃ、どんなふうに見えるというんだ？」

「きれいな、磨かれた骨に見えるのさ」とロバートスンはいった。「調査班は奇妙きてれつだといってるよ。それとももう一つ。われわれはピードモント周辺の州軍をチェックしてみた。百十二師団が百六十キロ半径の非常線を張り、八十キロの距離まで遮断地域内部のパトロールを行なっていることがわかった。ピードモント西方には百名以上が駐屯している。死者はない」

「ひとりも？　それはたしかか？」

「絶対に」

「ファントムが上空を通過した地域にも州兵が配置されているんだな？」

「そう。十二名。実をいうと、その飛行機のことを基地に連絡したのは彼らなんだ」

レヴィットがいった。「どうやら、墜落は偶然の一致らしいね」

ストーンはうなずいた。ロバートスンにむかって──「ぼくもピーターに賛成したい気持だ。地上で死者が出なかったとすると……」

「ひょっとすると、上空だけにあるのかもしれない」

「あるいはな。しかし、とにかくこれだけはわかっている。アンドロメダがどうして人間を殺すか。それは血液の凝固によってだ。分解作用でもなく、骨のクリーニングでもなく、ほかのどんなものでもない。血液の凝固によってなんだ」

「わかったよ」とロバートスンはいった。「当分、飛行機のことは忘れようじゃないか」

この言葉で、会談のけりはついた。

ストーンがいった。「培養した微生物の生物学的効力をたしかめておいたほうがいいな」

「ネズミで実験してみるかね？」

ストーンはうなずいた。「毒性をたしかめよう。まだこの前とおなじかどうかを」

レヴィットも同意した。その生物が突然変異しないかどうか、著しく効力の異なるものに変化しないかどうかを、つねに注意していなくてはならない。

ふたりが作業をはじめようとしたとき、第五レベルのモニターにスイッチがはいり、声が呼びかけた。「レヴィット博士、レヴィット博士」

レヴィットが応答した。コンピュータ・スクリーンには、白い実験衣を着た、明るい青年の顔が映っていた。

「なんだね？」

「レヴィット博士、いまコンピュータ・センターから脳波図の結果がはいりました。なにかのまちがいだとは思いますが……」

声がしりすぼみにとぎれた。

「それで？」とレヴィット。「なにか異常でも？」

「はい、先生の結果が、第四級、不定型、おそらく良性、と出たんです。できれば再検査し

「レヴィット博士は、手がすきしだい脳波図の再検査を受けられるよ」

「しかし、念のため、もう一度脳波をとらせていただきたいんです」

「そりゃなにかのまちがいだよ」

「きっとそうだ」

「このくそいまいましいルーチンには、ときどきむかっ腹が立つな」

たいと思いまして」

ストーンがいった。「そりゃなにかのまちがいだよ」

「そう」とレヴィット。「きっとそうだ」

「もちろんそうでしょう」と相手はいった。「しかし、念のため、もう一度脳波をとらせていただきたいんです」

「いまは手が離せないんだがな」とレヴィット。

ストーンが割ってはいり、相手の技術者へじかにいった。「レヴィット博士は、手がすきしだい脳波図の再検査を受けられるよ」

「わかりました」と技術者はいった。

スクリーンが空白になるのを待って、ストーンがいった。「このくそいまいましいルーチンには、ときどきむかっ腹が立つな」

「うん」とレヴィットは答えた。

ふたりがいよいよ培養されたコロニーの動物実験にかかろうとしたとき、コンピュータが、X線結晶構造解析の第一次報告ができあがったことを知らせた。ストーンとレヴィットは培地の動物実験をあとまわしにして、その結果を知るために部屋を出た。これはきわめて不幸な判断だった。なぜなら、もしふたりが培地の実験をしていたら、その時点で自分たちの思考がすでに横道にそれており、まちがった方向に進んでいることに気づいただろうからだ。

25　ウィリス

X線結晶構造解析によると、〝アンドロメダ〟生物は、ふつうの細胞が核やミトコンドリアやリボソームで構成されているのとはちがい、構成分子を持っていなかった。アンドロメダはなんの小単位も微分子も持っていない。その代わりに、外壁も内部もただ一つの物質からできあがっているらしい。そしてこの物質が、X線のある特有な回折写真、あるいは散乱パターンを生みだすのだ。

結果を見ながら、ストーンはいった。「六角形の輪の連続だ」

「そして、ほかにはなにもない」とレヴィット。「どうやって、こいつは機能するんだろう？」

かくも単純な生物がどうやってエネルギーを生長に利用できるのか、ふたりには説明がつかなかった。

「かなりありふれた環構造だ」とレヴィットがいった。「フェノール類の一つ、それだけのものにすぎん。とすれば、あまり活性はないはずだが」

「にもかかわらず、そいつはエネルギーを転化できる」

レヴィットは頭をかいた。そして夢の中の都市のアナロジーと、脳細胞のアナロジーを思いかえした。分子は一構造ブロックとしては単純なものである。一単位としてとりあげてみたときは、なんら目立った力を持っていない。だが集団としては、偉大な力を発揮する。

「おそらく、臨界レベルがあるんだろう」と彼は思いつきを口にした。「同形の単一構造ではできないものを可能にする、構造的な複雑性だ」

「あのチンパンジー脳の論法かね」とストーン。

レヴィットはうなずいた。だれが見ても、チンパンジーの脳は人間の脳に劣らず複雑である。構造的には小さなちがいしかないが、ただそのサイズに大きな差がある——人間の脳はより大きく、より多くの細胞、より多くの相互連結を持っている。

そしてこれが、ある微妙なかたちで人間の脳をちがったものにしているのだ（神経生理学者のトーマス・ウォルドレンは、チンパンジーと人間の差について、冗談半分にこういったことがある——『われわれはチンパンジーを実験動物として使うが、その逆は起こらない』）。

ストーンとレヴィットは数分間その問題に頭をひねっていたが、たまたまそこで、フーリエ電子密度走査の結果に目をひかれた。そこには、物質構造内の電子分布の確立が、地形図に似たかたちで示されていた。

彼らはある奇妙な点に気づいた。生物の構造はそのままだが、フーリエ図は一様でないのだ。

「まるで」とストーンがいった。「構造の一部が、なにかの方法でスイッチを切られたよう

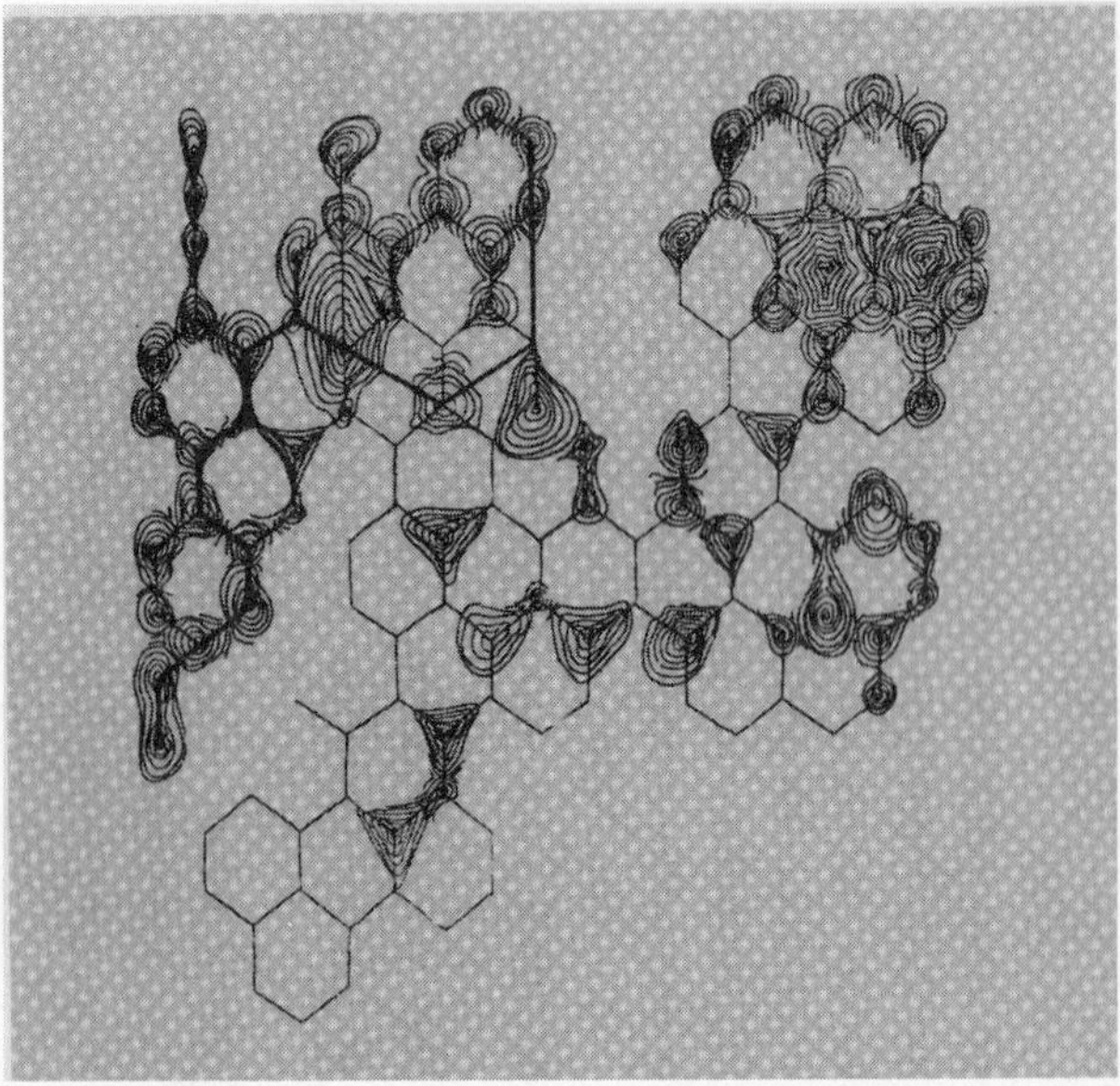

顕微鏡検査から作成したアンドロメダ構造の電子密度図。一見均質な
構造の中に活動性の変動があることを示したのは、この分布図である。
（ワイルドファイア計画提供）

に見える」

「結局、均質じゃなかったんだ」とレヴィット。

ストーンはフーリエ図を見ながら、ため息をついた。「いまになって、つくづく思うよ。このチームに、物理化学者をひっぱってくるべきだった」

口にこそ出さないが、そのあとには、「ホールの代わりに」という言葉がくっついていた。

疲れきったホールは、目をこすり、砂糖があったらと思いながらコーヒーをすすった。カフェテリアの中にいるのは彼ひとりで、隅のテレプリンターが小さくカタカタと音を立てているほかは、静まりかえっていた。

しばらくしてホールは腰を上げ、テレプリンターに近づいて、吐きだされたロール紙を調べた。大部分の情報はちんぷんかんぷんだった。

だが、そうしているうちに、DEATHMATCHプログラムからまわされたある新聞記事が目についた。DEATHMATCHはニュース走査を目的とするプログラムで、ある基準がコンピュータに与えられると、それに該当するすべての死亡ニュースを記録するようになっている。現在、コンピュータはアリゾナ－ネヴァダ－カリフォルニア地区のあらゆる死亡ニュースをピックアップし、それを複写するように命令されているのだ。

ホールの目についたニュースは、もしその前にジャクスンと話をしていなければ、おそらく見逃しただろう性質のものだった。

あの老人と話をしていたときには、長ったらしいわりにたいした収穫のない、無意味な会話と思っていたのだ。

だが、いまのホールは、その考えをあらためかけていた。

印字　プログラム
DEATHWATCH
DEATHMATCH／998
スケール7、Y、0。X、4、0
AP通信より逐語転写　778‐778

アリゾナ州ブラッシュリッジ発――きょう国道ぞいの深夜食堂で起きた集団殺人に、州警察ハイウェイ・パトロールの現職警官が関係している模様。この事件ただひとりの生存者は、フラッグスタッフ南方十六キロ、十五号国道ぞいのダイン・イーズ食堂につとめる、ウェートレスのサリー・コノーヴァーさん。

取り調べにさいして、コノーヴァーさんはこう語った。午前二時四十分ごろ、マーティン・ウィリス巡査が店にやってきて、コーヒーとドーナツを注文した。ウィリス巡査は前からよくこの店にきていた。食べおわるとウィリスは激しい頭痛を訴え、「胃潰瘍のやつがまたうずきだした」といった。コノーヴァーさんは、アスピリン二錠と茶匙一杯の重曹を与えた。ウィリスはそれをのみおわると、ほかの客たちをうさん臭そうに眺めて、「やつらはおれをつけまわしてるんだ」と彼女に耳打ちした。

コノーヴァーさんが答えようとしたとき、ウィリスは拳銃をひきぬいて、店内の客たちの頭をねらい、端から順々に射殺した。ウィリスはそれからコノーヴァーさんに向きなおって微笑をうかべ、「アイ・ラヴ・ユー、シャーリイ・テンプル」というと同時に、銃口を口にくわえて最後の一弾を発射したという。

コノーヴァーさんは取り調べのあと、当地の警察から釈放された。死亡者の氏名は現在なお調査中。

この項転写終わり

印字終わり

プログラム終わり

完了

ウィリス巡査が当夜のもっと早い時刻――疫病発生の直前――にピードモントを通過したことを、ホールは思いだした。ったのだ。ウィリス巡査は町に立ちよらずに、そのまま通りぬけてしまったのだ。

そして、しばらくのちに発狂した。

つながりは？

ホールは考えた。あるかもしれない。たしかに、いくつかの類似点が見られる――ウィリスは胃潰瘍にかかっており、アスピリンをのみ、そして最後に自殺をとげた。

むろん、それだけではなにも証明されない。ぜんぜん無関係な事件の連鎖かもしれない。しかし、いちおう調べてみる価値はある。

ホールはコンピュータ・コンソールのキーを押した。スクリーンがぱっとともり、ヘッドホンで髪を押さえた若い女性交換手が、画面からほほえみかけた。

「アリゾナ州ハイウェイ・パトロールの主任警察医につないでほしい。西地区というのがもしあれば、それを」

「承知しました」きびきびと彼女は答えた。

まもなく、スクリーンがふたたびともった。交換手だった。「スミッスン医師におつなぎします。アリゾナ州ハイウェイ・パトロール、フラッグスタッフ以西地区担当の警察医です。先方にはテレビ・モニターがありませんので、音声だけになりますが」

「ありがとう」とホールはいった。

プップッという音とブーンという音が聞こえた。ホールはスクリーンを見まもりつづけたが、すでに交換手はこの通話の音声を切って、ワイルドファイア研究所内からのべつの呼び出しに応じていた。ホールが彼女の顔をながめていると、まもなく、まのびした南部なまりの低音がきこえた。「もしもし」

「やあ、はじめまして」とホールはいった。「こちらは……フェニックスのドクター・マーク・ホールです。おたくのパトロール警官のウィリス巡査について、ちょっとお聞きしたいことがあるんですが」

「あの交換手はなにか政府関係の調査だといったが」とスミッスンはゆっくりといった。

「そうかね？」

「そのとおりです。まずおききしたいのは――」

「ドクター・ホール」まだゆっくりとした口調で、スミッスンはいった。「その前に、あんたの所属機関と身分を明らかにしてもらえんかな」

ホールは、ウィリス巡査の死におそらく法的問題がからんでいるのだろう、と気づいた。スミッスンは、それを懸念しているのかもしれない。

ホールはいった。「立場上、それを口外することは許されていないので――」

「ふん。いいかね、ドクター。わしは電話で情報を教えたりはせん。とくに相手が理由も明かさんような場合は、なおさらだ」

ホールは深呼吸した。「ドクター・スミッスン、そこをまげてなんとかお願い――」

「いくらお願いされても、どうにもならん。せっかくだが、それだけは――」

その瞬間、通話線にチャイムの音が聞こえ、機械的な声が棒読み口調でいった。

「お知らせします。これはテープ録音です。コンピュータ・モニターがこの通話線の状態を分析したところ、外部側で通話内容が録音されていることが判明しました。あらかじめお断わりしておきますが、部外者が公用機密通話を録音したときは、最低五年の懲役刑を科せられることがあります。もし、録音がこのままつづけられた場合、この通話は自動的に切断されます。以上、お知らせはテープ録音でした」

長い沈黙があった。スミッスンの仰天ぶりはありありと想像できた。ホール自身も、それを感じているのだから。

「いったいぜんたい、あんたが電話をかけてるそこはどういう場所だね？」ようやくのことで、スミッスンがたずねた。

「録音を切ってくれ」とホール。

すこし間をおいて、カチッと音がした――「わかった。切ったよ」

「ここは政府の機密施設だ」とホールはいった。

「なるほど。それにしてもだな――」

「はっきりいおう」とホール。「問題は非常に重大で、しかもウィリス巡査に関係しているんだ。むろんいまに彼に関する公判が開かれたときは、あなたも参考人として喚問されるだろう。われわれの調査しだいでは、ウィリス巡査のあの行動が疾病の結果によるもので、本人には責任がないことを証明できるかもしれない。だが、それはあなたが彼の病状について率直に話してくれないかぎり不可能だ。それにだね、ドクター・スミッスン、もしあなたがいますぐそれを話さなければ、政府の公式調査を妨害したかどで、十二年間ブタ箱へほうりこむことだってできる。信じたくなければ、どうぞご勝手に。しかし、信じたほうが利口だと思うね」

ひどく長い間隔をおいて、ゆっくりした答がもどってきた。「あんた、なにもそうむきになることはないだろうが。むろん、そういう事情なら、わしも――」

「ウィリスは胃潰瘍だったのか？」

「胃潰瘍？ いいや。あれは本人がそういっただけ、それとも、新聞がああ書いてるだけだ。わしの知るかぎり、胃潰瘍の気は全然なかった」

「ほかに、なにか医学的問題は？」

「糖尿病」とスミッスンは答えた。

「糖尿病？」

「そうだ。しかし、本人はのんきに構えとったがね。そう診断したのは、あの男が三十のときだから、五、六年前だった。かなりの重症でな。インシュリンを日に五十単位打っていたが。いまいったとおりで本人はあんまり熱心じゃない。注射をなまけて、昏睡状態で病院へ運びこまれたことも、一、二回あった。注射はきらいだといいおってな。あの男に車を運転させては剣呑なんで、休職させようという話も出た――ハンドルを握ってるときに、酸血症（アシドーシス）

でひっくりかえられたりしちゃ、ことだからね。やっこさんもその脅しがこたえたのか、以後注意すると約束した。わしの知るかぎりでは、それからはきちんとインシュリンの注射にきとったようだ」

「それはたしかか？」

「まあ、そう思う。ところで、あの食堂のウェートレスのサリー・コノーヴァーは、うちの捜査官に、ウィリスは一杯ひっかけてきたのか、息が酒くさかった、といったらしいがね。ウィリスという男は、平生、一滴の酒もたしなまんのだよ。信心深さを絵に描いたような男でな。タバコも酒もやらん。いつもまっとうに暮らしとった。糖尿病といわれて本人が業腹だったのも、そのせいらしい。そんな報いを受けるいわれはないという気持だったんだな」

ホールはやっと緊張を解いた。いまや核心に近づいたのだ。解答は手の届くところにある。決定的な解答、すべての鍵が。

「最後にもう一つだけききたい」とホールはいった。「ウィリスは、死亡当夜にピードモントの町を通ったかね？」

「通った。本人が無線連絡してきたそうだ。予定よりすこし遅れたが、いちおう通っていくと。どうして？　あそこでなにか秘密の実験でもやったのかね？」

「いや、ちがう」とホールは答えたが、スミッスンがそれを信じないだろうことはわかっていた。

「なあ、一つたのみたい。この事件じゃまったく頭が痛くてね、もしそちらでなにか有利な情報が――」

「あとで連絡するよ」ホールはそう約束して、通話を切った。

交換手の声がもどった。

「お話はすみましたか、ドクター・ホール？」

「すんだ。しかし、きみにたずねたいことがある」

「どういうことでしょうか？」

「だれかを逮捕する権限が、ぼくにあるかどうかを知りたいんだ」

「調べてみます。罪名はなんですか？」

「罪名はない。ある人間を拘束したいだけなんだが」

彼女が自分のコンピュータ・コンソールで調べるあいだ、しばらく時間があった。

「ドクター・ホール、陸軍軍人をひとり指名して、この計画の関連参考人と面談する権限を与えられてはいかがでしょうか。この面談は四十八時間まで認められます」

「ありがとう。手配してくれ」

「承知しました。面談の相手は？」

「スミッスン医師だ」

交換手はうなずき、スクリーンが空白になった。ホールはスミッスンにすまないとは思ったが、さほど気の毒には感じなかった。何時間か不快な思いをしてもらわなければならないが、まあそれだけのことだ。しかし、ピードモントに関する噂が飛ぶのだけは、どうしても防ぎたい。

椅子の背にもたれて、いましがた知ったことを考えなおしてみた。胸がわくわくしており、自分が重大な発見のまぎわにいるのが感じられた。

三人の人間——

インシュリン注射をなまけた、酸血症の糖尿病患者。

ステルノとアスピリンを飲んで、やはり酸血症になっている老人。

生後二ヵ月の赤んぼう。

その中のひとりは数時間生きながらえた。あとのふたりはそれ以上——おそらくこのままずっと生きながらえるだろう。ひとりは発狂し、あとのふたりは発狂しなかった。この三人にはなにかの共通点がある。

きわめて簡単なことが。

酸血症。せわしい呼吸。炭酸ガス含有量、酸素飽和。眩暈(めまい)。疲労。どこかで彼らは論理的につながっている。そして、アンドロメダをうち負かす鍵は、そこに隠されているのだ。

その瞬間、警報ベルがかん高い音で鳴りだし、あざやかな黄色のライトが点滅をはじめた。

ホールは椅子をけって部屋をとびだした。

26 事故発生

廊下に出たホールの目に、事故発生現場を知らせる電光掲示板の文字がとびこんだ――**解剖室**。およその見当はついた。なにかの原因で気密シールが破れ、汚染が起きたのにちがいない。それで警報が鳴りだしたのだ。

ホールが廊下を走りだすのといっしょに、拡声器が静かな、おちついた声でいった。「解剖室でシールが破れました。解剖室でシールが破れました。非常警報」

カレン・アンスンが実験室から出てきて、ホールにたずねた。「どうしたんでしょう？」

「バートンだと思う。感染拡大だ」

「博士はぶじでしょうか？」

「どうかな」ホールは走りながらいった。彼女もついてきた。

レヴィットが**形態学実験室**のドアから現われ、ふたりに仲間入りして、ゆるいカーブの廊下を走りだした。年のわりにはいい動きだ、とホールが内心で思ったとき、だしぬけにレヴィットが足をとめた。

レヴィットは廊下にくぎづけされたように動かなくなった。そして、前方で点滅している電光掲示板とその上のライトをじっと見つめていた。

ホールはふりむいてアンスンをうながした。「早くいこう」

しばらくして、彼女がいった。「ドクター・ホール、あのようすはへんですわ」

レヴィットは身動き一つしない。目をひらいて立ってはいるが、それ以外は眠っているのとおなじだった。腕はだらんと両脇に垂れていた。

「ドクター・ホール」

ホールは足をとめ、そしてもどってきた。

「おい、ピーター、早くいこう。きみがこなくちゃ、話に――」

彼はそこまでで口をつぐんだ。レヴィットにはきこえたようすがない。点滅をくりかえすライトを、まっすぐに凝視しているだけだ。ホールが顔のすぐ前で手を動かしてみても反応は見られない。やっとそこで、ホールは回転灯についてのこれまでのいきさつを思いだした。

レヴィットが閃光から顔をそむけ、作り話でその場をごまかしたことを。

「くそったれめ」とホールは毒づいた。「よりにもよってこんなときに」

「なんですか、いったい？」とアンスンがきいた。

レヴィットの唇の隅から、泡になった唾があふれだしていた。ホールはすばやくレヴィットのうしろにまわり、アンスンに命じた。「彼の前へまわって、目を覆ってくれ。あのライトのまたたきを見せないようにするんだ」

「どうしてですか？」

「あれが毎秒三回の割りで点滅しているからだ」

「というと――」

「もう、いつ倒れるかもしれん」

そのとおりだった。

おそろしいスピードでレヴィットの膝が折れまがり、そのまま床に倒れた。仰向けに横たわった全身に痙攣がはじまった。まず手と足の先、それが四肢ぜんたいにおよび、さらに全身へひろがった。レヴィットは歯を食いしばり、あえぐような高い悲鳴をもらした。頭をガンガン床にうちつけた。ホールはレヴィットの後頭部へ片方の靴をすべりこませ、頭を靴の爪先で受けとめた。固い床に頭をぶつけさせるよりは、このほうがいい。

「口をあけさせようとしてもむだだ」とホールは助手にいった。「できはしない。固く食いしばってしまっている」

ふたりが見まもるうちに、レヴィットの腰のあたりに黄色いしみがひろがりはじめた。

「てんかんの持続状態にはいるかもしれない」ホールはいった。「薬局でフェノバルビタールを百ミリもらってきてくれ。いますぐ。注射器に入れて。必要なら、あとでジランチンを」

レヴィットは、食いしばった歯のあいだからけもののようにうなりを上げた。体が一本の棒のようになり、なんども強く床を打った。

まもなく、アンスンが注射器を持ってもどってきた。ホールはレヴィットの緊張が解け、痙攣の発作がおさまるのを待って、バルビツール塩を注射した。

「そばにいてやってくれ」とアンスンにいった。「もし、また発作が起きたら、ぼくのやったように——靴の先を頭の下に入れてやるんだ。もう心配ないと思う。動かしちゃいけない」

そういいおいて、ホールは解剖室へと走りだした。

数秒間、解剖室のドアをあけようと試みてから、ホールはそれがすでに閉鎖されていることに気づいた。この部屋は汚染されたのだ。彼が中央制御室へまわると、そこにはストーンが内線テレビのモニターでバートンを見つめていた。

バートンはおびえきっていた。真青な顔、あえぐような短く浅い呼吸、声も出ない。そのようすが、彼のおかれている状況を端的に物語っていた。死の瞬間を目前に控えた男。

ストーンはなんとか彼を安心させようとしていた。「気をらくに持て、気をらくに。だいじょうぶだ。気をらくに持て」

「こわいんだ」とバートン。「こわくてたまらん……」

「心配するな」ストーンは静かな声でいった。「アンドロメダは、酸素の中ではあまり活動しない。いま、きみの部屋に純酸素を送りこんでいる。当分はそれで食いとめられるはずだ」

ストーンはホールに向きなおった。「なにを手間どっていたんだ。レヴィットは？」

「発作を起こした」

「なに？」

「ここの回転灯が毎秒三回点滅する、その閃光を見て発作が起こった」

「なんだって？」

「小発作（プチ・マル）だよ。そいつが大発作（グラン・マル）に移行した——強直性と間代性（かんだいせい）痙攣、それに尿失禁まで。フェノバルビタールを注射してから、急いでここへきたんだ」

「レヴィットはてんかんだったのか？」

「そのとおり」

ストーンはいった。「きっと自分でも知らなかったんだろうな。自覚してなかったんだ」

そういったあとで、ストーンは脳波図の再検査請求のことを思いだした。

「いや、彼はちゃんと知っていたさ」とホールがいった。「発作の原因になる回転灯を避けていたからね。彼が知っていたことはたしかだ。とつぜんわけがわからなくなって、人生の数分間をどこかへ失い、あとでなにがあったか思いだせない——そんな発作を、これまでにも経験していたことはたしかだ」

「容体は心配ないのか？」

「鎮静剤をつづけておけば」

ストーンは話をもどした。「バートンには純酸素を送りつづけている。なにかがつかめるまでは、それでなんとかもつだろう」ストーンは、バートンとの音声連絡マイクのスイッチを切った。「実をいうと、ポンプの作動開始までには数分間かかるんだが、バートンにはもうはじめたといってある。彼はあそこで閉じこめられているから、感染はあの部位でとまっているわけだ。研究所の残りの部分は、すくなくとも安全だ」

ホールはいった。「どうして起こったんだ？　汚染が」

「シールが破れたのにちがいない」とストーンは答えてから、低い声でつけたした。「遅かれ早かれ、それが起こることはわかっていたよ。どんな隔離ユニットでも、ある期間ののちには故障が起きる」

「つまり、偶発事件だというのか？」

「そうだ」とストーン。「単なる偶然の事故だよ。たくさんのシール、たくさんのゴム、これこれの厚み。時間が経てば、いつかはどこかが破れる。バートンは、たまたま運わるくそれにでくわしたんだ」

ホールは、ことをそう簡単に考えられなかった。彼はバートンをながめた。相手は恐怖に胸を波打たせ、せわしなく息を吐いていた。

ホールはいった。「もうどれぐらいたつ？」

ストーンはストップ時計に目をやった。ストップ時計は、非常事態が発生したとき自動的にスイッチのはいる、特殊な計時装置である。いまストップ時計は、シールが破れてからの経過時間を示していた。

「四分」

ホールはいった。「バートンはまだ生きている」

「ありがたいことにな」そういってから、ストーンは眉をよせた。彼もその言葉の意味に気づいたようだった。

「なぜ、彼はまだ生きているんだろう？」とホールはいった。

「酸素が……」

「いま、酸素は送ってないといったばかりじゃないか。なにがバートンを保護しているんだろう？」

そのとき、バートンの声がインターホンから聞こえた。「聞いてくれ。ひとつたのみがある」

ストーンがマイクのスイッチを入れた。「なんだね？」

「カロシンをくれ」とバートン。

「いかん」ストーンは言下にはねつけた。

「ばかいうな、問題はこっちのいのちだぞ」

「だめだ」とストーン。

ホールはいった。「いちおう試すべきかも――」

「絶対にいかん。それだけはできない。たとえ一度でも」

カロシン事件は、おそらく最近十年間でもっともよくたもたれたアメリカの秘密だろう。

カロシンは、一九六五年春、ジェンセン製薬会社が開発した薬剤で、UJ４４７５９Ｗあるいは略してＫ‐９という実験名でも呼ばれていた。開発のきっかけになったのは、ジェンセン社が新化合物に対して常時おこなっているスクリーニング・テストの結果だった。

製薬会社の大部分がそうであるように、ジェンセン社も、すべての新薬を分散的アプローチで試験していた。それらの化合物に対して、生物学的に有意な薬効が判別できるような一連の標準テストを実施するのだ。これらのテストには、ラット、イヌ、サルなどの実験動物が使われた。テストの数はぜんぶで二十四あった。

こうして、ジェンセン社はＫ‐９の風変わりな性質を発見した。つまり、生長抑制作用である。この薬剤を与えられた動物は、完全な成獣の大きさに達することができない。

この発見が促進したかたちの第二次テストは、さらに興味ぶかい結果を示した。Ｋ‐９は、ガンの先駆症状である化生（メタプラジア）――正常な体細胞の新しい異様な形態への移行――を抑制したのだ。ジェンセン社は興味をそそられ、この薬剤を徹底的な研究調査にかけた。

一九六五年九月には、すでに疑問の余地はなくなっていた――カロシンはガンを制圧するのである。未知のメカニズムによって、それは骨髄性白血病の原因となるウィルスの増殖を抑制した。この薬剤を与えられた動物は発病しないし、すでに発病した動物も、この薬剤の投与によって著しい症状の改善が見られた。

ジェンセン社は興奮を抑えられなかった。まもなくこの薬剤が、広域スペクトルの抗ウィルス物質であることが判明した。カロシンはポリオ、狂犬病、白血病、そして普通のいぼのウイルスにいたるまでを殺す。また、ふしぎなことに、この薬剤は細菌も殺してしまう。そして真菌類も。

そして寄生菌類も。

なぜかこの薬剤は、単細胞構造あるいはそれ以下の全生物に対して破壊的作用をおよぼすのだ。しかし、器官系――より大きい単位として組織された細胞の集団――には、なんの影響も与えない。その点で、この薬剤は完全に選択的である。

カロシンは事実上、万能抗生物質ともいえた。カロシンはあらゆるもの、鼻カゼの病原体までを殺す。むろん副作用はある。腸内の正常な細菌までが全滅するために、この薬剤の使用者は激しい下痢に見舞われる。しかし、ガンが治ることを思えば、それは小さな代償に思えた。

一九六五年十二月、カロシンに関する情報が、政府機関および衛生関係者の上層部へ内密に知らされた。ここではじめて、この薬剤への反対論が生まれた。ジェレミー・ストーンをはじめとする人びとが、カロシンの全面的使用禁止を主張したのだ。

しかし、彼らの主張の理由は純理論的なものに思われたし、いっぽう数十億ドルの利益を目前にしたジェンセン社は、臨床実験継続の許可をとりつけようとやっきだった。その結果、政府と、HEW（衛生・教育・福祉局）、FDA（食品・医薬品局）がともにジェンセン社の要求を受けいれ、ストーンらの抗議をけって、臨床実験の許可をくだした。

一九六六年二月、第一回の臨床投与実験がおこなわれた。この実験には不治のガン患者二十人と、アラバマ州立刑務所からの健康体の志願者二十人が参加した。四十人の被験者たちは一ヵ月間にわたって、毎日この薬剤を服用した。結果は予想どおりだった。健康な被験者は不快な副作用を経験したが、べつに重大なものではなかった。ガン患者たちは、治癒と思われるほど著しい症状の改善を見た。

一九六六年三月一日、四十人の患者への薬剤投与は切りあげられた。それから六時間以内に、彼らは全員死亡した。

ストーンが最初から予言していたとおりだった。彼が指摘したのは、人類が何十世紀もの歳月のあいだにおおかたの微生物に対する微妙に調節された免疫性を身につけた、という事実である。ヒトの皮膚にも、空気中にも、肺にも、胃腸にも、そして血流の中にさえも、何百種類というウイルスや細菌が存在する。それらは危険な潜在力を持っているが、長年のあいだにヒトがそれに適応した結果、いまでは疾病の原因になるものはごく少数にすぎない。

しかし、これは丹念に積み重ねられた平衡状態である。もしそこへ、あらゆる細菌を殺すような新薬を導入すれば、このバランスはくつがえされ、何十世紀もの進化の結果が破壊される。そして重複感染の問題――新しい病気を生む新しい微生物の問題――に道を開くことになる。

ストーンの指摘は正しかった。四十人の被験者は、それぞれこれまで見たこともない、不可解なおそろしい病気で死んでいった。あるものは、頭から爪先まで、全身が熱を持って大きく腫れあがり、最後に肺水腫による窒息で死んだ。べつのひとりは、数時間で胃を食いつくす微生物の餌食になった。三人目は、脳をゼリーのように溶かすウイルスにおそわれた。例をあげればきりがなかった。

ジェンセン社は、この新薬に関する研究の続行をしぶしぶ断念した。政府は、ストーンの予測が的中したことを認め、彼の最初の提案をいれて、カロシンに関するいっさいの情報公開と実験を厳重に禁止した。

こうしてこの事件が落着してから、もう二年になる。

いま、バートンはその薬剤を与えろと要求したのだ。

「いかん」とストーンはいった。「とんでもない話だ。一時的な治療にはなるかもしれんが、薬をやめたらさいご、絶対に助からんぞ」

「あっさりいえるな。高みの見物なら」

「こんなことがあっさりいえるか。こっちだって断わるのはつらいんだ」ストーンはマイクを手で覆うと、ホールをふりかえった。「酸素がアンドロメダ菌株(ストレイン)の生長を抑制することは、まちがいない事実だ。打つ手はそれしかない。酸素を送りこめば、バートンもらくになるだろう──すこし頭がぼんやりし、緊張がほぐれ、呼吸もゆるやかになる。なにしろ、やっこさんは死ぬほどおびえているからな」

ホールはうなずいた。なぜか、ストーンの使った言葉が心にひっかかった──死ぬほどおびえている。彼はしばらくそれについて考え、そしてストーンが重大ななにかをいいあてたことに気づいた。その言葉が鍵だ。それが解答なのだ。

「どこへ行く?」

「考えてみたいことがあるんだ」

「なにを?」

「死ぬほどおびえるということを」

27 おびえ

ホールは自分の実験室にもどり、ガラスごしに老人と赤んぼうを見つめた。ふたりの姿を見ながら考えようとしたが、頭の中は狂ったように渦巻いていた。筋道立った思考はとてもできそうになく、発見のまぎわにきたというさっきの気分は、すでに失われていた。

数分の間、老人を凝視しつづけていると、頭の中にきれぎれのイメージが通りすぎた――胸をかきむしりながら死んでいくバートン、恐慌状態のロサンジェルス、いちめんにころがった死体、コントロールを失って暴走する車の群れ……。

そこまできて、ホールは自分もやはりおびえていることに気づいた。死ぬほどおびえている。その言葉がまた心によみがえった。

死ぬほどおびえている。

とにかく、それが答なのだ。

論理的な思考を自分の脳に強制しながら、ホールは最初からゆっくり考えなおした。

糖尿病の警官。インシュリン注射を受けず、よくケトン酸血症におちいることのあった警官。

ステルノを飲み、メチル中毒と酸血症を起こしていた老人。

そして、赤んぼう。だが、赤んぼうはなにを……酸血症になるような、なにをしたというのだ？

ホールは首をかしげた。いつも最後にもどってくるところは、あの赤んぼうだ。酸血症でない、正常な赤んぼう。ホールはため息をついた。

最初からやりなおしだ、と自分にいいきかせた。論理的になれ。もし、ある人間が代謝的酸血症――なんらかの種類の酸血症――に罹っていたらどうするだろうか？

その人間は体内に多くの酸を持ちすぎている。酸が多すぎれば、死も起こりうる。ちょうど、塩酸を静脈へ注射したときのように。

酸の過多は死を意味する。

しかし、人体はその補整ができる。呼吸を速めることによって。なぜなら、そうすることで肺が炭酸ガスをどんどん排出し、したがって、炭酸ガスが血液の中で作りだす炭酸の量が減っていくからだ。

酸をとりのぞく一つの方法。

速い呼吸。

そして、アンドロメダは？　酸血症の人間が速い呼吸をしていたとき、あの生物にはなにが起こるのか？

たぶん、速い呼吸によって、あの生物は血管壁へ侵入するほど長く肺にとどまれなくなるのだろう。たぶん、解答はそれかもしれない。しかし、そう考えるのと同時に、ホールはかぶりをふった。ちがう——もっとべつのことだ。なにか単純であからさまな事実だ。わかりきった、だがどういうわけか、いままで気づかないでいるなにかだ。

あの生物は肺から人間をおそう。

そして、血流に侵入する。

好んで集中するのは、動脈と静脈の血管壁、とくに脳の血管壁。

そこで、損壊を生みだす。

それが血液凝固を招く。凝血現象が全身にひろがるか、でなければ出血を起こして、発狂から死にいたる。

しかし、それだけの急速で猛烈な破壊を生みだすには、おびただしい生物の数が必要だ。何百万個、何千万個も、動脈と静脈に集まらなければならない。呼吸だけでは、おそらくそれだけの数は吸入できないのではないか。

とすれば、その生物は血流の中で増殖するのにちがいない。

非常な速度で、想像を絶した速度で。

だが、もし酸血症だったら？　それが増殖をとめるのだろうか？

おそらく。

ふたたび、ホールはかぶりをふった。ウィリスやジャクスンのような酸血症の人間には、その論法が成り立つかもしれない。だが、赤んぼうは？

あの赤んぼうは正常だ。それがもし速い呼吸をしたら、酸血症ではなく、逆に酸の少なすぎるアルカリ血症になる。赤んぼうは正反対の極に行きついてしまう。

ホールはガラスごしに目をやった。彼がそうするのを待っていたように、赤んぼうが目をさました。とたんに、赤んぼうは顔をむらさき色にして泣きだした。小さな目にしわを寄せ、つるつるした歯ぐきだけの口で泣きさけんだ。

死ぬほどのおびえ。

もう一つは、あのときの鳥だ。高い代謝率、高い心搏率、高い呼吸率を持った鳥類。なにもかもが速い鳥類。彼らもやはり生き残った。

速い呼吸によって？

ことはそんなに単純だろうか？

彼は首を横にふった。そんなはずはない。

腰をおろし、目をこすった。頭がずきずきするし、疲れきっていた。いつ死ぬかもしれないバートンのことが、しきりに気になった。ひとり閉じこめられてすわっているバートン。

ホールは自分が緊張に耐えられなくなっているのを感じた。だしぬけに、ここから逃れたい、このすべてから逃げだしたいという、圧倒的な衝動がわいた。

テレビ・スクリーンがカチッと音を立ててついた。カレン・アンスンが画面に現われた。

「ドクター・ホール、病室へレヴィット博士を収容しました」

ホールは無意識のうちに答えていた。「すぐいく」

ホールはそれが奇妙な行動なのを知っていた。レヴィットを見にいく理由はなにもない。レヴィットは充分な手当を受け、もう危険は去っている。彼を見舞いにいくのは、ほかの、より重大な問題を忘れたいからだ、とホールは自覚していた。病室にはいりながら、良心のとがめを感じた。

アンスンがいった。「博士は眠っておられます」

「発作後睡眠だ」とホールはいった。発作のあとの患者は眠ることが多い。

「ジランチンをはじめましょうか?」

「いや。ようすを見よう。フェノバルビタールだけで充分かもしれない」

彼はゆっくりとていねいに、レヴィットの診察をはじめた。それを見ていたアンスンがいった。

「疲れておられますね」

「ああ」とホール。「とっくに寝る時間なんだよ」

ふだんの日なら、いまごろは家路をさして、高速道路を走っているところだろう。そしてレヴィットもだ――パシフィック・パリセーズにむかって。サンタ・モニカ高速道路を。

つかのま、その光景がまざまざと頭にうかんだ。這うような歩みでのろのろと進んでいく、長い車の列。

そして、道路わきの標識。速度制限――最高65最低40。ラッシュ・アワーには、いつもそれが残酷な冗談に思える。

車のスピードが遅すぎても危険なのだ。交通流はかなり一様なスピードをたもたなければならない――最高と最低の差をできるだけ少なく、そして……。

最高と最低。

はっとホールは気づいた。

「おれはばかだった」とさけんだ。

そして、コンピュータにとりついた。

何週間かあとで、ホールはそれのことを彼の〝ハイウェイ診断〟と名づけた。その原理はあまりにも簡単で、あまりにも明々白々としており、これまでだれもそれに気がつかなかったのがふしぎにさえ思えた。

コンピュータへGROWTHプログラムのコードを入力しながらも、彼は興奮におそわれていた。三度もキーを打ちなおした。指がまたしてもミスをおかすのだ。

ようやく、プログラムが立ちあがった。ディスプレイに、彼の希望したものが現われた――pH、つまり酸アルカリ度の変動に対するアンドロメダの生長関数である。

結果は明瞭そのものだった――

アンドロメダ菌株（ストレイン）の生長は、せまい範囲にかぎられている。もし培地の酸性が強すぎると、この生物は増殖しない。アルカリ性が強すぎても、増殖しない。よく生長するのは、pH七

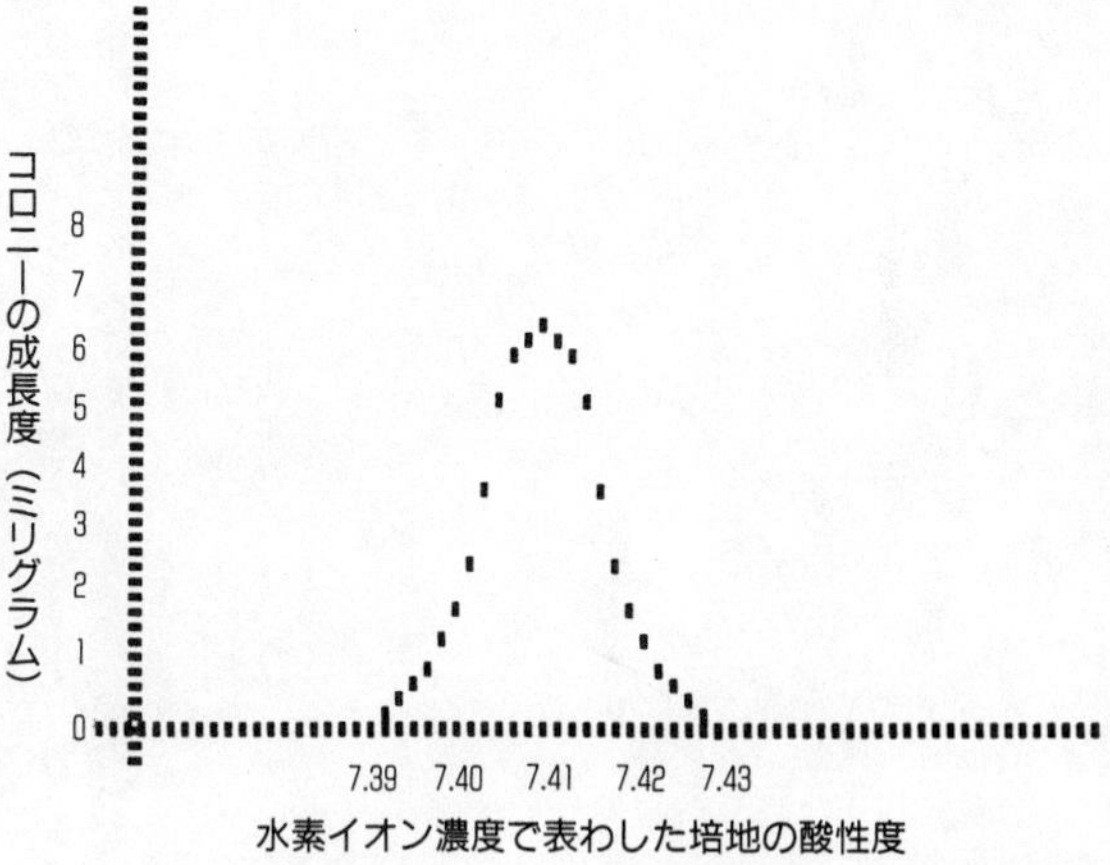

相関表に見出された歪度、
平均値、最頻度、標準偏差
を修正した
MM-76
座標呼び出し
0,Y,88,Z,09.

データ・チェック

印字終わり

・三九から七・四三の範囲内だけだ。

ホールは一瞬そのグラフに目をこらしてから、ドアのほうへ走りだした。廊下へ出しなに、彼はにっこりアンスンに笑いかけた。「すべてが解決だ。われわれのトラブルは終わったよ」

これはとんでもない思いちがいだった。

28　テスト

中央制御室で、ストーンは実験室のバートンを映しだしたスクリーンに目をこらしていた。

「酸素を送っているところだ」とストーンがいった。

「中止しろ」とホール。

「なんだって？」

「早くとめるんだ。ふつうの空気に変えろ」

ホールはバートンをながめた。スクリーンで見ても、酸素が効果を現わしはじめているのは明らかだった。バートンはさっきほどせわしない呼吸をしていない。胸の動きがゆっくりしてきた。

彼はマイクをとりあげた。

「バートン、こちらはホールだ。解答をつかんだぞ。アンドロメダ菌株（ストレイン）は、限られたpHの範囲内でしか生長しない。わかるか？　きわめてせまい範囲だ。だから、酸血症かアルカリ血症になれば、心配はなくなる。それには、呼吸によるアルカリ血症を起こせばいい。つまり、呼吸をできるだけ速めればいいんだ」

バートンがいった。「しかし、これは純酸素だぞ。過呼吸を起こして、倒れてしまう。いまでも、すこし目まいがするぐらいだ」

「いや。いま、ふつうの空気に切りかえるよ。さあ、呼吸をできるだけ速めて」

ホールはストーンをふりかえった。「彼に炭酸ガスの多い空気を与えてくれ」

「しかし、炭酸ガスが生長を促進させるんだぞ！」

「知ってる。だが、血液のpHが不利な場合は話がちがう。いいかね、そこが問題なんだ――空気には関係なく、血液に関係がある。だから、バートンの血液を、この生物に好ましくない酸平衡に保たせればいい」

ストーンはとっさに理解した。「そうか、あの子は泣きわめいていた」

「そうなんだ」

「そして、あの老人はアスピリンによる過呼吸」

「そう。おまけにステルノを飲んでいた」

「そして、ふたりとも酸塩基平衡がめちゃくちゃになっていたわけか」とストーン。

「そうだ」とホール。「ぼくの失敗は、酸血症にとらわれすぎたことだった。あの赤んぼうがどうして酸血症になるのか、いくら考えてもわからなかった。もちろん、あの子はもともとそうでなかった、というのがその答だ。あの子はアルカリ性に――酸の過少状態になっていた。だが、それでよかった――酸が多くても少なくても、どちらでもいい――アンドロメダの生長範囲さえはずれていれば」

彼はバートンに向きなおった。「もう、だいじょうぶだよ。速い呼吸をつづけるんだ。休んではいけない。肺を動かして、炭酸ガスをどんどん吐きだせ。気分はどうだ？」

「だいじょうぶ」バートンは息をはずませながらいった。「こわいが……気分は……いい」

「よし」

「ちょっと」とストーンがいった。「いつまでもバートンをあのままにはしておけないぞ。遅かれ早かれ――」

「そのとおりだ」とホール。「彼の血液をアルカリ化しよう」

バートンにむかって――「実験室の中をさがしてくれ。血液の pH を上げられるようなものはないか？」

バートンは中を探した。「いや、なさそうだな」

「重曹は？　アスコルビン酸は？　酢酸は？」

バートンは実験室の棚のビンと試薬の中を必死にさがしまわってから、最後に首を左右にふった。「ここにはなにも使えるものがない」

ホールはほとんどその言葉を聞いていなかった。バートンの呼吸数をかぞえていたのである。一分間に三十五回、深くて大きい。しばらくはそれでいいが、いずれは疲れ果ててしまう――呼吸は重労働なのだ。それとも、昏倒するかもしれない。

彼はスクリーンをつうじて実験室を見まわした。ネズミを目にとめたのはそのときだった。一ぴきのダイコクネズミが、部屋の片隅の檻で静かにうずくまり、バートンをながめている。

ホールは視線をとめた。

「あのネズミは……」

ネズミはおちつきはらって、のんびりと呼吸していた。ストーンもネズミに気がついた。

「どうなってるんだ……」

その瞬間、ふたりの見つめるまえで、ふたたびライトがまたたきはじめ、ディスプレイに文字が現われた。


V－112－6886ガスケットに初期的変質発生

「ちくしょう」とストーンがつぶやいた。

「どこへ通じる継ぎ手(ガスケット)なんだ？」

「中央空洞(セントラル・コア)のガスケットの一つだ。ぜんぶの実験室につながっている。メイン・シールは——

——」

コンピュータがふたたび知らせてきた。

A－009－5478
V－430－0050
N－966－6656各ガスケットに変質発生

ふたりは茫然とディスプレイを見つめた。

「なにかがおかしい」とストーンがいった。「ありえないことだ」

コンピュータはやつぎばやに、また九個のガスケットが崩壊中であることを知らせた。

「わけがわからん……」

そのとき、ホールがさけんだ。「あの子だ。むろん、そうだったんだ！」

「あの子？」

「それとあのくそったれな飛行機だ。すべてのつじつまが合う」

「いったいなんのことだ？」とストーン。

「あの子は正常だった」とホール。「あの子は泣きわめき、自分の酸塩基平衡をくずした。そこまではいい。それによって、アンドロメダ菌株が血流にはいり、増殖し、死を招くのが妨げられた」

「わかった、わかった」とストーン。「それはさっききみから聞いたばかりだ」

「しかし、子供が泣きやんだらどうなる？」

ストーンはまじまじと彼を見つめた。なにもいわなかった。

「つまり」とホールは説明した。「遅かれ早かれ、あの子も泣きやむときがくる。永久に泣きつづけてはいられない。いずれは泣きやみ、そして酸塩基平衡が正常にもどる。そのときは、アンドロメダに対する抵抗力がない」

「たしかに」

「だが、あの子は死ななかった」

「たぶん、なにか急速な免疫性が――」

「いや。それはありえない。説明は二つしかない。子供が泣きやんだとき、すでにあの生物がそこに存在しなかった――つまり、すっかり風に吹きとばされていた――か、それとも、あの生物が――」

「変化したかだ」とストーン。「突然変異」

「そう。非感染形態に突然変異したんだ。そして、おそらくいまも突然変異をつづけている。いまのそれは、人体にとって直接有害ではなくなったが、その代わりにゴムのガスケットを食い荒らすようになった」

「あの飛行機もだな」

ホールはうなずいた。「地上の州兵たちにはなんの被害もなかった。ところが、パイロットは、目の前でプラスチックを分解され、墜落する羽目になった」

「では、バートンがいまさらされているのは無害な微生物か。だから、ネズミがまだ生きているんだな」

「だから、バートンも生きてるんだ」とホール。「呼吸を速める必要はなかった。彼が生きているのは、アンドロメダが変化したからだ」

「それはまた変化するかもしれない」とストーンがいった。「もし、突然変異の大半が、増殖の時期、生物のもっとも急速な生長期に起こるとすると——」

サイレンが鳴りはじめ、コンピュータが赤いメッセージを明滅させた。

ガスケット被覆性ゼロ　第五レベル汚染のため閉鎖

ストーンはホールをふりかえった。

「はやく」とストーンはいった。「ここを出るんだ。この実験室には副ステーションがない。となりのセクターへ行かなくちゃだめだ」

一瞬、ホールはぽかんとしていた。そのまま椅子にすわりつづけていたが、だしぬけに理解が生まれ、あわててドアへ突進し、廊下へ出た。そのとたん、シューッという音が聞こえ、巨大な鋼鉄板が壁から滑り出てきて廊下を遮断した。

ストーンは罵りを上げた。「ちくしょう、遅かった。これで袋のネズミだ。これであの爆弾を爆発させたら、あの生物は全地球にひろがる。無数の突然変異株ができて、千差万別のやりかたで人間をおそう。そうなったらさいご、打つ手はない」

スピーカーから、単調で機械的な声がくりかえしていた。「このレベルは閉鎖されました。このレベルは閉鎖されました。緊急警報。このレベルは閉鎖されました」

つかのま沈黙があり、ひっかくような雑音につづいて、新しい録音の声——ネブラスカ州オマハのミス・グラディス・スティーヴンズ——が静かに告げた。「核爆発による自爆まであと三分です」

29　三分間

新しいサイレンのうなりが加わり、ぜんぶの時計の針がかちっと一二〇〇時にもどって、その秒針が時を刻みはじめた。ストップ時計は赤く輝き、文字盤の上の緑の線が起爆の時刻を示していた。

そして、機械の声が穏やかにくりかえした。「爆破まであと三分」

「全自動だ」とストーンが静かにいった。「このレベルが汚染されると同時に、システムが動きだす。なんとかとめなくては」

ホールは鍵を握りしめていた。「副ステーションへいく方法はないのか？」

「このレベルではだめだ。各セクターが相互に遮断されている」

「しかし、ほかのレベルには副ステーションがあるんだな？」

「ある……」

「どうやって登ればいい？」

「登れない。通常ルートは全部閉鎖されている」

「中央空洞（セントラル・コア）は？」セントラル・コアはすべてのレベルと連絡している。

ストーンは肩をすくめた。「防衛装置が……」

ホールは前にバートンと、セントラル・コアの防衛装置のことを話しあったのを思いだした。理論的には、いったんセントラル・コアの中へはいれば、屋上まで直通できるはずである。しかし、実際には、それを防ぐために、空洞の周囲にリガミン感知装置が設けてある。本来の目的は実験動物がセントラル・コアに逃げだしたとき、その脱出を予防するためで、センサーが矢毒クラーレの誘導体である水溶性のリガミンを、ガスのかたちで噴射するようになっている。同時に、リガミンの毒矢を発射する自動銃も備えつけられている。

機械の声がいった。「爆破まであと二分四十五秒」

ホールはすでに実験室にひきかえして、ガラスごしに内部作業区をにらんでいた。そのむこうがセントラル・コアである。

ホールはいった。「成功の確率は？」

「ないも同然だ」ストーンが答えた。

ホールは身をかがめて、トンネルからプラスチック服の中に這いこんだ。それが背後で密封されるのを待ってから、ナイフでトンネルを尻尾のように切り落とした。彼は内部の空気を吸いこんだ。ひやっこく新鮮なその空気には、〝アンドロメダ〟生物が混じっているのだ。なにごとも起こらない。

実験室の中では、ストーンが彼をガラスごしにながめていた。ホールは相手の唇が動くのを見たが、なにも聞こえなかった。一瞬後、スピーカーのスイッチがはいって、ストーンの声が伝わってきた。「——最高の工夫をした設備なんだ」

「なにが？」

「防衛装置」

「感謝感激だな」ホールはゴムのガスケットへとむかった。それは円形で思ったより小さく、セントラル・コアにつながっていた。

「チャンスは一つだけある」とストーンがいった。「毒物の用量が少ない。大型のサル、十キロ程度の動物を目安に計算されている。きみの体重は七十キロぐらいあるだろう。だから、かなり大量を吸収するまで——」

「呼吸はとまらない」

クラーレの犠牲者は、呼吸筋と横隔膜の麻痺で窒息死する。それが苦しい死にかたであることを、ホールは知りぬいていた。

「幸運を祈ってくれ」ホールはいった。

「爆破まであと二分三十秒」とグラディス・スティーヴンズの声。

ホールがガスケットを拳固でなぐりつけると、それは微粉の雲になって飛び散った。ホールはセントラル・コアにもぐりこんだ。

静寂。ホールは第五レベルのサイレンと明滅光から隔離され、金属に囲まれた、つめたい、反響する空間にいた。セントラル・コアは約十メートルの直径で、実用本位の灰色に塗られていた。空洞の本体、ケーブルと機械類のはいった円筒形のシャフトは目の前にあった。壁には、真上の第四レベルへつづく梯子が見えた。

「ここからテレビ・モニターできみを見ている」とストーンの声がいった。「梯子を登れ。そろそろガスが出るぞ」

新しい録音の声が割ってはいった。「セントラル・コアが汚染されました。保全要員は全員ただちに該区域から退去してください」

「はやく！」とストーン。

ホールは梯子を登った。円形の壁を登りながら下をふりかえると、淡い白煙の雲が床を覆い隠していくのが見えた。

「あれがガスだ」とストーンがいった。「いそげ」

ホールは両手をつぎつぎにくりだして、すばやく梯子を登った。その労力と切迫感の両方で荒い息になっていた。

「センサーに見つかった」とストーンがいった。生気のない声だった。

ストーンは第五レベルの実験室にすわったまま、コンピュータの光電アイがホールをとらえ、壁面を登っていくその体の輪郭を浮きあがらせるのを、コンソールで見まもっていた。ストーンの目には、ホールが痛々しいほど無抵抗に見えた。ストーンは第三のスクリーンに目をやった。そこでは、壁面のブラケットから細い銃身を突きだしたリガミン発射銃が、旋回して狙いをつけはじめていた。

「行け！」

スクリーンの上では、ホールの姿が、鮮やかな緑色の背景に赤く浮きだしていた。ストーンの見まもるうちに、十字線がその姿の上に重なり、首すじに照準を合わせた。コンピュータは、血流量のもっとも高い部位をえらぶようプログラムされている。大部分の動物にとって、頸部は背中よりも急所なのだ。

空洞の壁を登っているホールは、残された距離と疲労しか頭になかった。何時間も登りつづけてきたように、奇妙なほど体が疲れきっている。やっとそこで、ガスが効果を現わしはじめているのだと気づいた。

「センサーが狙いをつけた」とストーン。「だが、距離はあと十メートルだ」

ホールは背後をふりかえり、感知ユニットの一つを目にとめた。銃はまっすぐ彼を狙っていた。ホールがまだ見ているうちに銃は発射され、銃口から青味がかった小さな煙がぱっと立った。風を切る音が聞こえ、つぎになにかが彼のそばの壁にぶつかって、下へ落ちていった。

「狙いははずれた。登るんだ」

つぎの毒矢が、彼の首のすぐわきの壁にあたった。ホールは必死に動きを速めた。頭上には、白文字ではっきり**第四レベル**と書かれたドアが見えた。ストーンのいうとおりだ。あと十メートルもない。

第三の矢、そして第四。ホールはまだ無傷だった。つかのま、皮肉な苛立ちを味わった。

こんなでっかい標的に命中しないようじゃ、コンピュータなんてくその役にも立たん……。

つぎの矢が彼の肩をとらえた。突き刺さった瞬間に鋭い痛みが走り、つづいて液体が注入されると、灼けつくような苦痛の第二波がおそってきた。ホールは罵りを上げた。

ストーンはそのすべてを、モニター・スクリーンでながめていた。スクリーンは無邪気に**命中**と告げ、つづいてその場面をビデオテープで再現した。空中を飛んでいく矢と、そのホールの肩への命中。それが連続三回にわたって映写された。

声がいった。「爆破まであと二分」

「量は少ない」ストーンはホールにいった。「がんばれ」

ホールは登りつづけた。体重が二百キロもあるように感じられたが、とにかく登りつづけた。ドアに達したとき、べつの矢が頰骨のすぐわきをかすめて、壁にぶつかった。

「くそ」

「行け！　行け！」

ドアにはシールとハンドルがあった。ハンドルにとりついたとき、また一本の矢が壁にぶつかった。

「その調子だ、まにあうぞ」とストーン。

「爆破まであと九十秒」と声がいった。

ハンドルが回転した。シューッと音を立てて、ドアが開いた。その奥の小部屋にはいろうとしたとき、短い燃えるような疼痛とともに、矢が脚に突き刺さった。あっというまに、ホールは体重五百キロの男になっていた。のろのろとした動きで、ドアに手を伸ばし、それを背後で閉めた。

「きみのいるのはエアロックだ」とストーンがいった。「つぎのドアのハンドルをまわせ」

ホールは奥のドアへ進んだ。それは数キロも先にあった。無限の旅、絶望的な距離。彼の足は鉛に包まれていた。脚は花崗岩だった。眠気と疼きとだるさを感じながら、一歩また一歩と踏みだしていった。

「爆破まであと六十秒」

時間がおそろしく速くすぎていく、なぜだかわからない。すべてがおそろしく速く、自分だけがおそろしくのろい。

ハンドルだ。ホールは夢うつつでそれに指を巻きつけた。ハンドルをまわした。

「クスリに負けるな。だいじょうぶやれる」とストーン。

つぎになにが起こったかは、ほとんどおぼえていない。彼はハンドルがまわるのを、ドアが開くのを見た。技術者らしい若い女がひとり、彼のよろめき出た廊下に立っているのが、ぼんやりとわかった。ホールが不器用な一歩を前に踏みだすのを、相手は恐怖のこもった目で見つめていた。

「支えてくれ」と彼はいった。

女はためらった。その目がしだいに大きく見ひらかれたかと思うと、くるりと背中を向けて、廊下をいちもくさんに逃げだした。

腑抜けのようにその後ろ姿をながめていたホールは、どさっと床に倒れた。副ステーションは、二メートル先にあった。壁の上のぴかぴかに磨きあげられた金属板だった。「爆破まであと四十五秒」という声を聞いたせつな、無性に怒りがこみあげてきた。それが女性のなまめかしい声の録音であることに、だれかがこんなふうに計画を立て、台本のように一連の金科玉条を書きあげたことに、そして、それがコンピュータと、この研究所の磨きあげられた、完全な機械のすべてによって後生大事に実行されていることに。まるでこのすべては、最初から自分のために仕組まれていた運命のように思えた。

それがホールを怒らせたのだ。

あとになって、ホールは自分がどうやって最後の距離を這い進んだかを、思いだせなかった。どうやって両膝をついて起きなおり、鍵をさしこんだかも思いだせなかった。おぼえているのは、その鍵をロックの中でねじったことと、ふたたび緑のライトが点灯したのを自分の目でたしかめたことだけだった。

「爆破は取り消されました」と、まるで当然のことのように、声が宣言した。

疲れきったホールはどさっと床にくずおれ、暗黒が自分を包みこむのを待ちうけた。

第5日　決　　定

30　最後の日

声がひどく遠くでしゃべっている。

「意識がもどったようです」

「ほんとうか？」

「ええ。ごらんなさい」

それから一瞬後、ホールはのどからなにかをひきぬかれた感じで咳をした。もう一度咳をし、あえぎをもらし、目をあけた。

心配そうな女の顔が見おろしていた。「だいじょうぶですか？　すぐに気分がよくなりますから」

ホールは答えようとしたが、声が出なかった。じっと仰向けに寝たまま、自分の呼吸を意識した。最初はすこし呼吸が苦しかったが、まもなくかなりらくになり、努力しなくても胸が上下するようになった。彼は首をめぐらしてたずねた。「どのぐらい？」

「四十秒ぐらいです」と彼女はいった。「わたしたちの推測ですが。四十秒間の呼吸停止です。発見されたときにはもう真青でしたけど、すぐに気管支チューブを挿管して蘇生器（レスピレーター）へつないだんです」

「それはいつ？」

「十二、三分前です。リガミンは作用時間が短いんですが、それでも一時は心配しました……ご気分はいかがですか？」

「いいね」

ホールは部屋を見まわした。そこは第四レベルの病室だった。奥の壁にはモニター・スクリーンがあり、ストーンの顔が映っていた。

「やあ、しばらく」とホールはいった。「おめでとう」

ストーンはにっこり笑った。

「すると爆弾はあれしなかったんだな」

「爆弾はあれしなかったよ」とストーン。

「よかった」ホールはいって、目をつむった。一時間あまり眠り、つぎに目をさますと、モニター・スクリーンが空白になっていた。ストーン博士はヴァンデンバーグ基地と通話中だと、看護婦が教えてくれた。

「なにがあったんだ？」

「予測によると、あの生物はいまロサンジェルスの上空だそうです」

「それで？」

看護婦は肩をすぼめた。「それだけです。なにも影響はないようですわ」

「影響は皆無だよ」と、それからずっとあとでストーンが知らせてきた。「どうやら、無害な形態に突然変異したらしい。まだひょっとして、異常な死や疾病の報告がはいらないかと待機中だが、もう六時間にもなるし、一分ごとにその可能性は薄らいでいく。最終的には、あの生物はまた大気圏外へ移動していくんじゃないかと、われわれは推測している。この地表には酸素が多すぎるからね。しかし、もしワイルドファイア研究所の爆破が起こっていたら、むろん……」

ホールはいった。「時間はどれだけ残っていた？」

「きみが鍵をまわしたときにか？　約三十四秒」

ホールはほほえんだ。「ゆうゆうセーフだな。スリルとまでもいかない」

「きみのほうはそうだったかもしれんが」とストーン。「下の第五レベルじゃ、スリルなんてもんじゃなかったぜ。いい忘れたが、地下核爆発の特性を向上させるために、爆破三十秒前から、第五レベルでは内部の空気の排出が開始されることになってたんだ」

「はあ」とホール。

「しかし、もう統制がもどったよ」とストーンはいった。「われわれはあの生物を手に入れたし、その研究をつづけることもできる。すでに、いくつかの突然変異形態の特徴分類もはじめた。多様性ということではまさにおどろくべき生物だよ」彼は微笑をうかべた。「あの生物が地表にこれ以上の災厄をもたらさずに大気上層へ移動するだろうことには、だいたい確信が持てる。だから、その点での問題はない。そして、ここにいるわれわれのほうは、突然変異によっていまなにが起こりつつあるかを理解している。それが大切なことなんだ。理解するということが」

「理解か」とホールはくりかえした。

「そうだ」とストーンがいった。「われわれは理解しなきゃならないんだ」

エピローグ

公式には、アンドロス五号の損失――大気層への再突入のさいに炎上した有人宇宙船の事故――は、機械的欠陥という理由で説明された。タングステン＝プラスチック・ラミネートの熱遮蔽板が大気層への帰還による熱応力で侵食されたということで、NASAは、熱遮蔽板の製作方法に対する調査を開始した。

議会でも、新聞紙上でも、より安全な宇宙機を要求する声が上がった。政府と大衆からの圧力に負けて、NASAは以後の有人宇宙飛行を無期限延期することに決定した。この決定は、ヒューストンの有人宇宙飛行センターでの記者会見の席上、〝アンドロスの声〟ジャック・マリアットによって発表された。記者会見の速記録の一部をつぎに掲げる――

問　ジャック、この延期処置はいつから発効するのか？
答　即時だ。いま諸君に発表したこの時点から、われわれは活動を停止する。
問　この延期はいつごろまで継続される見こみなんだ？

答　それはなんともいえない。
問　数カ月ということもありうるか？
答　ありうる。
問　ジャック、では一年ということもありうるのかね？
答　わたしの口からはなんともいえない。調査委員会の結果を待たなければ。
問　この延期は、ソ連がゾンド十九号の墜落のあとで宇宙計画を削減したこととなにかの関係があるか？
答　それはソ連にきいてくれ。
問　調査委員会の名簿にはジェレミー・ストーンの名がはいっているが、なぜ細菌学者を参加させたのか？
答　ストーン教授は、これまでにも数多くの学術諮問委員会に参加している。幅広い分野にわたる彼の識見を、われわれが高く評価したというわけだ。
問　この延期で、火星着陸の目標日はどうなるのか？
答　スケジュールが遅れることはたしかだ。
問　どのぐらいだね、ジャック？
答　それはここにいるみんなが知りたいことだろうから、率直にいおう。われわれは、アンドロス五号の事故を、科学的過失、システム工学の失敗と見ており、特定の人間的過失とは見ていない。科学者たちは現在その問題を調査中で、われわれとしてはその結果を待つしかない。決定権は、事実上われわれの手を離れたのだ。

問　ジャック、もう一度いってくれないか？

答　決定権はわれわれの手を離れたのだ。

訳者あとがき

『アンドロメダ病原体』(原題名 *The Andromeda Strain*) が巻き起こした波紋は一九六九年のアメリカ出版界の一つの事件と呼ぶにふさわしいものだった。アポロ11号打ち上げの直前に発売を持っていったクノップ社のタイミングのいい企画と、生物化学兵器や宇宙開発の問題を扱ったセンセーショナルな内容、電子顕微鏡写真やコンピュータ図表や真偽とりまぜた参考文献などを駆使したドキュメンタリー・タッチが、たちまち大きな反響を呼んだ。さらに、

「肝をつぶすような科学的発明・発見がつぎつぎと成しとげられる現代にあっては、SF作家はもはや無用に見えるかもしれない。しかしSFファンは希望を持ってよい。なぜならこのジャンルは、マイクル・クライトンという有望な作家の内部で、脈々と生き続けているからだ」(ニューズウィーク誌)とか、

「『アンドロメダ病原体』で、サイエンス・ノンフィクションは一つの完成をとげたといえるだろう。ジュール・ヴェルヌとクライトンの関係は、コナン・ドイルと『冷血』のトルー

マン・カポーティの関係に相当する」(ライフ誌)といった絶賛に近い書評と、さらにはブック・オブ・ザ・マンス・クラブの選定図書に選ばれたことも手伝って、またたくまにハード・カバーだけで十万部を売り切ったといわれる。イギリスでも、この好評に目をつけたジョナサン・ケープ社が版権を獲得、発売二週間前から再版を準備するという力の入れようだったし、同時にロンドン・イブニング・スタンダード紙にも連載が始まった。

もちろん、映画界がこれを放っておくわけがなかった。原作がまだゲラの段階であったときから着目していたといわれるロバート・ワイズ監督が、みずからプロデュースにも乗りだし、当時では破格な六百万ドルの製作費で、七一年に映画化を完成した。この映画は、おなじ年に『アンドロメダ…』の題名で日本でも封切られ、のちにテレビでも放映されたので、ご覧になった方も多いだろう。いわゆるスターが一人も登場しない地味なキャストだが、原作にきわめて忠実なネルスン・ギディングの脚色、『2001年宇宙の旅』で名をあげたダグラス・トランブルのすばらしい特殊効果、それにワイズ監督の徹底したドキュメンタリー・タッチが、強烈な現実感と迫力を生みだしている力作だった。

ところで、当時この小説がブームを呼んだ裏には、もう一つ話題になる要素があった。それは、作者である無名の新人マイクル・クライトンが、実はハーバード大学医学部に在学中の二十六歳の青年で、すでにこれ以前に二つのペンネームで四冊のミステリを書いており、そのうちジェフリイ・ハドスン名義で発表した『緊急の場合は』が、アメリカ探偵作家クラブから六九年度の最優秀長篇賞を受賞しているという事実だった。

これについてはもう一度あとで触れることにして、まずこの若き著者の口から、自作を語ってもらおう――

「この本のアイデアは、三年以上も前から温めていた。一年半かかって切り抜きを集め、原稿を何回も書きなおしたが、ものにならない。宇宙からきた疫病というアイデアの相当なばかばかしさが、なかなか克服できないのだ。しかし、アメリカの月着陸計画に、複雑な検疫隔離手順が実際に含まれていると知ったとき、やっと構想がまとまった。――『アンドロメダ病原体』はよく『フェイル・セイフ』に似ているといわれるが、事実はその逆だと思う。『フェイル・セイフ』は、ある事件を近い将来に仮想して描いている。だが、ぼくは、それがいつ起こるかもしれないとするよりも、すでに起こってしまったという設定で書いたほうが、迫真性を増すだろうと考えたのだ。――ぼくはレン・デイトンの『イプクレス・ファイル』から深い感銘を受けた。実在の技術、実在の人物を織りまぜて、空想の世界を作り上げるという点で、『イプクレス・ファイル』には多くのものを学んだ。『アンドロメダ――』の成功の秘密は、題材にふさわしいトーンを見つけて、それで一貫したことだろう。もちろん、ものすごく運もよかったわけだ」

客観的に見た場合、この小説にいろいろの欠点があることは否めない。訳者の目にふれたかぎりの各新聞雑誌の書評でも、科学技術面でのリアリティに比べて、人間的興味が薄いことを指摘しているし、中には人類対宇宙怪物という古くさいテーマのヴァリエーションにすぎないとか、結末がお座なりだとかいう、手きびしい批判もあった。しかし、それらの不満を補ってあまりあるのは、この小説の成しとげた現代的な問題提起の価値だということにはおおかたの評者の意見が一致しているようだ。その代表的な一例として、ニューヨーク・タイムズ紙の書評を、すこし長くなるが、つぎに要約して紹介してみよう。

「マイクル・クライトンの小説は、従来の小説の概念とはほど遠い。登場人物は印象稀薄。愛憎の葛藤も異常心理の追究も、性格の謎もない。自己懐疑などつゆ知らぬ主人公たちの五日間の動きを、殺風景な舞台の中で追ったにすぎない。にもかかわらず、『アンドロメダ病原体』は読書人への意外な贈り物であり、迫真的で忘れがたい、みごとな作品である。クライトンの語り口は力強く、それを裏づける豊富な資料に支えられて、物語は時限爆弾のように劇的なテンポで進行する。しかし、作者が提供するのはスリルだけではない。『アンドロメダ病原体』は、オペレーション・リサーチの論理と、軍事科学機関の統計的全体主義を、一つの小説に料理してみせる。この本は、われわれの背筋を寒くさせる回数とおなじくらいひんぱんに、さまざまな問題を提起するのだ。核兵器の制御をだれに委せるべきかの問題、宇宙空間での生物進化の問題、情報の力に対する知恵と想像力の問題――それらのすべてが、事件進行につれて発生していく。作者はつねにそうした意味を強調しようとつとめている。

『アンドロメダ病原体』は、たぶん〝文学〟としては長持ちしないだろう。だが、その意図という点で、この本は重要ななにかを成しとげている。作者が書いたのは〝知識小説〟であり、それは、われわれの住んでいるこの世界についての、われわれの知識を広げてくれるのだ」

　ほかには、サタデイ・レビュー誌に載ったジョン・リアのエッセイが、独自な観点から本書を論証していて興味深かった。この筆者は、『アンドロメダ病原体』に描かれる検疫隔離手順の厳重さは、現実には不可能な一種のカリカチュアだが、ここには月探測計画において、地球に存在する生物の保護がなによりも優先することとの認識が見られると説いている。そして、アポロ宇宙飛行士を迎えるNASAの検疫隔離手順の不備について、⑴宇宙飛行士が生命にかかわる事故を負った場合、隔離から除外されることになっていること。⑵汚染にさらされた人間に異常がなくても、病原体を伝播する危険がないとは言い切れないこと。⑶汚染の動物実験に、われわれの食料や衣類の供給源となっている動物が含まれていないこと——など、専門の科学者の指摘を引用したのち、こう結んでいる。

「月に生物のいる可能性はきわめて少ないとされている。だが、それは問題ではない。問題は危険が存在するか、存在しないかだ。その危険がいくらかでも存在するなら、脅威に見合うだけの対策が立てられねばならない。その影響が全人類におよぶことからしても、適切な対策が国連で審議されるべきである。それをためらう人びとに、わたしは『アンドロメダ病原体』を副読本として推奨したい」（ここでつけ加えておくと、その年の十一月二十日には、ヒューストン発APのつぎのようなニュースが報じられた。「……公式筋によると、アポロ12号の結果からも生物がみつからないということになれば、アポロ13号からは、検疫をすべて省略するかもしれないという」）

マイクル・クライトンは、一九四二年にアメリカ広告代理店協会会長（六九年現在）を父としてシカゴに生まれ、ロングアイランドで少年時代を送った。十四歳のとき、ニューヨーク・タイムズ紙の旅行欄に投書が採用され、六十ドルをもらったのが、職業作家としての第一歩だったという。ハーバード大学では、六フィート九インチの長身をバスケット・ボールに活用するかたわら、人類学を専攻した。研究題目は、頭蓋骨のコンピュータ計測によるエジプト人の民族的起源の調査だった。六四年、大学を最優等の成績で卒業、欧州旅行の特典を与えられた。翌年、この奨学金をもとにニースに滞在中、たまたまカンヌ映画祭と、モナコのグランプリ自動車レースにぶつかり、とつぜん創作欲にかられて処女作『殺人グランプリ』を書き上げた。中東への武器密輸をめぐるスパイ合戦に、人ちがいから巻きこまれたアメリカ青年の冒険を描いたスリラーで、グランプリ・レース中の殺人がクライマックスになっている。この作品はシグネット・ブックスに買い取られ、六七年にジョン・ラング名義で出版された。著者は処女作執筆の動機をこう語っている。

「当時、ぼくは退屈していたし、金も欲しかった。いまの世の中で資本なしにできる金儲けといえば、創作と売春しかない。カンヌとモナコを舞台にすれば、だれでも駄作の一つぐらいは書けそうな気がした。それを書き上げるまでには十一日かかった」

つづいて、スペイン、モロッコを旅行中に新しい構想が生まれ、第二作『華麗なる賭け』が書かれた。ＩＢＭコンピュータを使って大ホテルを襲撃する犯罪を描いた物語である。

翌年アメリカに帰ったクライトンは、ハーバード大学医学部へ入学し、そして勉学の余暇に、エジプトの墳墓の秘宝を盗み出す男たちの話『ファラオ発掘』を完成した。ヨーロッパ旅行の経験をこの三作でひとまず整理した彼はここでそれまでのジョン・ラング名義の軽い娯楽読物といったん縁を切り、専門の医学をテーマとする、よりシリアスな作品に腰をすえてとりくんだ。そして、ジェフリイ・ハドスンという新しいペンネームで発表されたこの長篇『緊急の場合は』が、前にも述べたとおり、ディック・フランシスやスタンリイ・エリンなど錚々（そうそう）たるベテランの作品を押さえて、堂々と六九年度のエドガー賞を獲得したのである。病理学者ジョン・ベリーが、堕胎手術の失敗による致死容疑に問われた親友の産婦人科医を救うため、医学界の黒い霧の中で真犯人を追求してゆく——という筋で、正確な考証、きびきびした筋の運び、現代社会の問題点の鋭い把握など、『アンドロメダ病原体』にも共通するこの作家の特質が発揮された秀作だった。

さて、その後のクライトンは、結局医業にはつかず、旺盛な創作力で七二年までに七冊の本を発表した。この中には、総合病院の内部の出来事を描きながら現代の医療問題を論じたノンフィクション『五人のカルテ』や、フランケンシュタインの怪物の物語を換骨奪胎した医学スリラー『ターミナル・マン』をはじめ、弟のダグラスと共作になるマイクル・ダグラス名義の一冊、それにジョン・ラング名義の四冊が含まれている。

こうして一流のエンタテインメント作家の地位は確立したが、このありあまる才気と意欲の持ちぬしは、それだけで満足できなかったらしく、長年の夢だったという映画監督の分野に乗りだした。ジョン・ラング名義の自作『サンディエゴの十二時間』を映画化した『暗殺・サンディエゴの熱い日』（七二年ABCテレビ製作、ベン・ギャザラ、E・G・マーシャル主演）がそれで、日本でも七五年の暮れにNETテレビから放映されている。大統領暗殺計画の十二時間を描いたスリラーだが、ずぶの素人の第一回作品とは思えない、まとまった出来だった。この作品の好評に気をよくした彼は、翌年、MGMで自身の脚本監督になる『ウエストワールド』を作り上げた。十九世紀の西部を模して作られた遊園地で、コンピュータの故障から、ロボットたちが人間たちに対して反乱をはじめるというSF映画で、ユル・ブリンナーが黒ずくめのロボット・ガンマンに扮して活躍する。低予算にもかかわらず、娯楽映画のツボを心得たクライトンの手腕が物をいって、この作品はMGMひさびさの大ヒットとなった。近く続篇が作られるという話もある。

さて、映画の仕事に忙しく、しばらく小説の発表がとだえていたクライトンだったが、昨七五年、ひさしぶりの新作『大列車強盗』を出して、彼のファンを喜ばせた。いままでの諸作とはがらりと趣きをかえて、十九世紀のロンドンを舞台に、金塊強奪の大作戦を描いた犯罪小説だが、ヴィクトリア朝の風俗が活写されたサスペンスフルな第一級のエンタテインメントと評判が高い。つづいて今年出版された『北人伝説』では、十世紀に時代をとり、ヴァイキングの冒険に同行したイスラムの外交官の手記という体裁をかりて、ユニークな怪奇歴史小説（?）の試みをしている。作風の幅が広がって、つぎにどんなものを書くかわからなくなり、その意味ではこれからのクライトンの活躍はいっそう楽しみになってきた。

本書の翻訳に際しては、頻出する専門用語について、石原藤夫氏、垣内靖男氏、大谷新一氏から、それぞれ懇切なご教示をいただいた。また、本書をいちはやくSFマガジン誌上で紹介された伊藤典夫氏には、終始貴重な助言をいただいたほか、資料の面でもお世話になった。ここに記して、心からお礼申し上げる。

一九七六年六月

付記

今回の重版で組み替えがされるのを機に、できるだけ訳文を手直しさせてもらった。早川書房編集部の嘉藤景子さんと屋代通子さんの綿密なチェックにずいぶん助けられた。感謝しております。

原作がアメリカで出版されたのが一九六九年。翻訳がハヤカワ・ノヴェルズ版で出たのがその翌年。それからすでに二十年あまりが経つ。この小説に書かれた当時の最新テクノロジーもいまではすっかり普及して、日常生活でお目にかかれるものも多くなった。

その一例がコンピュータ。あのころの訳者にとっては、手の届かない別世界の機械だったのに、数年前から曲がりなりにもパソコンで原稿を書くようになり、今回読み返してみて、なるほど、ここはこういうことだったのか、と遅まきに気がつき、あわてて訂正した箇所もある。第14章でディスプレイにずらずらっと列挙される血液検査の項目も、最初にでくわしたときはどぎもを抜かれたが、昨今では人間ドックの検査結果でもこれに近いものにお目にかかれるので、あまり驚きはなくなった。逆にいえば、それこそが作者クライトンの先見性の現われなのだが。

そうした不可抗力のタイムラグに目をつむれば、田舎町での異常な事件の発生から舞台が地下研究施設に移り、じょじょに謎が解明されかけたところで最大の危機が訪れるという構成も、終始緊迫感を失わないサスペンスフルな描写も、いまなお古さを感じさせないみごとなものである。事件の記述の要所要所に専門的理論の解説や、図表や、写真を織りこんでいくノンフィクション的スタイルは、発表当時、ひとつのジャンルが誕生したように思えるほど新鮮だったが、その後いっこうに後継者が現われず、どうやら彼ひとりのジャンルにとどまっているらしい。クライトンの前にクライトンなく、クライトンの後にクライトンなし。

一時期すっかり映画づいていたこの作家が、監督業に飽きたのだろうか、六年ぶりに活字の世界にカムバックして以来、『スフィアー球体ー』、『ジュラシック・パーク』、『ライジング・サン』と、昔ながらの着眼点のよさに加えて、ひとまわりスケールアップしたお話作りの腕を発揮した力作を、たてつづけに発表しているのはうれしいかぎり。やっぱりクライトンは小説の人だと思う。

一九九三年五月

世界をうならせつづけたロマンティスト

評論家
尾之上浩司

従来ハヤカワSF文庫で刊行されていた本書『アンドロメダ病原体』が、新装版としてNV文庫へ引っ越すことになった。おりから、彼の最後の作品となる『マイクロワールド』(後出)が本書と前後して刊行されることになっている。マイクル・クライトンの作品世界を総括するには良い機会だと思うので、ここでは彼の足跡をたどっていくことにしよう。本書には一九七六年当時の故・浅倉久志氏の「訳者あとがき」と、一九九三年の付記が旧版より継承されているので、一九七六年以降の話を軸にする。

《ウエストワールド》(一九七三)で映画界でも大成功をおさめたクライトンであったが、そのあとは作家業に勤しみ、『大列車強盗』(一九七五)、『北人伝説』(一九七六)と、歴史小説の側面も持つ冒険ものを発表。本書や『ターミナル・マン』(一九七二)などで見せた、最先端のテクノロジーによって起きる混乱と恐怖とは一線を画した内容で、ファン層をさらにひろげた。

しかしこの時期、彼は最先端テクノロジーからよそに目を向けていたわけではなかった。ほかの作家によるメディカル・スリラーに着目していたのである。それが当時、期待の新鋭としてデビューしたロビン・クックの『コーマ—昏睡—』である。巨大病院内での陰謀に気づいた女医が、その真相をあばこうとするコンセプトに大いに惹かれたクライトンは映画化に着手。みずから監督・脚色を担当したのである。

すでに《1000日のアン》《大地震》などで実績のあったジュヌビエーブ・ブジョルドを主役の女医に、当時はまだ俳優としては駆け出しだったマイケル・ダグラスを同僚の医師役にすえて、じつにリアルな大学病院の実像と医療現場の風景をえがいてみせながら、新時代のヒッチコックと評される演出でまとめあげたこれは初登場全米第一位のヒットとなり、映画監督クライトンの名をさらに高めることにもなった。

一九七〇年代後半のこの時代には、ほかにも《チャイナ・シンドローム》など、最新テクノロジーの脅威をリアルタイムに追求しようとする映画やノンフィクションが続々と誕生し、「これからのSFは、サイエンス・フィクションでなく、サイエンス・ファクトの時代だ」などという表現が生まれた。当時はこれを見て、クライトンの作風というか方向性を如実に示しているように感じたものである。本書の浅倉氏のあとがきに——

「『フェイル・セイフ』は、ある事件を近い将来に仮想して描いている。だが、ぼくは、それがいつ起こるかもしれないとするよりも、すでに起こってしまったという設定で書いたほうが、迫真性を増すだろうと考えたのだ」（本書431ページ）——とある。現在進行形のテクノロジーや社会システムが内包している問題は、すでに人間に実害をおよぼしている可能性があり、問題視されていないとしたら、それは現在のところは隠蔽されているからにすぎない。それはまさに〝科学がおよぼす現実的問題〟そのものである。それが良い証拠に、『コーマ』にえがかれた問題は、いまでは日本も含む各国で起きているではないか。

　だからこそ、クライトンはロビン・クックの小説に着目し、当時としては異例の速さで映画化を実現させ、その先見性に惹かれた観客が劇場に詰めかけたのであろう（残念ながら日本では小規模公開されただけで、あまり話題にならなかったが）。

　この映画の最初からしばらくは、大病院とそこで働く者たちの日常が淡々と描写されているだけで、どこからサスペンスがはじまるのかわからない構成になっている。クライトン自身、早い時期から、自らの医学生時代の体験を題材にしたノンフィクション『五人のカルテ』（一九七〇）を映画かテレビで映像化したがっていたので、その思いの一部がここに集約されていたのであろう。ちなみに、ショウビジネスに携わるようになってからずっと、彼にとっての目標でもあった〝病院ドラマ〟は、のちにテレビドラマ《ER　緊急救命室》（一九九四〜二〇〇九）として実現する。

《コーマ》の次にクライトンが選んだ仕事は、自分の小説『大列車強盗』の映画化であった。

これまで《暗殺・サンディエゴの熱い日》《ウエストワールド》《コーマ》とSFガジェットが目だっていた作品三本を撮ってきた人間が、急に歴史ドラマに舵を切ったわけである。

歴史上初の列車（汽車）強盗の顚末をえがくこの作品、そもそも原作となる小説を書いたきっかけは、歴史小説のほかの作家にも共通するが、過去を精密かつ正確に再現しながら、そこにIFの世界・物語を展開することにあったわけで、リアリズム追求と、その世界観のなかにおける難題をいかに主人公たちが解決するか、の二点においては、クライトンのほかの小説や映画と変わりはない。この作品の製作裏話については、彼がみずからの内的冒険を語った『トラヴェルズ―旅、心の軌跡―』に詳しく、とても面白いので、ご一読をお薦めする。ちなみに、『トラヴェルズ―旅、心の軌跡―』はクライトンの全著書のなかでも五本の指に入る面白さで、日本ではほかの小説などにくらべてあまり読まれていないというのが、じつにもったいなくも残念だ。

さて、本書の「訳者あとがき」の終盤で、浅倉氏はこんなことを書いていらっしゃった――

「一時期すっかり映画づいていたこの作家が、監督業に飽きたのだろうか、六年ぶりに――」（本書438ページ）

――が、じつは飽きたわけではなかった。

一九七〇年代末から一九八〇年代前半にかけて、クライトンはとんでもないトラブルに巻き込まれ続けることになり、それもあって、映画の世界から遠ざかることになったのだ。

まずは、一九八〇年の長篇『失われた黄金都市』の映画化にまつわるトラブルである。クライトンがハイテク技術を応用した〝お宝探し〟をスリルたっぷりにえがいた屈指の大作『失われた黄金都市』。原作発売前にすでに映画化権が二十世紀フォックスに売れていたほどの話題作でもあった。

ただし、人間と意思疎通のできるゴリラが登場するなど、この作品の実写映像化には、まだCGがほとんど使えなかった当時、特殊効果技術の粋を結集する必要があり、当初クライトン自身は製作と脚本だけで、監督はそれなりのキャリアのある、リアルな特撮映像を撮れる人間に任せることで話が進んでいた。監督候補には《2001年宇宙の旅》のスタンリー・キューブリックから、《未知との遭遇》でさらに評価を高めたばかりのスティーヴン・スピルバーグまでがならんでいたそうだ。しかし調整がつかず、最終的にクライトン自身が監督を兼任するという話になったともいう。ところがこの時期、それまで二十世紀フォックスの代表として《スター・ウォーズ》《エイリアン》《オーメン》などにゴーサインを出してきたアラン・ラッド・ジュニアが退職したこともあり、会社は右往左往していて、ほとんど新作映画を作れない状況におちいっていた（実際に一年近く新作公開のない時期があった）。その影響もあって、結局製作プロジェクトは頓挫。このことは、これまで旬のテーマをすばやく映像化してきたクライトンにとってかなりつらい経験だったのはまちがいない。

さらにこの時期、《大列車強盗》のユナイト（＋ラウレンティス・プロ）から、監督・脚本家として数本まとめての契約の話が舞い込み、締結。これには自分の小説『北人伝説』の映画化や、映画用に考えた複数のオリジナルのプロットの契約が含まれていたそうで、当時、映画雑誌でそれを読んだ筆者は、定期的にクライトンの映画も楽しめると、大喜びしたものである。

ところがである。ショウビジネスに詳しい方ならご存じのように、一九八〇年代初頭、アメリカの大手映画会社ユナイトとMGMは相次いで倒産する。このためクライトンがむすんだ契約（原作の映画化権や、オリジナル脚本の権利を含む）は管理銀行によって凍結され、実質的なオクラ状態におちいったのだ（MGMとユナイトは、のちに管理銀行によって合併させられ再建するが、いまだに不安定な営業状態がつづいている）。

このときのオリジナル作品がどのような内容だったのか、いまとなってはもう誰にもわからないのだろうが、実現せずに終わったことが残念でならない。

いっぽう、一九八〇年は、映像作家としてのクライトンの名を高めた《ウエストワールド》をテレビドラマ化する企画が動いた年でもあった。《スター・ウォーズ》を意識したテレビドラマ《宇宙空母ギャラクティカ》がヒットしたのを受けて、テレビの世界でも大作SFをという気運が高まった時期だったのである。だが、まだまだテレビの予算が低く、特殊効果技術も充分ではなかったときだけに理想と現実の差ははげしく、五話分が制作されたもののチープで出来が悪く、三話目で放映打ち切りとなった。原案のクライトンもひどくがっかりしたようだ。

でも、このような不幸な状況をものともせずに、彼は新たなアイデアをもとに新作映画の企画を作りつづけていて、二十世紀フォックスを辞めて自前のプロダクション〈ラッド・カンパニー〉を立ち上げたばかりのアラン・ラッド・ジュニアにも一本提案する。

ちょうどこの頃はCG技術の進化が映画界に影響をあたえはじめていた時期で、それに触発された内容だった。俳優たちの姿をキャプチャーして、それで自由自在に映像を作れるようになったなかでの陰謀をえがいた《ルッカー》である。いまではもう実現していて、若いひとには何の意外性もないアイデアだろうが、ようやくCGで描写したお絵かき程度の映像をテレビ画面で見られるようになったばかりの頃には、実写と同じレベルの模造映像を自由に操るというアイデアは、かなり興奮ものだったのである。

また、このアイデアは、特に映画オリジナルの作品を作るときにクライトンが見せる〝映像ギミック〟へのこだわりが強く感じられるものでもあった。そもそも、一九七三年に《ウエストワールド》を作るときに、少ない予算をやりくりし、ビデオ映像技師に無理やり頼んで、アンドロイドの見ている景色をドット処理というかたちに変換させて描写したクライトンだ——思えば、この技術は（権利は誰にあるのかわからないが）一九八〇年代から世界にひろまったレンタル＆セル・ビデオのなかの〝モザイクぼかし〟のもとになっている——その延長線のはるか先にあるリアルCGの概念を具体的に見せようとしたところは、さすがである。出演者もアルバート・フィニー、ジェームズ・コバーンなど人気者をならべていた。

しかし、ここでも不幸に見舞われる。〈ラッド・カンパニー〉を立ち上げたアラン・ラッド・ジュニアは、二十世紀フォックスでSFものを大ヒットさせたキャリアをもとに、その手の大作を定期的に発表して地盤をかためるつもりだったのだが、《カプリコン・1》のピーター・ハイアムズの監督・脚本による宇宙を舞台にしたウエスタン《アウトランド》(一九八一)が思ったほどヒットせず、いきなり苦境に立たされていたのである。《エイリアン》で組んだリドリー・スコットを監督に迎えた《ブレードランナー》は完成が遅れていて、資金繰りに困った製作会社は、なんとまだ終盤の撮影が終わっていない《ルッカー》の撮影を打ち切り、それまで撮っていたフィルムをクライトンから取り上げてしまった。そして、いいかげんな編集で無理やり公開したのである。

日本ではビデオ・スルーとなったこの映画、実際にご覧いただくとよくわかるが、百分未満の作品でありながら、終盤の銃撃戦が延々三十分近くもだらだらつづくという構成の悪さが目につき、さらにいきなり終わってしまって観客を呆然とさせるものなのだが、それにはこういった事情があったわけである。

間が悪いときというのは誰にでもあるものだが、一九八〇年代初頭のクライトンは、まさに苦難の時期にあったわけである。しかし、常にポジティヴな彼は、たとえば黎明期のPCゲーム／テレビゲームの開発に携わり、その関連で得たコンピュータ知識をもとに、異色のノンフィクション *Electronic Life : How to Think about Computers*(一九八三)を発表するなどしていて、旺盛な創作意識に陰りは見えなかった。そのコンピュータ知識と、ゲーム開発で知り合ったスタッフの協力をもとに着手した映画が《未来警察》（一九八四）である。そして、この作品が彼の大きな転換点となっているように思われるのである。

《未来警察》は、初期型ロボットが日常的にさまざまな場所で使われるようになった近未来のアメリカで、故障で制御不能になったロボットによる事故に対処するために創設された〈ラナウェイ・スカッド〉班のラムジー巡査部長が、ハイテク犯罪で大金を儲けようとする凶悪犯罪者と戦うというもの。さまざまなロボットのギミックが使われた秀作アクションSFである。

この作品でもクライトンは、従来の映画と同じように実現の可能性が高い最先端技術を絵としてえがこうとしている。たとえばオフ時間帯のオフィスの警備をするロボットや、逃走車輛を追撃するロックオン装置――映画では魚雷風だが、実際は逃走車輛の下にもぐって電磁波で車載PCを攪乱する――など、（二十一世紀の）現在では実用化されているメカがいくつも登場するところが、いかにも彼らしい。

そして重要なのが、この作品の弱点としてよく指摘されるところ――主人公が子持ちの男であることを強調している部分である。

クライトンの小説にしろ、映画にしろ、主人公の男性の家庭や家族を克明にえがいたものは、それまでほとんどなかった。クライトンは大学時代の学生結婚を含めて、これまでに三度の結婚経験があったが、『トラヴェルズ―旅、心の軌跡―』のなかでも触れられるように、常に行動し、移動し、冒険しつづけていたために相手とのすれちがいが多く、残念な結果に終わっていた。そういった実生活をそれとなく反映していたのかもしれない彼の作品世界に、不意に主人公と子どもの交流がえがかれるようになったのである。

じつは、クライトンは《未来警察》の端役だったアン＝マリー・マーティンとつきあうようになったのである。そして、それまでの三件がスピード結婚だったのに対し、彼女とは四年の交際期間をへて結婚。一九八九年には初めての子ども（娘）テイラー・アンを授かり、アンとの暮らしは交際期間もふくめて二十年あまりにおよんだ。

『トラヴェルズ―旅、心の軌跡―』を読むと、一般にインテリで、テクノロジーの専門家で、ドライな作風のクリエイターとばかり思われていたクライトンが、じつは霊感にしたがって生き、冒険をもとめて闘うピュアなロマンティストであったことがよくわかる。まるでインディ・ジョーンズのような人物だったのだ。その彼が、この時期に〝家族〟を意識するようになったのは確かで、その結果、プライベートな生活を優先するようになったために、トラブルが多く時間拘束が長期にわたる映画の世界から距離をおき、小説もなかなか発表しなくなった。

時は流れて一九八七年、アン＝マリー・マーティンと結婚した年に発表された長篇が、『スフィア―球体―』である。太平洋の深海部で発見された謎の宇宙船。科学者チームがその内部調査に送り込まれるが、そこには得体の知れない銀色の球体が待っていた……。七〇年代なかばから歴史小説や冒険小説に舵を切っていたクライトンが、ひさしぶりに『アンドロメダ病原体』『ターミナル・マン』のSFホラー領域にもどってきた野心作である。これに触発されて、《アビス》《リバイアサン》《デプス》などの海底SFホラー映画のブームが起きたほど、反響は大きかった。

一九八九年、初めての娘が誕生した年に、公式には最後の監督作品となる《証人を消せ／レンタ・コップ2》を発表。これは正直、よくあるポリス・サスペンスで、当時は「なぜ、これをクライトンが撮ったのか」「クライトンと同姓同名の別人監督では」という声が上がったほどだが、ほかならぬ彼の監督作品であり、唯一、自分以外の脚本家によるシナリオを使った作品でもあった。

これをなぜ撮ったのかは永遠の謎であるが、一九八七年に七年ぶりの長篇小説を、結婚の時期に発表した彼だけに、娘の誕生を祝うために監督作品を残そうとしたのかもしれない。そして娘の成長をそばで見守りつづけるために、彼は映画監督を辞めてしまったのだ。

以降、クライトンは家で小説創作に勤しむようになり、作品数が増えていく。

太古のDNAから恐竜を再生し、それをもとに最高のアトラクション施設を造るが、予想外の災厄にみまわれる『ジュラシック・パーク』（一九九〇）と、その続篇『ロスト・ワールド―ジュラシック・パーク2―』（一九九五）。

当時の日本のバブル景気を反映し、日系企業のビルで起きた殺人事件の捜査で、日本人社会に割り込んでいかなければならなくなった警部補の苦闘をえがくセンセーショナルな『ライジング・サン』(一九九二)。

企業間のパワーゲームとセクハラという時事ネタに、作者ならではのサスペンスフルな筆致で挑んだ『ディスクロージャー』(一九九三)。

緊急着陸した旅客機の事故調査のなかで、隠されていた問題点を浮き彫りにする問題作『エアフレーム―機体―』(一九九六)。

量子技術でついに誕生したタイムマシンを使い十四世紀のフランスに旅だったまま行方不明となった大学教授を捜索しに、やはり過去へと向かわねばならなくなった教え子たちの冒険をえがく傑作『タイムライン』(一九九九)。

ナノテク技術の開発企業で、暴走したナノテクマシンが人間たちを脅かす戦慄のSFホラー『プレイ―獲物―』(二〇〇二)。

地球温暖化による潮位上昇により危機におちいりアメリカを提訴した島国をめぐって、世界規模の陰謀が渦巻く『恐怖の存在』(二〇〇四)。

抗癌作用のある物質を分泌する人間をめぐって争いが起きる『NEXT』(二〇〇六)。

そして死後に発表されたのが、『北人伝説』『大列車強盗』以来ひさびさとなる、十七世紀の財宝の奪い合いをえがいた歴史冒険小説『パイレーツ―掠奪海域―』(二〇〇九)と、途絶遺稿を『ホット・ゾーン』のリチャード・プレストンが補完した『マイクロワールド』(二〇一一)である。

ているところも見逃してはならない点だろう。

近年の作品が、テクノロジーよりも、それにまつわる権利関係に重点を置いた展開になっているところも見逃してはならない点だろう。

なお、これらの多くは映画化されているが、スティーヴン・スピルバーグ監督の《ジュラシック・パーク》（一九九三）と、やはりスピルバーグ組のフランク・マーシャル&キャスリーン・ケネディ夫妻が『失われた黄金都市』を映画化した《コンゴ》（一九九五）以外は、不満の残るものが多かった。それは、クライトンの小説のアイデア面ばかりに重点を置いた映像化をしたために、彼の小説が持つピュアな娯楽物語としての構造をないがしろにしていたからではないだろうか。本書『アンドロメダ病原体』も二〇〇八年にテレビでミニ・シリーズ化されている。だが、原作のドキュメンタリー・タッチを見事に換骨奪胎したロバート・ワイズ監督の傑作《アンドロメダ…》（一九七一）からは程遠い出来だった。

ディズニーが破格の予算を投じた『北人伝説』の映画化《13ウォーリアーズ》（一九九九）が監督のジョン・マクティアナンの不手際でまとまりのない仕上りになったとき、製作者として参加していたクライトンは責任を取って、ノンクレジットで最後の監督業に乗り出し、追加撮影と再編集を担当し、どうにか公開できるものに作り直したこともあった。完成した映画は、それほど悪くはないものになった。

それよりも、クライトンが妻のマリーとの合作で書いた脚本の映画化《ツイスター》（一九九六）のほうが、はるかにクライトンらしさを実現できている傑作だった。

また、一九九四年から亡くなるまで、自らの念願だった医療現場ドラマ《ER　緊急救命室》の企画原案・制作総指揮も勤めていて、これも傑作であった。

クライトンを評するとき、多くの人間が「最新のテクノロジーや社会問題をピックアップしたベストセラー作家」と考えているようだが、一過性のテーマだけに寄りかかっていないことは、たとえば本書が発表から四十年以上たったいまも読みつがれていることからも明らかだ。

クライトンは一九六〇年代に大量の小説を読み、たくさんの映画を観て、それを肥しとして作家をめざし、ジョン・ラング名義で斬新な視点のあるいくつものクライム小説を出版。医学生としての実体験をもとにしたエドガー賞受賞作『緊急の場合は』(一九六八)をジェフリー・ハドスンで発表。そして本書『アンドロメダ病原体』でベストセラー作家としての不動の地位を確立した。

そんな彼のクリエイターとしての意識の根源にあったのは、ピュアな娯楽作家としてのセンスではなかったのか。

希望と夢を信じるロマンティストでなければ、自分が癌を患うなかで抗癌テーマの『NEXT』を完成させ、胸が高鳴る歴史冒険ものの『パイレーツ―掠奪海域―』を書くことなどできなかっただろう。

クライトンの親友に、映画音楽界の大御所、作曲家のジェリー・ゴールドスミスがいた。

監督デビュー作の《暗殺・サンディエゴの熱い日》以降、《コーマ》《大列車強盗》《未来警察》で組み、クライトンが仕上げを行った《13ウォーリアーズ》の刷新音楽や、クライトン自身では映像化を果たせなかった《コンゴ》の音楽も彼の担当である。さらには、皮肉なことにゴールドスミスの遺作となるかもしれなかったのが、映画自体の出来の悪さから全体的に作り直すことになり、挿げ替えられることになった《タイムライン》（二〇〇三）の音楽だったという、運命的な繋がりを持っている。そのゴールドスミスの死後に、彼の子どもたちがまとめようとした自伝（未刊。一部分はネットで読める）に寄せたエッセイのなかで、クライトンは〝ジェリーの機知やひらめきに何度も驚かされた〟と綴っていた。〝人間的魅力にあふれたひとだった〟とも。

それは、クライトン本人にもあてはまることだろう。アイデアばかりではない、マイクル・クライトンの代表作の数々は、これからもずっと読みつがれていくだろう。この『アンドロメダ病原体』をお読みいただけば、それがわかるはずである。

二〇一二年三月

9. Danvers, R. C. "Clotting Mechanisms in Disease States," *Ann. Int. Med.* 90 : 404-81.
10. Henderson, J. W., et al. "Salicylism and Metabolic Acidosis," *Med. Adv.* 23 : 77-91.

第4日

1. Livingston, J. A. "Automated Analysis of Amino Acid Substrates," *J. Microbiol* 100 : 44-57.
2. Laandgard, Q. *X-Ray Crystallography*. New York : Columbia Univ. Press, 1960.
3. Polton, S., et al. "Electron Waveforms and Microscopic Resolution Ratios," *Ann. Anatomy* 5 : 90-118.
4. Twombley, E. R., et al. "Tissue Thromboplastin in Timed Release from Graded Intimal Destruction," *Path. Res.* 19 : 1-53.
5. Ingersoll, H. G. "Basal Metabolism and Thyroid Indices in Bird Metabolic Stress Contexts," *J. Zool.* 50 : 223-304.
6. Young, T. C., et al. "Diabetic Ketoacidosis Induced by Timed Insulin Withdrawal," *Rev. Med. Proc.* 96 : 87-96.
7. Ramsden, C. C. "Speculations on a Universal Antibiotic," *Nature* 112 : 44-8.
8. Yandell, K. M. "Ligamine Metabolism in Normal Subjects," *JAJA* 44 : 109-10.

第5日

1. Hepley, W. E., et al. "Studies in Mutagenic Transformation of Bacteria from Non-virulent to Virulent Forms," *J. Biol. Chem.* 78 : 90-9.
2. Drayson, V. L. "Does Man Have a Future?" *Tech. Rev.* 119 : 1-13.

Weather Rev. 81 : 291-9.

10. Jaegers, A. A. *Suicide and Its Consequences*. Ann Arbor : Michigan Univ. Press, 1967.
11. Revel, T. W. "Optical Scanning in Machine-Score Programs," *Comp. Tech*. 12 : 34-51.
12. Kendrew, P. W. "Voice Analysis by Phonemic Inversion," *Ann. Biol. Comp. Tech*. 19 : 35-61.
13. Ulrich, V., et al. "The Success of Battery Vaccinations in Previously Immunized Healthy Subjects," *Medicine* 180 : 901-6.
14. Rodney, K. G. "Electronic Body Analyzers with Multifocal Input," *NASA Field Reports* #2-223-1150.
15. Stone, J., et al. "Gradient Decontamination Procedures to Life Tolerances," *Bull Soc. Biol. Microbiol*. 16 : 84-90.
16. Howard, E. A. "Realtime Functions in Autoclock Transcription," *NASA Field Reports*. #4-564-0002.
17. Edmundsen, T. E. "Long Wave Asepsis Gradients," *Proc. Biol. Soc*. 13 : 343-51.

第3日

1. Karp, J. "Sporulation and Calcium Dipicolonate Concentrations in Cell Walls," *Microbiol*. 55 : 180.
2. *Weekly Reports of the United States Air Force Satellite Tracking Stations,* NASA Res. Pubs., —— .
3. Wilson, G. E. "Glove-box Asepsis and Axenic Environments," *J. Biol. Res*. 34 : 88-96.
4. Yancey, K. L., et al. "Serum Electrophoresis of Plasma Globulins in Man and the Great Apes," *Nature* 89 : 1101-9.
5. Garrison, H. W. "Laboratory Analysis by Computer : A Maximim Program," *Med. Adv*. 17 : 9-41.
6. Urey, W. W. "Image Intensification from Remote Modules," *Jet Propulsion Lab Tech. Mem*. 33 : 376-86.
7. Isaacs, I. V. "Physics of Non-Elastic Interactions," *Phys. Rev.* 80 : 97-104.
8. Quincy, E. W. "Virulence as a Function of Gradient Adaptation to Host," *J. Microbiol*. 99 : 109-17.

Animals," *Rev. Biol Chem.* 109 : 43-59.

15. Pockran, A. *Culture, Crisis and Change.* Chicago : Univ. of Chicago Press, 1964.
16. Manchek, A. "Module Design for High-Impact Landing Ratios," *NASA Field Reports* ＃3-3476.
17. Lexwell, J. F., et al. "Survey Techniques by Multiple Spectrology," *USAF Technical Pubs.*, ＃55A-789.
18. Jaggers, N. A ., et al. "The Direct Interpretation of Infrared Intelligence Data," *Tech. Rev. Soc.* 88 : 111-19.
19. Vanderlink, R. E. "Binominate Analysis of Personality Characteristics : A Predictive Model," *Pubs. NIMH* 3 : 199.
20. Vanderlink, R. E. "Multicentric Problems in Personnel Prediction," *Proc. Symp. NIMH* 13 : 404-512.
21. Sanderson, L. L. "Continuous Screen Efficiency in Personnel Review," *Pubs. NIMH* 5 : 98.

第2日

1. Metterlinck, J. "Capacities of a Closed Cable-Link Communications System with Limited Entry Points," *J. Space Comm.* 14 : 777-801.
2. Leavitt, P. "Metabolic Changes in *Ascaris* with Environmental Stress," *J. Microbio. Parasitol.* 97 : 501-44.
3. Herrick, L. A. "Induction of Petit-Mal Epilepsy with Flashing Lights," *Ann. Neurol.* 8 : 402-19.
4. Burton, C., et al. "*Endotoxic properties of Staphylococcus aureus*," *NEJM* 14 : 11-39.
5. Kenniston, N. N., et al. "Geographics by Computer : A Critical Review," *J. Geog. Geol.* 98 : 1-34.
6. Blakley, A. K. "Computerbase Output Mapping as a Predictive Technique," *Ann. Comp. Tech.* 18 : 8-40.
7. Vorhees, H. G. "The Time Course of Enzymatic Blocking Agents," *J. Phys. Chem.* 66 : 303-18.
8. Garrod, D. O. "Effects of Chlorazine on Aviary Metabolism : A Rate-Dependent Decoupler," *Rev. Biol. Sci.* 9 : 13-39.
9. Bagdell, R. L. "Prevailing Winds in the Southwest United States," *Gov.*

参考文献

下に掲げたのは、本書の背景を形づくっている公開文書、論文、参考書の選択目録である。

第１日

1. Merrick, J. J. "Frequencies of Biologic Contact According to Speciation Probabilities," *Proceedings of the Cold Spring Harbor Symposia* 10 : 443-57.
2. Toller, G. G. *Essence and Evolution*. New Haven : Yale Univ. Press, 1953.
3. Stone, J., et al. "Multiplicative Counts in Solid Plating," *J. Biol. Res.* 17 : 323-7.
4. Stone, J., et al. "Liquid-Pure Suspension and Monolayer Media : A Review," *Proc. Soc. Biol Phys.* 9 : 101-14.
5. Stone, J., et al. "Linear Viral Transformation Mechanisms," *Science* 107 : 2201-4.
6. Stone, J. "Sterilization of Spacecraft," *Science* 112 : 1198-2001.
7. Mortey, A., et al. "Preliminary Criteria for a Lunar Receiving Laboratory," *NASA Field Reports*, #7703A, 123pp.
8. Worthington, Al., et al. "The Axenic Environment and Life Support Systems Delivery," *Jet Propulsion Lab Tech. Mem.* 9 : 404-11.
9. Hegler, V. A., et al. "Near Space Life : A Predictive Model for Retrieval Densities," *Astronaut. Aeronaut. Rev.* 19 : 449-507.
10. Testimony of Jeremy Stone before the Senate Armed Services Subcommittee, Space and Preparedness Subcommittee（see Appendix）.
11. Manchek, A. "Audiometric Screening by Digital Computer," *Ann. Tech.* 7 : 1033-9.
12. Wilson, L. O., et al. "Unicentric Directional Routing," *J. Space Comm.* 43 : 34-41.
13. *Project Procedures Manual : Scoop.* U. S. Gov't Printing Office, publication #PJS-4431.
14. Comroe, L. "Critical Resonant Frequencies in Higher Vertebrate

本書は一九七六年十月にハヤカワ文庫ＳＦから刊行した
『アンドロメダ病原体』を改訂した新装版です。

ジュラシック・パーク（上・下）

Jurassic Park

マイクル・クライトン

酒井昭伸訳

バイオテクノロジーで甦った恐竜たちがのし歩く驚異のテーマ・パーク〈ジュラシック・パーク〉。だが、コンピューター・システムが破綻し、開園前の視察に訪れた科学者や子供達をパニックが襲う！　科学知識を駆使した新たな恐竜像、空前の面白さで話題を呼んだスピルバーグ映画化のサスペンス。解説／小畠郁生

ハヤカワ文庫

ファイト・クラブ〈新版〉

Fight Club

チャック・パラニューク

池田真紀子訳

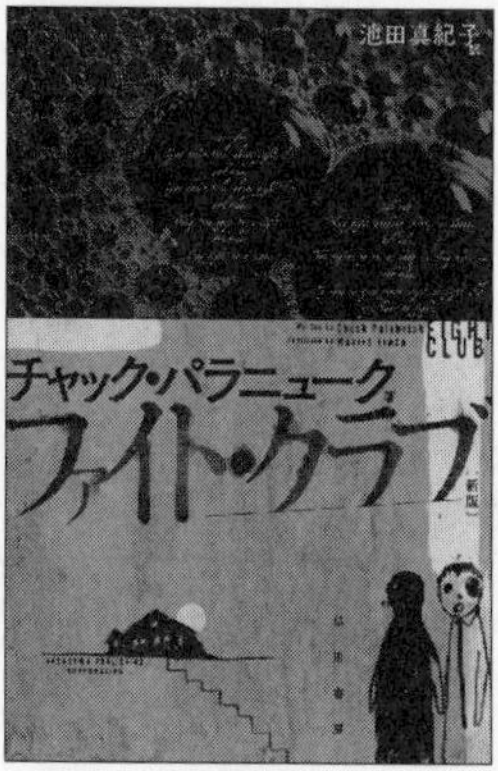

タイラー・ダーデンとの出会いは、平凡な会社員として生きてきたぼくの生活を一変させた。週末の深夜、密かに素手の殴り合いを楽しむうち、ふたりで作ったファイト・クラブはみるみるその過激さを増していく。ブラッド・ピット主演、デヴィッド・フィンチャー監督による映画化で全世界を熱狂させた衝撃の物語！

訳者略歴　1930年生，2010年没，1950年大阪外国語大学卒，英米文学翻訳家　訳書『タイタンの妖女』ヴォネガット・ジュニア，『アンドロイドは電気羊の夢を見るか？』ディック，『輝くもの天より墜ち』ティプトリー・ジュニア（以上早川書房刊）他多数

HM=Hayakawa Mystery
SF=Science Fiction
JA=Japanese Author
NV=Novel
NF=Nonfiction
FT=Fantasy

アンドロメダ病原体
〔新装版〕

〈NV1254〉

二〇一二年四月十五日　発行
二〇二一年二月十五日　三刷

（定価はカバーに表示してあります）

著者　マイクル・クライトン
訳者　浅倉久志
発行者　早川浩
発行所　株式会社早川書房

郵便番号　一〇一‐〇〇四六
東京都千代田区神田多町二ノ二
電話　〇三‐三二五二‐三一一一
振替　〇〇一六〇‐三‐四七七九九
https://www.hayakawa-online.co.jp

乱丁・落丁本は小社制作部宛お送り下さい。
送料小社負担にてお取りかえいたします。

印刷・三松堂株式会社　製本・株式会社明光社
Printed and bound in Japan
ISBN978-4-15-041254-8 C0197

本書は活字が大きく読みやすい〈トールサイズ〉です。